Die Frau in der Literatur

Elizabeth von Arnim und ihre Hunde

ELIZABETH VON ARNIM

Urlaub von der Ehe

›The Enchanted April‹

Roman

Aus dem Englischen übersetzt von
Anna Kellner

Mit einem Nachwort von
Annemarie Stoltenberg

Ullstein

Die Frau in der Literatur
Ullstein Buch Nr. 30396
im Verlag Ullstein GmbH,
Frankfurt/M – Berlin

Ungekürzte Ausgabe

Umschlaggestaltung:
Theodor Bayer-Eynck
Illustration:
Silvia Christoph

Frontispiz:
Vorlage: Elizabeth von Arnim-Privatarchiv Pöthe

Printed in Germany 1996
Gesamtherstellung:
Ebner Ulm
ISBN 3 548 30396 x

April 1996
Gedruckt auf alterungsbeständigem
Papier mit chlorfrei
gebleichtem Zellstoff

Die Deutsche Bibliothek – CIP-Einheitsaufnahme

Arnim, Mary A. von:
Urlaub von der Ehe : Roman = The enchanted April /
Elizabeth von Arnim. Aus dem Engl. übers. von Anna Kellner.
Mit einem Nachw. von Annemarie Stoltenberg. –
Ungekürzte Ausg. – Frankfurt/M ;
Berlin : Ullstein, 1996
(Ullstein-Buch ; Nr. 30396 : Die Frau in der Literatur)
Einheitssacht.: The enchanted April <dt.>
ISBN 3-548-30396-X
NE: GT

1

Es begann in einem Londoner Frauenklub an einem Februarnachmittag – in einem ungemütlichen Klub und an einem greulichen Nachmittag –, als Mrs. Wilkins, die aus Hampstead in die Stadt gekommen war, um Besorgungen zu machen und im Klub gespeist hatte, im Rauchzimmer die *Times* von einem Tisch nahm. Zerstreut schweifte ihr Blick über die Spalten der Anzeigen: »Kehre zurück, alles verziehen.« Da las sie ganz unten: »An alle, die Sonnenschein und blaue Glyzinen lieben. Kleines, mittelalterliches Schloß in Italien am Mittelländischen Meer für den Monat April zu vermieten. Erforderliche Dienerschaft vorhanden. Z, Postfach 1000, *Times*.«

Das war der Keim; aber wie in so vielen anderen Fällen wußte die Empfängerin nicht, was sie in ihre Seele aufgenommen hatte. In diesem Augenblick war ihr Schicksal, soweit dieser April in Betracht kam, besiegelt. Sie hatte aber so gar keine Ahnung davon, als sie die Zeitung mit einer halb ärgerlichen, halb resignierten Gebärde fallen ließ und ans Fenster trat. Trübselig blickte sie in den Regen hinaus.

Ihr war kein mittelalterliches Schloß beschieden, nicht einmal eines, das ausdrücklich als klein bezeichnet wurde, kein Aufenthalt an der Küste des Mittelländischen Meeres, keine blauen Glyzinen, kein Sonnenschein. Solche Wonnen waren den Reichen vorbehalten. Und doch war die Anzeige an all jene gerichtet, die diese Dinge zu schätzen wissen, folglich auch an sie, denn sie schwärmte viel mehr dafür, als irgend jemand wußte, als sie je verraten hatte. Aber sie war arm. Ihr gesamtes Vermögen belief sich auf neunzig Pfund, die sie sich im Laufe der Jahre von ihrem Toilettengeld zusammengespart hatte. Ihr Mann hatte ihr die Anregung dazu gegeben, sich einen Sparpfennig für schlechte Zeiten zurückzulegen. Sie erhielt von ihrem Vater hundert Pfund jährlich als Taschen- und Toilettengeld; da sie diese Summe nicht ganz verausgabte, war ihre Kleidung sehr bescheiden.

Dr. Wilkins, ein Rechtsanwalt, ermutigte seine Frau immer zu sparen; nur nicht, wenn es sich um sein Essen handelte. In dem Fall nannte er es nicht Sparsamkeit, sondern schlechte Wirtschaft. Für die Sparsamkeit aber, mit der Mrs. Wilkins bei Anschaffung ihrer Toilette zu Werke ging und die die Kleider ruinierte wie Mottenfraß, war er des Lobes voll.

»Man kann nie wissen, ob nicht schlechte Zeiten kommen«, pflegte er ihr zu sagen, »und dann wirst du froh sein, einen Notpfennig zu haben, und ich auch.«

Während Mrs. Wilkins auf die Shaftesbury Avenue hinausblickte – der Klub, dem sie angehörte, war ihr sehr gelegen, denn er war nicht weit von Hampstead, wo sie wohnte, und von dem Kaufhaus, wo sie einkaufte – und trübselig an das Mittelländische Meer und die Glyzinen und die beneidenswerten Reichen dachte und dabei beobachtete, wie der abscheuliche rußige Regen auf die eiligen Regenschirme und triefenden Omnibusse niederrieselte, kam ihr plötzlich ein Gedanke: Vielleicht war jetzt die schlechte Zeit gekommen, auf die Mellersh – Mellersh war Dr. Wilkins – sie so oft vorbereitet hatte, vielleicht hatte die Vorsehung nichts anderes beabsichtigt, als daß sie aus einem solchen Klima entfliehe in das kleine mittelalterliche Schloß nach Italien und so ihre Ersparnisse verwende. Natürlich nur einen Teil. Vielleicht einen ganz kleinen Teil. Das mittelalterliche Schloß war vielleicht verfallen und sicher billig. Sie würde sich aus der Baufälligkeit nichts machen, weil man für bereits vorhandene Baufälligkeit nicht zahlen muß, im Gegenteil, sie sorgt dafür, daß die Miete herabgesetzt wird. Welch ein Unsinn war es doch, überhaupt daran zu denken . . .

Mit der gleichen halb ärgerlichen, halb resignierten Gebärde wie vorhin trat sie vom Fenster zurück und ging auf die Tür zu in der Absicht, ihren Gummimantel und Regenschirm zu holen, sich einen Platz in einem überfüllten Omnibus zu erkämpfen und heimzukehren. Unterwegs mußte sie noch ein paar Seezungen für das heutige Dinner kaufen, denn Mellersh war sehr heikel und aß nur Seezungen, höchstens noch Lachs –, da erblickte sie Mrs. Arbuthnot, eine Dame, die ebenfalls in Hampstead wohnte und die sie vom Sehen kannte; sie gehörte dem gleichen Klub an und saß an dem Zeitungstisch in der Mitte des Zimmers, vertieft in die erste Seite der *Times*.

Mrs. Wilkins hatte noch nie mit Mrs. Arbuthnot gesprochen, die sich in hervorragender Weise an der Armenpflege beteiligte. Wenn Mellersh seine Frau ausführte, so gingen sie gewöhnlich in die Gesellschaften der impressionistischen Maler, von denen es in Hampstead eine ganze Menge gab. Einer von ihnen hatte die Schwester des Dr. Wilkins geheiratet, und so kam es, daß Mrs. Wilkins in einen Kreis geraten war, der ihr höchst naturwidrig erschien, so daß sie mit der Zeit eine förmliche Angst vor Bildern bekam. Denn sie mußte doch darüber sprechen, und sie wußte nicht, was sie sagen sollte. Sie pflegte zu lispeln: »Wunderbar!« Sie hatte jedoch die Empfindung, daß es nicht genügte. Aber niemand nahm es ihr übel, niemand hörte ihr zu, niemand beachtete sie. Sie gehörte zu den Leuten, denen man in Gesellschaften nicht die geringste Aufmerksamkeit schenkt. Schon infolge ihrer Toilette war sie sozusagen unsichtbar; ihr Gesicht war nicht anziehend, ihre Unterhaltung stockend, ihr ganzes Wesen scheu. Sie war sich ihres Unvermögens, in Gesellschaft interessant zu sein, sehr wohl bewußt: Wenn an der Kleidung, dem Aussehen, der Unterhaltung so wenig ist, sagte sie sich selbst, was bleibt da noch von einem übrig?

Dazu kam noch, daß Mellersh ein schöner, stets glattrasierter Mann war, der jeder Gesellschaft, in der er erschien, Ehre machte. Er war sehr angesehen. Man wußte, daß seine um vieles älteren Kompagnons eine hohe Meinung von ihm hatten; die Bekannten seiner Schwester bewunderten ihn. Sein Urteil über Kunst und Künstler war stets intelligent. Was er sagte, war markig, klug, er sprach nie ein Wort zuviel oder zuwenig. Man hatte die Empfindung, als besäße er alles, was er sagte, schwarz auf weiß, und er machte den Eindruck absoluter Verläßlichkeit. So geschah es nicht selten, daß Leute, die ihn kennenlernten, mit ihren Advokaten unzufrieden, ihnen untreu und Klienten von Wilkins wurden. Natürlich stellte er seine Frau vollständig in den Schatten.

»Sie sollte zu Hause bleiben«, sagte ihre Schwägerin von ihr; sie hatte etwas Kritisches, Überlegenes, Entschlossenes in ihrem Wesen.

Aber Wilkins konnte seine Frau nicht zu Hause lassen. Er war ein Familienadvokat, und der ist immer verheiratet und nimmt seine Frau mit. Sonntags in die Kirche, an Wochentagen in Gesellschaft. Da er noch sehr jung war – neununddreißig – und unter seinen Klienten noch keine genügende Anzahl von alten Damen hatte, nach denen sein Ehrgeiz strebte, konnte er sich's nicht leisten, der Kirche fernzubleiben – und dort hatte seine Frau Mrs. Arbuthnot kennengelernt, wenn sie einander auch nicht vorgestellt worden waren.

Mrs. Arbuthnot brachte stets die Kinder der Armen von Hampstead zur Kirche. Sie hatte ein trauriges Gesicht, aber sie war offenbar sehr tüchtig. Mrs. Wilkins wunderte sich, daß sie bei ihrer Tüchtigkeit so traurig aussehen konnte, denn Mellersh sagte ihr wiederholt – und zwar an Tagen, an denen es ihr nicht gelungen war, sich Seezunge zu verschaffen und er mit Scholle vorliebnehmen mußte –, wer tüchtig sei, könne nicht niedergeschlagen sein, denn wenn man etwas ordentlich leiste, so würde man automatisch fröhlich und munter.

Mrs. Arbuthnot hatte aber nichts Fröhliches und Munteres an sich, und als Mrs. Wilkins sie im Klub erblickte, saß sie ganz still da und starrte auf eine Stelle der ersten Seite, ohne ihre Augen zu bewegen.

Mrs. Wilkins gehorchte einem Impuls, der sie selbst in Erstaunen setzte. Anstatt den Heimweg anzutreten, machte sie an dem mittleren langen, schmalen Zeitungstisch halt und setzte sich Mrs. Arbuthnot, mit der sie noch nie im Leben gesprochen hatte, gerade gegenüber.

Aber Mrs. Arbuthnot blickte nicht auf, sondern starrte weiter mit träumerischen Augen auf eine Stelle der *Times*.

Mrs. Wilkins betrachtete sie eine Minute lang und ermutigte sich selbst, sie anzusprechen. Sie wollte sie fragen, ob sie auch die Anzeige gelesen hätte. Sie wußte eigentlich nicht warum, aber sie hatte den dringenden Wunsch, diese Frage an sie zu richten. Wie dumm, daß sie sich nicht entschließen konnte, sie anzusprechen! Sie sah so gütig, so unglücklich aus! Warum sollten zwei unglückliche Frauen einander auf diesem trüben Lebensweg nicht aufmuntern durch einen Gedankenaustausch darüber, was sie fühlten, wonach sie sich sehnten, was sie noch immer zu hoffen bemüht waren? Sie war überzeugt, daß auch Mrs. Arbuthnot die Anzeige gelesen hatte. Malte auch sie sich aus, wie es dort unten aussah – die Farben, der Duft, der Sonnenschein, der Wellenschlag zwischen den kleinen, heißen Felsen? Farbe, Duft, Licht und Meer anstatt der Shaftesbury Avenue, der nassen Omnibusse, der Fischabteilung bei Shoolbred, der Untergrundbahn nach Hampstead, des Dinners zu Hause, und morgen das gleiche und übermorgen das gleiche und immer das gleiche.

Plötzlich lehnte sich Mrs. Wilkins über den Tisch.

»Lesen Sie die Anzeige von dem mittelalterlichen Schloß und den Glyzinen?« fragte sie ihr Gegenüber.

Mrs. Arbuthnot war natürlich überrascht, aber lange nicht so wie Mrs. Wilkins über sich selbst.

Mrs. Arbuthnot war sich nicht bewußt, die etwas schäbige, schlanke, schlotterige Gestalt mit dem kleinen, sommersprossigen Gesicht und den großen grauen Augen unter dem tief in die Stirn gedrückten Regenhut je zuvor gesehen zu haben, und sie starrte sie einen Augenblick an, ohne zu antworten. Sie hatte tatsächlich die Anzeige von dem mittelalterlichen Schloß und den Glyzinen vor einigen Minuten gelesen und seither geträumt – von Sonne, Farbe, Duft und dem Wellenschlag des Meeres zwischen kleinen, heißen Felsen . . .

»Warum fragen Sie?« antwortete sie endlich mit ihrer ernsten Stimme.

Mrs. Wilkins errötete und sah ungemein schüchtern und erschrocken aus.

»Ach, nur, weil ich sie auch gelesen habe«, stammelte sie, »und ich dachte – ich dachte – –«

Daraufhin überlegte Mrs. Arbuthnot, die es sich angewöhnt hatte, die Menschen in Klassen und Gruppen einzuteilen, während sie Mrs. Wilkins nachdenklich betrachtete, aus purer Routine, zu welcher Art von Menschen sie wohl gehören mochte.

»Und ich kenne Sie vom Sehen«, fuhr Mrs. Wilkins fort, die, wie alle schüchternen Menschen von dem Klang der eigenen Stimme erschreckt, einen neuen Anlauf nahm, »jeden Sonntag sehe ich Sie in der Kirche – und diese Anzeige ist doch etwas so Wundervolles – die blauen Glyzinen – und – –«

Und Mrs. Wilkins, die mindestens dreißig Jahre alt war, schwieg plötzlich und bewegte sich in ihrem Sessel hin und her wie ein ungeschicktes, verlegenes Schulmädchen.

Und wieder platzte sie heraus: »Es ist etwas so Wundervolles, und – heute ist ein so abscheuliches Wetter – – – –«

Und dann sah sie Mrs. Arbuthnot mit einem Blick an wie ein eingesperrter Hund.

Das arme Geschöpf, dachte Mrs. Arbuthnot, die ihr Leben lang anderen helfen und ihr Los erleichtern wollte, braucht wohl Rat.

Und sie faßte sich in Geduld, um ihn ihr zu geben.

»Wenn Sie mich in der Kirche sehen«, sagte sie freundlich und aufmerksam, »so wohnen Sie wohl auch in Hampstead?«

»Jawohl!« antwortete ihr Gegenüber und wiederholte noch einmal, während der Kopf auf dem langen, dünnen Hals sich ein wenig senkte, als drückte sie die Erinnerung an Hampstead nieder: »Jawohl.«

»Darf ich fragen, wo?«

Aber Mrs. Wilkins sagte, indem sie mit der Hand wie liebkosend über die Annonce in der *Times* fuhr: »Vielleicht scheint es mir gerade deswegen so wundervoll – Sie haben es also auch gelesen?«

»Jawohl«, antwortete Mrs. Arbuthnot, »es ist freilich wundervoll, aber es hat keinen Sinn, die Zeit mit solchen Gedanken zu vergeuden.«

»O doch«, widersprach ihr Gegenüber lebhaft, »es ist wohl wert, daran zu denken! Welch eine Abwechslung nach so vielen Jahren in Hampstead – und zuweilen glaube ich – glaube ich wirklich, wenn man etwas so recht ernstlich will, erreicht man es auch.«

»Wollen Sie mir nicht Ihren Namen nennen?« entgegnete Mrs. Arbuthnot, indem sie sich ein wenig vornüberbeugte. »Wenn wir Freundinnen werden sollen, wie ich hoffe« – ein ernstes Lächeln schwebte um ihre Lippen –, »so tun wir gut, am Anfang anzufangen.«

»Ach ja – wie lieb von Ihnen. Mein Name ist Wilkins. Ich kann nicht erwarten«, fügte sie hinzu, als Mrs. Arbuthnot stumm blieb, »daß er Ihnen irgend etwas sagt. Oft sagt er auch mir nichts.« Und sie blickte sich wie hilfesuchend um.

Ihr Name gefiel ihr nicht; er war so gewöhnlich. Aber es war nun einmal ihr Name, da war nichts zu machen, sie hieß nun einmal so und mußte ihr Leben lang so heißen. Und obwohl ihr Mann ihr nahegelegt hatte, sich immer als Mrs. Mellersh-Wilkins vorzustellen, so tat sie es doch nur, wenn er in Hörweite war, denn sie fand, daß Mellersh den Namen Wilkins noch verschlimmerte. Einmal hatten sie deswegen Streit – sie waren damals erst zwei Jahre verheiratet –, wenn man das einen Streit nennen kann, daß die eine Partei würdiges Schweigen bewahrte, während die andere sich ernst entschuldigt.

Als die Fehde endlich vorüber war – sie dauerte ziemlich lange –, sagte sich Mrs. Wilkins: »Ein Streit zwischen Ehegatten ist unausbleiblich, wenn sie zwei volle Jahre nicht einen einzigen Tag voneinander getrennt sind. Wir brauchen beide einen Eheurlaub.«

»Mein Mann«, fuhr Mrs. Wilkins fort, »ist Rechtsanwalt. Er –« sie suchte nach einem Wort, das ihn charakterisieren sollte, und schloß, »er ist ein sehr schöner Mann.«

»Das muß ein großes Vergnügen für Sie sein«, versetzte Mrs. Arbuthnot freundlich.

»Warum?«

»Weil Schönheit ein Vorzug ist wie jeder andere, und wenn man den richtigen Gebrauch davon macht, so – –«

Sie schwieg, denn Mrs. Wilkins hörte ihr nicht zu, obgleich sie sie mit ihren großen grauen Augen anstarrte: Vor ihrem geistigen Auge entstand plötzlich ein Bild. Sie sah sich und Mrs. Arbuthnot unter einem großen, weitreichenden Glyzinengeranke sitzen –

sie sah es so deutlich, so klar –, sie waren beide dort. Und hinter ihnen, vom hellen Sonnenschein beleuchtet, erhoben sich graue, alte Mauern – das mittelalterliche Schloß.

Sie starrte also Mrs. Arbuthnot an und hörte kein Wort, und Mrs. Arbuthnot starrte sie an, von dem Ausdruck in ihrem Gesicht gefesselt, in dem sich die Aufregung über das Geschehene widerspiegelte: Eine Bewegung, ein Leuchten stieg darin auf, wie wenn eine Wasserfläche von der Sonne beschienen und von einem Windstoß gekräuselt wird. Wäre Mrs. Wilkins in diesem Augenblick in Gesellschaft gewesen, so hätte sie jedermann mit Interesse angesehen.

Immer noch sahen sie einander an, Mrs. Arbuthnot fragend – überrascht, ihr Gegenüber wie nach einer Offenbarung. Natürlich. So konnte man es machen. Sie allein konnte es weder erschwingen noch ohne Begleitung hinfahren und dort bleiben, selbst wenn es nicht über ihre Mittel ginge; aber mit Mrs. Arbuthnot zusammen – – –

Sie lehnte sich über den Tisch.

»Wollen wir nicht den Versuch machen, es durchzusetzen?« flüsterte sie.

Mrs. Arbuthnot machte große Augen.

»Es durchzusetzen?« wiederholte sie.

»Jawohl«, antwortete Mrs. Wilkins leise, als fürchtete sie, belauscht zu werden. »Warum sollen wir dasitzen und uns sagen, wie wundervoll es wäre, und dann nach Hampstead heimkehren, ohne auch nur einen Finger gerührt zu haben – wie üblich nach Hause fahren und uns um das Essen kümmern und um den Fisch, wie seit Jahren! Das wird«, fuhr sie fort, indem sie bis an die Haarwurzeln errötete, aber sie konnte nicht innehalten, »nie ein Ende nehmen! Eine Unterbrechung müßte doch jedenfalls in solchem Leben sein, eine Pause – im Interesse aller. Eigentlich wäre es durchaus nicht egoistisch, für ein Weilchen fortzugehen und glücklich zu sein, weil wir doch um so vieles liebenswürdiger zurückkehren würden. Nach einiger Zeit braucht eben jeder Mensch einen Eheurlaub.«

»Aber wie meinen Sie das – es durchsetzen?«

»Es nehmen.«

»Es nehmen?«

»Das Schloß nehmen, mieten, pachten.«

»Wir beide?«

»Jawohl. Wir beide zusammen. Das würde jede von uns nur die Hälfte kosten, und Sie sehen so aus – Sie sehen genauso aus, als ersehnten Sie es so sehr wie ich – als ob Sie auch eine Pause brauchten – etwas Frohes.«

»Ja, aber wir kennen einander doch nicht!«

»Wenn wir zusammen für vier Wochen fortgehen, werden wir uns sehr gut kennenlernen! Und ich habe mir für trübe Zeiten etwas erspart – und Sie wahrscheinlich auch, und die trüben Zeiten sind da, schauen Sie nur zum Fenster hinaus.«

Sie ist überspannt, dachte Mrs. Arbuthnot, aber sie fühlte sich doch seltsam bewegt.

»Bedenken Sie doch«, fuhr Mrs. Wilkins fort, »für einen ganzen Monat fortzugehen, alles hinter sich zu lassen – in den Himmel – –«

Das dürfte sie doch nicht sagen, dachte Mrs. Arbuthnot.

Es wäre wirklich wundervoll, so ein Ausruhen – ein Eheurlaub! Aber die Gewohnheit brachte sie wieder zur Vernunft, der langjährige Verkehr mit den Armen verlieh ihr eine gewisse wohlwollende Überlegenheit.

»Aber der Himmel ist nirgends sonst zu finden als hier und jetzt – so hat man es uns gelehrt. Er ist in uns«, sagte sie mit ihrer sanften, leisen Stimme, in dem ernsten Ton, in dem sie die Armen belehrte, denen sie beistand. »Den Himmel finden wir in unserm Heim.«

»Ach nein!« rief Mrs. Wilkins aus.

Mrs. Arbuthnot war verblüfft.

Sanft erwiderte sie: »O doch. Wenn wir nur wollen und ihn uns selber bereiten.«

»Das tue ich«, versetzte Mrs. Wilkins, »aber ich habe den Himmel in meinem Heim nicht gefunden.«

Da schwieg Mrs. Arbuthnot, denn auch sie hatte ähnliche Erfahrungen in ihrem Heim gemacht. Auch sie hatte jahrelang keinen rechten Urlaub gehabt, auch sie hatte die Anzeige zum Träumen angeregt; die Aufregung wegen des mittelalterlichen Schlosses war ansteckend, und sie hatte die Empfindung, während sie dem eigentümlichen, weltfremden Erguß ihres Gegenübers lauschte und ihr leuchtendes Gesicht betrachtete, als würde sie aus dem Schlaf geweckt.

Mrs. Wilkins war entschieden überspannt, aber sie hatte schon oft überspannte Leute kennengelernt, ohne die eigene Ruhe zu verlieren, während sie jetzt ganz unschlüssig wurde, ob sie nicht auch fort und alles hinter sich lassen sollte: Gott und den Gatten, ihr Heim und ihre Pflicht – sie hatte nicht die Empfindung, daß Mrs. Wilkins diese Reise in Gesellschaft ihres Mannes unternehmen wollte. Es wäre doch nur wünschenswert, wenn sie auch einmal glücklich wäre. Auch sie hatte einen Heckpfennig, der in der Postsparkasse angelegt war, aber es war ganz undenkbar, daß sie so pflichtvergessen sein könnte, diese Summe für sich zu verwenden; es war einfach lächerlich. Konnte sie so etwas tun? Die Mühseligen und Beladenen so vergessen? Ein Aufenthalt in Italien war zweifellos eine Wonne, aber es gab viele Wonnen, deren man gern teilhaftig würde, und wozu hatte einem die Natur die Kraft verliehen, wenn nicht, um solchen Versuchungen widerstehen zu können?

Unverrückbar waren ihr die vier großen Lebensfaktoren: Gott, Gatte, Heim, Pflicht. Vor vielen Jahren hatte sie nach einer Zeit schwerer Bedrängnis darin Trost gefunden, und sie hatte große Angst, aus ihrer Ruhe aufgeschreckt zu werden. Darum suchte sie mit solchem Ernst Mrs. Wilkins in eine bestimmte Menschenklasse einzureihen: Auf diese Art beruhigte sie am besten ihr aufgeregtes Gemüt. So betrachtete sie sie unruhig und spürte, wie sie selbst immer mehr aus dem Gleichgewicht geriet. Dann wußte sie es: Ihr Gegenüber gehörte in die Kategorie der Hysterischen, von der oft nur ein Schritt war zu den Wahnsinnigen.

Jawohl, die Nerven. Mrs. Wilkins hat wahrscheinlich keine regelmäßige Arbeit für andere zu leisten, dachte Mrs. Arbuthnot, keine Beschäftigung, die sie zwingt, aus sich selbst herauszutreten. Sie ist offenbar steuerlos – von jeder Strömung, jedem Impuls hin und her getrieben. Sie gehört bestimmt zu den Nervösen oder wird bald dazu gehören, wenn sich niemand ihrer annimmt.

Armes, kleines Ding, dachte Mrs. Arbuthnot – mit dem Mitleid kehrte auch ihr Gleichgewicht wieder.

Die langen Beine ihres Gegenübers konnte sie nicht sehen, sie sah nur ein kleines, gespanntes, scheues Gesicht, magere Schultern und Augen, in denen eine kindliche Sehnsucht leuchtete nach etwas, was ihr Glück verhieß. Nein, solch flüchtige Genüsse machen einen nicht glücklich; das wußte Mrs. Arbuthnot aus Erfahrung. Sie hatte ihren Mann, Frederick, geheiratet, als sie zwanzig Jahre alt war, und nun war sie zweiunddreißig. Sie wußte, daß wahre Freuden nur dem beschieden sind, der täglich, stündlich in seinen Pflichten für andere aufgeht.

Frederick gehörte zu jenen Ehemännern, deren Frauen frühzeitig zu Gott flüchten. Es war nur eine kurze Spanne Weges von Frederick zu Gott gewesen, aber wie dornenvoll! Wenn sie darauf zurückblickte, erschien er ihr kurz, aber er hatte doch das ganze erste Jahr ihrer Ehe in Anspruch genommen, und jeder Zoll des Weges war ein Kampf gewesen und – wie sie damals fühlte – mit ihrem Herzblut getränkt.

All das war nun vorüber. Sie hatte schon lange Frieden gefunden. Frederick, den sie einst so heiß geliebt hatte, kam jetzt erst *nach* Gott. Jahrelang war sie nur glücklich gewesen, indem sie das Glück vergaß. Und so sollte es immer bleiben. Sie wollte alles von sich abwehren, was sie an Schönes, Edles erinnerte, was wieder Sehnsucht, Verlangen in ihr auslösen könnte . . .

»Ich möchte so gern Freundschaft mit Ihnen schließen«, sagte sie. »Wollen Sie mich einmal besuchen oder mir gestatten, zu Ihnen zu kommen? Sooft Sie Lust haben, mit mir zu plaudern. Ich werde Ihnen meine Adresse geben« – sie suchte in ihrem Handtäschchen –, »dann werden Sie sie nicht vergessen.«

Und sie fand eine Visitenkarte, die sie ihr reichte.

Mrs. Wilkins beachtete die Karte nicht.

»Es ist so sonderbar«, sagte sie, geradeso, als hätte sie nicht gehört, was Mrs. Arbuthnot gesagt hatte, »aber ich *sehe* uns beide – Sie und mich – in diesem April in dem mittelalterlichen Schloß.«

Mrs. Arbuthnot konnte sich einer unbehaglichen Empfindung nicht verwehren.

»Wirklich?« sagte sie, indem sie sich bemühte, unter dem schwärmerischen Blick der leuchtenden grauen Augen ihre Fassung zu bewahren.

»Sehen Sie nicht auch zuweilen ein Ereignis blitzähnlich mit Ihrem geistigen Auge, bevor es eintritt?« fragte Mrs. Wilkins.

»Nein, niemals«, antwortete Mrs. Arbuthnot.

Sie versuchte zu lächeln, weise und nachsichtig, wie wenn sie ihren Armen gegenüberstand. Aber es gelang ihr nicht; ihre Lippen bebten.

»Natürlich«, sagte sie so leise, als fürchtete sie, die Postsparkasse könnte sie hören. »Natürlich wäre es wunderschön –, wunderschön – –«

»Selbst wenn es unrecht wäre«, versetzte Mrs. Wilkins, »so wäre es doch nur für vier Wochen.«

»Das – – –«, begann Mrs. Arbuthnot, die ihr das Sträfliche eines solchen Gesichtspunktes vorhalten wollte; aber Mrs. Wilkins unterbrach sie.

»Jedenfalls«, sagte sie, »ist es sicher unrecht, so lange tugendhaft zu sein, bis man sich unglücklich fühlt. Ich bin überzeugt, daß auch Sie jahrelang viel zu gut waren, sonst sähen Sie nicht so unglücklich aus«, Mrs. Arbuthnot bewegte die Lippen, um sich gegen diese Zumutung zu wehren, »und ich – ich habe nichts getan, als meine Pflichten erfüllt, immer für andere, seit ich ein Kind war, und ich glaube, niemand hat mich dafür auch nur ein bißchen lieb – nur ein bißchen – und ich sehne mich – ach, wie sehr – nach etwas anderem.«

War sie im Begriff, in Tränen auszubrechen? Mrs. Arbuthnot empfand tiefes Unbehagen und Mitgefühl. Hoffentlich weinte sie nicht. Hier, in diesem unfreundlichen Zimmer, in dem Fremde ein und aus gingen.

Mrs. Wilkins zerrte an einem Taschentuch, das sie nicht herauskriegen konnte. Endlich gelang es ihr, so zu tun, als wollte sie sich damit nur schneuzen. Dann blinzelte sie ein-, zweimal mit den Augen, sah Mrs. Arbuthnot mit einem demütig-entschuldigenden Blick an, als wollte sie sie um Verzeihung bitten, und lächelte.

»Werden Sie mir glauben«, flüsterte sie furchtbar beschämt und bemüht, das Zucken ihrer Lippen zu verbergen, »daß ich nie zuvor in meinem Leben so zu einer Menschenseele gesprochen habe? Ich begreife nicht, was über mich gekommen ist.«

»Die Anzeige ist es«, sagte Mrs. Arbuthnot und nickte ernst.

»Jawohl«, versetzte Mrs. Wilkins, indem sie sich verstohlen die Augen wischte, »und dann auch, weil wir beide« – wieder schneuzte sie sich – »so unglücklich sind.«

2

Mrs. Arbuthnot wollte sich dagegen verwahren, unglücklich genannt zu werden, aber sie widersprach nicht, weil sie überzeugt war, einen Mitmenschen vor sich zu haben, der ihres Beistandes dringend bedurfte – dieses Mal nicht in Form von Decken und anderen Gaben, sondern von Verständnis –, da mußte sie die richtigen Worte finden.

Und die richtigen Worte waren der Vorschlag, die Anzeige zu beantworten; das könne in keinem Falle schaden. Es verpflichtete zu nichts, es war eine bloße Anfrage. Was Mrs. Arbuthnot ein wenig beunruhigte, als sie den Vorschlag machte, war die Erkenntnis, daß sie es nicht ausschließlich in der Absicht tat, Mrs. Wilkins zu trösten, sondern weil auch sie eine sonderbare Sehnsucht nach dem mittelalterlichen Schloß empfand.

Das war sehr bedauerlich. Sie, die schon seit langem gewohnt war, andere zu leiten, zu führen, zu beraten, zu unterstützen – ausgenommen Frederick, den hatte sie längst Gott überlassen –, ließ sich nun selbst von einer Anzeige, von einer unzurechnungsfähigen Fremden beeinflussen, aus dem Gleichgewicht bringen.

Das war wirklich beunruhigend. Sie verstand ihre plötzliche Genußsucht nicht, da jahrelang kein solches Verlangen sich in ihrem Herzen geregt hatte.

»Es ist kein Unrecht, nach den Bedingungen zu fragen«, sagte sie mit so leiser Stimme, als ob die Postsparkasse und all ihre Armen, die auf sie warteten und von ihr abhingen, sie hörten und verurteilten.

»Es verpflichtet uns absolut zu gar nichts«, stimmte Mrs. Wilkins ihr leise bei, aber ihre Stimme bebte.

Sie erhoben sich gleichzeitig – Mrs. Arbuthnot war ganz überrascht, daß Mrs. Wilkins so groß war – und begaben sich zu einem Schreibtisch, und Mrs. Arbuthnot schrieb an Z, Fach 1000, *Times*. Sie bat, ihr alle Details mitzuteilen, aber sie wollte vor allem wissen, wie hoch der Mietzins sei. Beide hielten es für richtig, daß Mrs. Arbuthnot den Brief schrieb und das Geschäftliche übernahm, nicht nur war sie praktischer und gewöhnt, zu organisieren, sie war auch älter und ruhiger – sie selbst hielt sich auch für die Klügere von beiden. Wenn sie aber auch praktischer, ruhiger und klüger war – das treibende Element war Mrs. Wilkins. Sie schien so geartet zu sein, daß sie einen ganz aus der Fassung bringen konnte. Ihre Erregbarkeit wirkte ansteckend. Sie lockte einen. Und wie sprunghaft sie war! Sie zog voreilige Schlüsse, die natürlich falsch waren, wie zum Beispiel, daß sie, Mrs. Arbuthnot, unglücklich sei – es war verblüffend.

Aber wie sie auch immer beschaffen sein mochte, Mrs. Arbuthnot teilte ihre Aufregung und ihr Verlangen, und als der Brief sich bereits im Postkasten befand und ein Zurück nicht mehr möglich war, empfanden beide Frauen das gleiche Schuldbewußtsein.

»Das beweist nur«, flüsterte Mrs. Wilkins, »wie makellos unser ganzes Leben war. Das erstemal, daß wir etwas hinter dem Rükken unserer Ehemänner tun, fühlen wir uns schuldig.«

»Ich kann leider nicht behaupten, daß ich makellos gut war«, erwiderte Mrs. Arbuthnot, die wieder ein kleines Unbehagen empfand, als Mrs. Wilkins in der Mehrzahl sprach, denn sie hatte kein Wort von Schuldbewußtsein gesagt.

»Ach nein, ich bin vom Gegenteil überzeugt. Ich *sehe* ja, daß Sie ein makelloses Leben hinter sich haben, deshalb sind Sie auch nicht glücklich.«

Mrs. Arbuthnot versetzte in ernstem Ton: »Ich begreife nicht, warum Sie immer wieder behaupten, daß ich unglücklich bin. Wenn Sie mich erst besser kennen, werden Sie sicher finden, daß ich ganz glücklich bin. Sie glauben doch nicht etwa, daß jemand, der wirklich Gutes tut oder es wenigstens anstrebt, sich unglücklich fühlen kann?«

»Doch, ich glaube es«, antwortete Mrs. Wilkins. »Wir haben immer Gutes getan und sind trotzdem unglücklich. Es gibt verschiedene Arten von rechtem Tun, solche, die einen unglücklich, und solche, die einen glücklich machen. In unserem mittelalterlichen Schloß zum Beispiel werden wir glücklich sein.«

»*Falls* wir hinkommen«, versetzte Mrs. Arbuthnot zurückhaltend. Sie hatte die Empfindung, daß Mrs. Wilkins eines Dämpfers bedurfte: »Wir haben ja nur angefragt. Das kann jeder. Ich halte es für sehr wahrscheinlich, daß die Bedingungen uns unmöglich erscheinen werden, und selbst wenn das nicht der Fall ist – vielleicht haben wir morgen gar keine Lust mehr dazu.«

»Ich *sehe* uns beide dort«, lautete Mrs. Wilkins Antwort.

Die Angelegenheit war recht aufregend.

Als Mrs. Arbuthnot auf dem Wege zu einer Versammlung, in der sie zu sprechen hatte, durch die nassen Straßen wanderte, war ihre Gemütsruhe gestört. Sie glaubte, daß sie ihre Aufregung im Beisammensein mit Mrs. Wilkins beherrscht hatte und sehr ruhig, praktisch und nüchtern gewesen sei. In Wirklichkeit war sie ganz hingerissen von dem Plan; bald fühlte sie sich glücklich, bald schuldbewußt und ängstlich – es war ihr zumute, als hätte sie soeben eine geheime Zusammenkunft mit einem Liebhaber gehabt. So sah sie auch aus, als sie etwas verspätet das Podium betrat. Sie sah aus, als hätte sie etwas zu verbergen, was tadelnswert, aber köstlich war. Der gewohnte klare, offenherzige Gesichtsausdruck war verschwunden und hatte einer ängstlich unterdrückten Vergnügtheit Platz gemacht, und eine weltlicher gesinnte Zuhörerschaft hätte daraus auf ein eben stattgehabtes leidenschaftliches Stelldichein geschlossen.

Schönheit, Schönheit, Schönheit . . . klang es ihr in den Ohren, als sie in der spärlich besuchten Versammlung von traurigen Dingen sprach. Sie war nie in Italien gewesen. Sollte ihr Heckpfennig wirklich darauf verwendet werden? Obgleich sie es gar nicht billigte, daß Mrs. Wilkins ihre unmittelbare Zukunft durch den Gedanken einer Vorherbestimmung beeinflussen wollte, geradeso, als hätte sie keine Wahl, als wäre es nutzlos, dagegen anzukämpfen oder es auch nur zu überlegen, so ließ sie sich doch davon beeinflussen. Mrs. Wilkins war eine Hellseherin. Mrs. Arbuthnot wußte, daß es solche Menschen gibt, und wenn Mrs. Wilkins tatsächlich sich und sie mit ihrem geistigen Auge in dem mittelalterlichen Schloß gesehen hatte, so war es nur Zeitverschwendung, sich dagegen zu wehren. Und doch – den Sparpfennig auszugeben, um der eigenen Genußsucht zu frönen – –

Der Ursprung dieses Sparpfennigs war ein verwerflicher, aber sie hatte sich immer vorgenommen, ihn einem lobenswerten Zweck zu widmen.

Während ihr diese Gedanken durch den Kopf gingen, sprach sie zu ihrem Publikum; sie war es so gewöhnt, solche Ansprachen zu halten, daß sie sie auch im Schlaf hätte hersagen können. Als sie geendet hatte, waren ihre Augen noch so geblendet von den geheimen Traumbildern, daß sie kaum merkte, wie kalt sie ihre Zuhörerinnen gelassen hatte: Keine von ihnen erbot sich, einen Beitrag zu leisten.

Aber der Vikar hatte es sofort bemerkt. Er war enttäuscht. Seine gute Freundin und Hauptstütze hatte sonst mehr Erfolg. Er bemerkte aber auch, daß sie sich ausnahmsweise nichts daraus zu machen schien.

»Ich begreife gar nicht«, sagte er in aufgeregtem Ton – denn er ärgerte sich über sie und das Publikum, als er von ihr Abschied nahm, »was sich die Leute eigentlich denken. Es scheint wirklich schon gar nichts mehr Eindruck auf sie zu machen.«

»Sie sehnen sich vielleicht nach Ferien«, meinte Mrs. Arbuthnot.

Welch eine wunderliche Antwort! dachte der Vikar.

»Jetzt im Februar?« rief er ihr sarkastisch nach.

»O nein – erst im April«, warf Mrs. Arbuthnot über die Schulter zurück.

Komisch, dachte der Vikar, wirklich sehr komisch.

Und er begab sich nach Hause und war an diesem Abend nicht ganz von christlicher Milde gegen seine Frau erfüllt.

Mrs. Arbuthnot gedachte an diesem Abend zu beten, daß das italienische Schloß schon vermietet und so die ganze Angelegenheit abgetan sein möge, aber der Mut versagte ihr. Wenn ihr Gebet von Erfolg gekrönt würde? Nein, das konnte sie nicht verlangen, das konnte sie nicht riskieren. Schließlich – wenn sie ihre Ersparnisse auf einen Eheurlaub verwendete, sie konnte bald wieder einen Sparpfennig beisammen haben. Frederick drängte ihr förmlich Geld auf – sie könnte nur, während sie von neuem sparte, nicht mehr so große Summen für wohltätige Zwecke ausgeben.

Sie besaß kein eigenes Vermögen und war gezwungen, von dem Geld zu leben, das ihr Mann erwarb. Wie er es erwarb – das war der große Schmerz ihres Lebens. Er schrieb nämlich regelmäßig, Jahr für Jahr, ungemein volkstümliche Memoiren – über die Mätressen von gekrönten Häuptern. Es gab in der Geschichte zahlreiche Könige, die Mätressen, und noch mehr Mätressen, die Könige besessen hatten, so daß er seit seiner Verheiratung jedes Jahr einen Memoirenband hatte veröffentlichen können – und eine ganze Menge dieser Damen harrte noch seiner Feder. Mrs. Arbuthnot war hilflos. Ob sie es gern tat oder ungern, sie mußte von dem Ertrag dieser Bücher leben. Einmal schenkte Frederick ihr ein schreckliches Sofa – das war nach dem Erfolg, den seine Dubarry-Biographie hatte – mit weichem Sitz und dicken Kissen, und sie fand es abscheulich, daß sie in ihrem Heim mit der alten französischen Sünderin sozusagen protzen sollte.

Gutherzig und von der Überzeugung durchdrungen, daß Sittlichkeit die Grundlage des Glückes bildet, empfand sie es als Schande, ihr Leben aus solchen Einkünften zu bestreiten – dieser Umstand war die geheime Ursache ihrer Traurigkeit. Je mehr die »denkwürdige« Dame gesündigt hatte, desto mehr wurde das Buch, das Frederick von ihr schrieb, gelesen, und desto freigebiger war er gegen seine Frau. Sie gab alles für wohltätige Zwecke aus, was sie von ihm bekam – sie legte nur immer einen kleinen Teil der Summe in die Sparkasse, denn sie hoffte, daß endlich doch ein Tag kommen würde, an dem die Leute keine Freude mehr an solch gottlosen Büchern finden würden und Frederick vielleicht dann einer Unterstützung bedurfte. Die Armenpflege in Hampstead blühte und gedieh infolge der Sittenlosigkeit der Dubarry, Montespan, Pompadour, Ninon de l'Enclos – um nur ein paar zu nennen – und selbst der gelehrten Maintenon. Mehr konnte sie nicht tun. Die Armen hatten den Gewinn; sogar die Schuhe, die sie erhielten, strotzten von Sünde. Aber wie schwer war ihr das geworden, wie hatte es sie erschöpft, wenn sie inbrünstig um Erleuchtung betete! Hätte sie vielleicht das Geld nicht berühren sollen, wie sie die Sünden vermieden hätte, aus deren Quellen es stammte? Aber wo hätte sie dann die Schuhe für die Armen hernehmen sollen? Sie fragte den Vikar, was er davon halte; der äußerte sich sehr vorsichtig und ausweichend, aber aus seiner Rede ging doch hervor, daß er für die Schuhe stimmte.

Es war ihr endlich gelungen, Frederick zu bewegen – er hatte seine so entsetzlich erfolgreiche Tätigkeit erst nach der Verheiratung begonnen; bis dahin war er ein tadelloser Bibliotheksbeamter im Britischen Museum gewesen –, ihn zu bewegen, die Denkwürdigkeiten der Damen unter einem anderen Namen zu veröffentlichen, damit ihr die Brandmarkung erspart bliebe. Ganz Hampstead las die Bücher mit Begeisterung, ohne eine Idee davon zu haben, daß der Autor mitten unter ihnen lebte. Frederick war fast gänzlich unbekannt – man sah ihn kaum – in Hampstead. Er ging niemals in Gesellschaft; seine Erholungsstunden verbrachte er in London, aber er sprach nie davon, mit wem er verkehrte, auch nicht zu seiner Frau. Nur der Vikar wußte, woher das Geld stammte, das der Gemeinde zugute kam, und er betrachtete es, wie er Mrs. Arbuthnot sagte, als Ehrensache, nichts davon verlauten zu lassen.

Ihr kleines Haus war wenigstens nicht von den liederlichen Damen behext, denn Frederick schrieb seine Bücher außer Haus. Er hatte zwei Zimmer in der Nähe des Britischen Museums – dieses war ja der Schauplatz seiner literarischen Ausgrabungen –, jeden Morgen fuhr er dorthin und kam gewöhnlich erst zurück, wenn seine Frau bereits schlief. Oft kam er gar nicht nach Hause. Zuweilen sah sie ihn tagelang nicht. Dann erschien er plötzlich beim Frühstück – er war in der Nacht nach Hause gekommen –, sehr aufgeräumt und gutmütig und freigebig, immer erfreut, wenn sie ein Geschenk von ihm annahm, ein vollblütiger, gutgenährter Mann, mit sich und der Welt zufrieden. Und sie war immer sanft und bemüht, den Kaffee so zuzubereiten, wie er ihn gern hatte.

Er schien vollkommen glücklich zu sein. Sie mußte oft denken, wie geheimnisvoll doch das Leben eigentlich sei. So viele Menschenklassen es auch gab, manche Leute paßten nirgends hinein. Zu diesen gehörte auch Frederick. Er schien nicht die entfernteste Ähnlichkeit mit dem Frederick zu haben, den sie vor ihrer Hochzeit gekannt hatte. Er schien nicht das geringste Bedürfnis nach alledem zu haben, was er früher als schön und unentbehrlich bezeichnet hatte: die Liebe, ein Heim, Gemeinschaft im Denken und Fühlen, vollständiges Aufgehen in dem anderen. Wohl hatte sie schmerzliche Versuche gemacht, ihn auf den Höhen zu halten, auf denen sie so herrlich zusammen gewandelt waren. Sie hatte ihn heiß geliebt, aber sie getraute sich nicht mehr, an ihn zu denken, wie er in den wundervollen Tagen ihrer ersten Liebe, ihrer Ehe war. Sie hatte ein Kind besessen – es war tot. Sie hatte nichts, niemand, an den sie ihre Liebe verschwenden konnte; so wurden die Armen ihre Kinder, wurde ihr Gesicht, besonders aber die Augen, immer trauriger.

Vielleicht, wenn wir alt sind . . . vielleicht, wenn wir beide ganz alt sind . . ., pflegte sie wehmütig zu denken.

3

Der Besitzer des mittelalterlichen Schlosses am Mittelländischen Meer war ein Engländer, ein gewisser Mr. Briggs, der sich gerade in London befand. Er schrieb, das Haus habe Betten für acht Personen – abgesehen von den Dienerschaftsbetten –, drei Salons, sei mit Zinnen, Erkern und elektrischem Licht versehen. Die Miete betrug sechzig Pfund für den Monat April, die erforderlichen Dienstboten mußten extra bezahlt werden. Er erbat sich Referenzen, denn er mußte die Sicherheit haben, daß auch die zweite Hälfte des Mietzinses bezahlt werden würde, die erste müsse im voraus entrichtet werden. Diese Bürgschaft sollte ein Rechtsanwalt oder ein Arzt oder geistlicher Herr übernehmen. Der Brief war sehr höflich; er wies darauf hin, daß Referenzen in solchen Fällen allgemein üblich und eigentlich nur eine Formalität seien.

Die beiden Damen hatten nicht daran gedacht, daß Referenzen nötig sein würden, und sich auch nicht im Traume vorgestellt, der Mietzins könnte so hoch sein. Sie hatten an die Summe von etwa drei Pfund pro Woche gedacht oder noch weniger – das Schloß war doch klein und alt.

Sechzig Pfund für einen einzigen Monat.

Sie waren ganz verblüfft.

Vor dem geistigen Auge der Mrs. Arbuthnot entstanden ganze Reihen von Schuhen, Schuhe für sechzig Pfund!

Außer der Miete mußte der Lohn der Dienstboten bezahlt werden, das Essen, die Eisenbahnfahrt hin und zurück. Auch die Referenzen schienen ein Stein des Anstoßes zu sein, denn es war unmöglich, Referenzen zu geben, ohne ihren Plan zu verraten, was sie nicht beabsichtigten.

Sie hatten sich beide den Plan zurechtgelegt, daß jede in ihren Kreisen – die glücklicherweise nicht die gleichen waren – ankündigen würde, sie gedenke, ihre Freundin zu besuchen, die ein Haus in Italien besitze. Selbst Mrs. Arbuthnot hatte sich trotz ihrer Offenherzigkeit dazu verleiten lassen, weil sie sich klarmachte, wieviel Verdruß und Kritik dadurch erspart würden. Es war ja in gewissem Sinne auch die Wahrheit – Mrs. Wilkins behauptete, es sei die vollständige Wahrheit, Mrs. Arbuthnot, es sei nur teilweise wahr – und das einzige Mittel, wie Mrs. Wilkins ihrer Freundin versicherte, vor Mellersh Ruhe zu haben. Er wäre entrüstet gewesen, wenn sie ihm mitgeteilt hätte, sie wolle ihren Sparpfennig für eine italienische Reise verwenden; was er sagen würde, wenn er erfuhr, daß sie ein mittelalterliches Schloß gemietet habe, daran wollte sie lieber gar nicht denken. Tagelang würde er davon reden, obwohl es doch ihr Geld war, von dem nicht ein Heller ihm gehörte.

»Ihr Mann ist wohl auch nicht anders«, sagte sie, »in diesem Punkt sind sie alle gleich.«

Mrs. Arbuthnot sagte nichts darauf. Sie hatte gerade den entgegengesetzten Grund, Frederick noch nichts zu verraten, denn er würde gar nichts gegen die Reise einzuwenden haben, sondern sich sogar darüber freuen und ihren Entschluß, auch einmal ihrer Genußsucht zu frönen, mit verletzender Fröhlichkeit begrüßen. Wieviel besser ist es doch, sagte sie sich, von Mellersh vermißt als von Frederick zur Abreise gedrängt zu werden . . .

Sie hatten, Mrs. Wilkins sowohl als auch Mrs. Arbuthnot, den ganzen Tag hindurch das Gefühl, es bleibe ihnen nichts anderes übrig, als auf das mittelalterliche Schloß zu verzichten; als sie den schmerzlichen Entschluß faßten, wurde ihnen erst klar, wie glühend ihre Sehnsucht war.

Daraufhin fand Mrs. Arbuthnot, die darin geschult war, Schwierigkeiten zu überwinden, ein Mittel, den Stein des Anstoßes aus dem Wege zu räumen; und gleichzeitig hatte auch Mrs. Wilkins eine Eingebung, wie sie die Miete verringern könnten.

Der Plan Mrs. Arbuthnots war einfach und von Erfolg begleitet. Sie holte sich nämlich den ganzen Betrag von sechzig Pfund aus der Postsparkasse und überbrachte die Summe persönlich – wieder sah sie sehr scheu aus und als wollte sie den Kontoristen um Entschuldigung bitten, daß sie das Geld für ihr persönliches Vergnügen ausgeben wolle –, sie verzichtete also auf das Recht, nur eine Hälfte des Mietzinses im voraus zu bezahlen, sondern bezahlte die ganze Summe.

Als Mr. Briggs sie erblickte, mit gescheiteltem Haar, sanften, dunklen Augen und bescheidener Toilette, und als er ihre ernste Stimme hörte, bat er sie, sich wegen der Referenzen keine Mühe zu geben.

»Es ist schon recht«, sagte er, indem er eine Bestätigung der erhaltenen Summe kritzelte, »bitte Platz zu nehmen. Abscheuliches Wetter, nicht wahr? Sie werden in dem alten Schloß viel Sonnenschein finden, gnädige Frau. Geht Ihr Gatte mit?«

Mrs. Arbuthnot, die gewohnt war, immer die Wahrheit zu sagen, sah etwas verlegen aus bei dieser Frage und murmelte etwas Unverständliches.

Mr. Briggs schloß sofort, daß sie eine Witwe sei – eine Kriegswitwe natürlich, denn andere Witwen sind nicht jung – und daß er ein Dummkopf sei, das nicht gleich erraten zu haben.

»Es tut mir leid«, sagte er, indem er bis an die Haarwurzeln errötete, »ich wollte nicht – hm, hm –«

Er überflog die Quittung und reichte sie ihr, worauf er die sechs Zehnpfundnoten in Empfang nahm.

»Ich bin jetzt reicher«, sagte er mit einem liebenswürdigen Lächeln, denn Mrs. Arbuthnot war ein sehr angenehmer Anblick, »und Sie sind glücklicher. Ich habe das Geld, und Sie haben San Salvatore. Was ist wohl besser?«

»Ich glaube, das wissen Sie sehr gut«, antwortete Mrs. Arbuthnot mit ihrem holden Lächeln.

Er lachte und öffnete ihr die Tür. Wie schade, daß die Unterbrechung schon vorüber war! Er hätte sie so gern gebeten, mit ihm den Lunch zu nehmen.

»Ich hoffe, es wird Ihnen in dem alten Schlößchen gefallen«, sagte er, indem er ein Weilchen ihre Hand in der seinen behielt. »Im April gibt's schon eine Menge Blumen dort. Und erst das Meer! Sie müssen sich dort in Weiß kleiden. Sie werden sehr harmonisch in die Umgebung hineinpassen. Es sind mehrere Porträts von Ihnen im Schloß.«

»Porträts von mir?«

»Madonnenbilder nämlich. Das eine auf der Treppe ähnelt Ihnen sehr, gnädige Frau.«

Mrs. Arbuthnot lächelte und dankte ihm und empfahl sich. Ohne die geringste Mühe hatte sie ihn sofort in seine Kategorie eingereiht: Er war ein Künstler von überquellendem Temperament.

Er bedauerte, daß sie fort war. Dann sagte er sich, er hätte doch auf den Referenzen bestehen sollen, wenn auch nur deshalb, weil sie ihn wegen der Unterlassung für ungeschäftsmäßig halten mußte. Aber ebensogut hätte er von einer Heiligen Referenzen verlangen können wie von diesem ernsten, holden Geschöpf.

Rose Arbuthnot.

Ihr Brief, in dem sie um eine Unterredung bat, lag auf dem Schreibtisch.

Ein hübscher Name.

Diese Schwierigkeit war also überwunden. Nun mußte die andere in Angriff genommen werden. Der Sparpfennig der Mrs. Wilkins war winzig im Vergleich zu dem der Mrs. Arbuthnot, aber da hatte diese wieder eine Eingebung, wie sie Abhilfe schaffen könnten. Da sie nun San Salvatore gemietet hatten, so wollten sie in der ersten Spalte der *Times* eine Anzeige erscheinen lassen, in der sie zwei Damen suchten, die ähnliche Wünsche hatten wie sie selbst und die Ausgaben mit ihnen teilen wollten.

Das verringerte die Ausgaben um ein Viertel. Mrs. Wilkins war zwar bereit, ihre ganzen neunzig Pfund zu opfern, aber wenn die Kosten nur um einen Sixpence mehr betrugen, war sie in einer schrecklichen Lage. Man stelle sich vor: Dann mußte sie zu Mellersh gehen und ihm beichten, daß sie Schulden habe. Es würde schon schlimm genug sein, wenn sich einmal die Notwendigkeit herausstellte, ihm zu gestehen: »Ich habe keinen Sparpfennig mehr«, aber in diesem Falle hatte sie doch das Bewußtsein, daß es *ihr eigener* Sparpfennig gewesen sei. Wenn also die Miete, die sie zu bezahlen hatte, nur fünfzehn Pfund betrug, so hatte sie noch fünfundsiebzig Pfund für die anderen Ausgaben übrig. Vielleicht ließ sich auch beim Essen etwas ersparen – wenn sie zum Beispiel von ihren eigenen Bäumen Oliven pflückten oder in der See fischten.

Sie konnten natürlich die Miete noch um ein bedeutendes

verringern, wenn sie zum Beispiel anstatt zwei Damen noch sechs bei sich aufnähmen, da doch acht Betten vorhanden waren, aber wenn diese acht Betten sich auf vier Zimmer verteilten, das wäre nicht nach ihrem Sinne: mit einer Fremden des Nachts in einem Zimmer eingeschlossen zu sein. Ferner wäre es vielleicht nicht so friedlich, wenn acht Frauen beisammen wären, und sie gingen ja nach San Salvatore, um Frieden und Ruhe und Freuden zu genießen.

Aber es schien augenblicklich nur zwei Damen in England zu geben, die den Wunsch hatten, sich ihnen anzuschließen, denn sie erhielten auf ihre Ankündigung nur zwei Antworten.

»Nun, wir wollen ja nur zwei«, sagte Mrs. Wilkins rasch gefaßt – sie hatte einen großen Ansturm erwartet.

»Es wäre immerhin gut gewesen, wenn wir uns die Betreffenden hätten auswählen können«, versetzte Mrs. Arbuthnot.

»Sie meinen, dann müßten wir Lady Caroline Dester nicht nehmen.«

»Das hab' ich nicht gesagt«, protestierte Mrs. Arbuthnot sanft.

»Wir müssen sie ja nicht nehmen«, fuhr Mrs. Wilkins fort, »eine Person ist auch schon eine große Hilfe bei dem Zins, wir müssen ja nicht zwei haben.«

»Aber warum denn nicht? Sie scheint ja unseren Anforderungen zu entsprechen.«

»Nach ihrem Brief wohl«, erwiderte Mrs. Wilkins unsicher.

Sie fürchtete, daß sie in Gegenwart der Lady Caroline sehr ängstlich sein würde, denn so unglaublich es auch schien, sie war noch nie mit Mitgliedern der Aristokratie beisammen gewesen.

Sie hatten also eine Unterredung mit Lady Caroline und mit der anderen Dame, Mrs. Fisher.

Lady Caroline kam in den Klub in der Shaftesbury Avenue und schien nur von einem Wunsch erfüllt, von der Sehnsucht, allen Bekannten zu entrinnen. Als sie die beiden Freundinnen sah, war sie überzeugt, es sei das richtige für sie. Sie würde in Italien sein – das sie liebte; nicht in Hotels – die sie verabscheute; nicht mit Freunden und Bekannten – die sie nicht leiden konnte, und in Gesellschaft von Fremden, die niemals den Namen eines ihrer Bekannten aussprechen würden, aus dem einfachen Grunde, weil sie mit diesen nie zusammengekommen waren und nie zusammenkommen würden. Sie fragte noch nach der vierten Dame, und die Antwort befriedigte sie. Mrs. Fisher, die in der Prince of Wales Terrace wohnte. Eine Witwe. Auch die kannte Lady Carolines Freunde nicht. Lady Caroline wußte nicht einmal, wo die Prince of Wales Terrace sich befand.

»In London«, sagte Mrs. Wilkins.

»Wirklich?« versetzte Lady Caroline.

Alles erschien ihr sehr beruhigend.

Mrs. Fisher könne nicht in den Klub kommen, schrieb sie, weil sie ohne Stock nicht gehen könne.

Mrs. Arbuthnot und Mrs. Wilkins gingen also zu ihr.

»Wenn sie nicht in den Klub kommen kann«, bemerkte Mrs. Wilkins, »wie will sie da die Reise nach Italien unternehmen?«

»Das werden wir von ihr hören«, sagte Mrs. Arbuthnot.

Und sie hörten von ihr als Antwort auf taktvolle Fragen, daß es etwas anderes sei, in einem Eisenbahnzug zu sitzen als herumzugehen, und das wußten sie ohnehin. Abgesehen von dem Stock schien Mrs. Fisher eine sehr wünschenswerte Vierte zu sein – eine ruhige, ältliche, gebildete Dame. Sie war viel älter als die andern drei – Lady Caroline hatte ihnen gesagt, sie sei achtundzwanzig –, aber noch sehr regen Geistes. Sie sah sehr vertrauenswürdig aus und trug noch immer Trauerkleidung, obwohl ihr Mann, wie sie ihnen erzählte, schon seit elf Jahren tot war. Das Haus war voll von Fotografien berühmter Männer aus der Zeit der Königin Viktoria, mit Namenszug versehen; sie hatte sie alle gekannt, als sie noch ganz klein war. Ihr Vater war ein berühmter Kritiker gewesen, und in seinem Hause hatte jeder verkehrt, der in der Literatur oder Kunst etwas bedeutete. Carlyle hatte sie finster angesehen; Matthew Arnold hatte sie auf sein Knie gesetzt; Tennyson hatte sie mit ihrem langen Zopf geneckt. Von ihrem Mann sagte sie nichts, fragte auch die Besucherinnen nicht nach ihren Gatten – das war sehr wohltuend. Ja sie schien die anderen auch für verwitwet zu halten, denn als man auf ihre Frage nach der Vierten im Bunde ihr sagte, es sei Lady Caroline, erkundigte sie sich, ob sie auch verwitwet sei.

Die Freundinnen erklärten ihr, daß Lady Caroline Dester noch unverheiratet sei, und sie antwortete: »Kommt Zeit, kommt Rat.«

Mrs. Fisher war sehr versonnen, aber das war nur eine Empfehlung. Sie sagte, sie verlange nichts weiter, als ruhig in der Sonne zu sitzen und ihren Erinnerungen zu leben. Mehr verlangten die beiden Freundinnen nicht. Mochten ihre Gefährtinnen die ganze Woche versonnen im Freien sitzen – wenn sie sich nur am Samstagabend aufrafften, ihren Anteil zu bezahlen.

Mrs. Fisher sagte auch, daß sie Blumen sehr liebe.

Mrs. Arbuthnot war eben aufgestanden und sagte, nun müßten sie wohl gehen.

Mrs. Fisher hinderte sie nicht daran. Sie bat nur noch um Referenzen. Sie wollte nicht mit Unbekannten vier Wochen lang irgendwo eingeschlossen sein. Freilich waren drei Salons verhanden und der Garten und die Zinnen, so daß man sich immer zurückziehen konnte.

Die beiden Damen schienen bestürzt zu sein über das Verlangen, so daß Mrs. Fisher hinzufügte: »Das ist allgemein gebräuchlich.«

»Sollten wir nicht zuerst von Ihnen Referenzen verlangen?« fragte Mrs. Wilkins, die sich zuerst gefaßt hatte.

Statt aller Antwort begab sich Mrs. Fisher mit Hilfe ihres Stokkes an ihren Schreibtisch, schrieb mit fester Hand drei Namen nieder und reichte Mrs. Wilkins das Blatt. Die Namen waren so achtunggebietend, so bedeutsam, so hochstehend, daß es genügte, sie zu lesen: der Präsident der Königlichen Akademie, der Erzbischof von Canterbury, der Gouverneur der Bank von England – wer hätte es gewagt, solche Persönlichkeiten mit der Frage zu belästigen, ob eine bekannte Dame den Anforderungen entsprach, die man an sie stellte?

»Sie haben mich gekannt, als ich noch ganz klein war«, sagte Mrs. Fisher.

»Ich glaube nicht, daß unter anständigen Frauen Referenzen

erforderlich sind«, bemerkte Mrs. Wilkins, der ihre Bedrängnis Mut verlieh; wußte sie doch, daß die einzige Referenz, die sie anbieten konnte, das Haus Shoolbred war, »wir sind ja keine Geschäftsleute und dürfen einander nicht mißtrauen –«

Und Mrs. Arbuthnot ließ sich mit liebenswürdiger Würde vernehmen: »Meiner Ansicht nach bringen solche Forderungen eine Atmosphäre in unseren Ferienplan, der uns nicht ganz erwünscht wäre – wir verlangen keine Referenzen von Ihnen, erlassen Sie sie auch uns. Ich kann mir nur denken, daß Sie nicht den Wunsch haben, sich uns anzuschließen!«

Und sie reichte Mrs. Fisher die Hand zum Abschied.

Da blickte Mrs. Fisher Mrs. Arbuthnot an, die so vertrauenerweckend war, und sagte sich, sie wäre blödsinnig, wenn sie eine solche Gelegenheit, unter so günstigen Bedingungen Aufenthalt in Italien zu nehmen, ungenützt vorübergehen ließe.

Sie sagte also, indem sie die dargebotene Hand der Mrs. Arbuthnot ergriff: »Meinetwegen. Ich verzichte auf Referenzen.«

Sie verzichtete auf Referenzen.

Als die beiden Freundinnen sich zur Station in der Kensington High Street begaben, waren sie beide der Ansicht, daß Mrs. Fisher sich sehr stolz ausgedrückt hatte. Sogar Mrs. Arbuthnot, die immer bereit war, ein Versehen zu entschuldigen, dachte, daß Mrs. Fisher sich hätte anders ausdrücken können. Mrs. Wilkins aber, der nach dem raschen Gang auf dem überfüllten Bürgersteig und dem steten Kampf mit den Regenschirmen anderer Leute ganz heiß geworden war, machte ihrer Freundin wahrhaftig den Vorschlag, auf Mrs. Fisher zu verzichten.

Als sie jedoch im Zug saßen, kühlte sich Mrs. Wilkins ein wenig ab und bemerkte, daß sich Mrs. Fisher in San Salvatore den anderen schon anpassen würde.

»Ich *sehe* es, wie sie sich dort den anderen anpaßt«, sagte sie mit glänzenden Augen.

Daraufhin überlegte Mrs. Arbuthnot im stillen, wie sie es wohl zustande bringen könnte, daß ihre Freundin nicht gar zu viel *sehe*, wenn es aber schon so sein müßte, daß sie schweigend sehe.

4

Die beiden Freundinnen hatten beschlossen, zusammen zu reisen und in San Salvatore am Abend des einunddreißigsten März einzutreffen – Mr. Briggs, der ihnen sagte, wie sie am besten hinkämen, begriff ihre Abneigung, am ersten April ihren Aufenthalt in Italien zu beginnen –, während Lady Caroline Dester und Mrs. Fisher, die einander noch nicht kannten, folglich nicht die Pflicht hatten, sich mitsammen auf der Reise zu langweilen, erst am Morgen des zweiten April erwartet wurden.

Ende März gab es einige unangenehme Zwischenfälle.

Das ohnehin hypersensitive Gewissen der Mrs. Arbuthnot fand einen Zwiespalt zwischen ihrer Handlungsweise und dem Ideal, das ihr vom rechten Tun vorschwebte. Es ließ ihr keine Ruhe. Eine innere Stimme brachte sie mit Fragen aus der Fassung wie: Bist du nicht eine Heuchlerin? Denkst du wirklich so?

Das anhaltende rauhe Wetter war ebenfalls gegen sie, denn es verursachte viel mehr Krankheit unter den Armen als sonst. Sie hatten Fieber, Bronchitis, die Not wollte gar kein Ende nehmen. Und sie war im Begriff, abzureisen, das kostbare Geld auszugeben, einzig und allein, um sich zu vergnügen. Eine einzige Frau! Eine einzige Frau trat die Fahrt nach dem Glücke an, während so viele armselige Menschen . . .

Sie war nicht imstande, dem Vikar in die Augen zu sehen. Er wußte nicht, niemand wußte, was sie vorhatte; sie lehnte es ab, Ansprachen zu halten zu dem Zweck, Geld zu sammeln. Wie konnte sie von anderen Geld verlangen, wenn sie selbst soviel für ihr Vergnügen ausgab? Von dem Wunsch beseelt, die Summe zu ersetzen, die sie im Begriff stand zu vergeuden, bat sie ihren Mann um etwas Geld, und er gab ihr sofort einen Scheck über hundert Pfund. Aber auch das beruhigte ihr Gewissen nicht. Frederick fragte nicht, wozu sie das Geld brauche, sie wurde feuerrot. Er sah sie einen Augenblick an, dann wendete er den Blick wieder ab, es war ihm eine Erleichterung, daß sie das Geld von ihm nahm. Sie schenkte es sofort dem Verein, für den sie tätig war, aber neue Zweifel bedrückten sie.

Mrs. Wilkins dagegen empfand nicht die leisesten Gewissensbisse. Sie war fest überzeugt, daß ein Eheurlaub nur recht und billig sei und daß sie mit Fug und Recht ihr Eigentum, die schwer zusammengesparte Summe, zu ihrem Vergnügen ausgeben dürfe.

»Bedenken Sie doch, wie lieb und nett wir sein werden, wenn wir zurückkommen!« sagte sie zu der blassen Mrs. Arbuthnot, um ihr Mut einzuflößen.

Also Gewissensbisse hatte Mrs. Wilkins nicht, wohl aber Angst vor Mellersh, der den ganzen Monat März hindurch keine Ahnung hatte, was ihm bevorstand. Seine Frau war ganz besonders bemüht, ihm nur die Speisen vorzusetzen, die er gern aß, und sie wachte mit ungewöhnlichem Eifer darüber, wie sie zubereitet wurden, so daß Mellersh sehr vergnügt war. So vergnügt, daß er allmählich dem Gedanken näher kam, er hätte vielleicht doch die rechte Frau heimgeführt, nicht, wie er schon oft gefürchtet, die falsche.

Die Folge davon war, daß Mellersh am dritten Sonntag des Monats März – am vierten Sonntag gedachte seine Frau ihm mitzuteilen, daß sie eine Einladung nach Italien erhalten habe; dieser Monat hatte fünf Sonntage, und am fünften sollte sie mit ihrer Freundin abreisen –, nach einem delikaten Mittagessen – der Pudding schmolz auf der Zunge, und die Aprikosentorte war so wundervoll, daß er sie ganz aufaß – als er seine Zigarre an dem Kamin rauchte, während es draußen wetterte und stürmte, zu seiner Frau sagte: »Ich habe die Absicht, liebe Lotty, über Ostern mit dir eine italienische Reise zu machen.«

Und er hielt inne, in Erwartung ihres Entzückens und ihrer Dankbarkeit.

Aber er hörte nichts. Im Speisezimmer herrschte vollständige Stille, abgesehen von dem fröhlichen Knistern des Feuers und dem Hagel, der an die Fensterscheiben schlug. Lotty konnte kein Wort hervorbringen. Sie war wie vom Donner gerührt. Sie hatte sich noch nicht darauf vorbereitet, in welcher Form sie ihm von ihrer italienischen Reise Mitteilung machen wollte.

Dr. Wilkins war seit dem Krieg nicht im Ausland gewesen; er

hatte mit wachsendem Ärger bemerkt, wie ein Tag dem anderen, eine Woche der anderen folgte, ohne daß Regen und Wind nachließen. So hatte er den Entschluß gefaßt, England zu Ostern den Rücken zu kehren. Seine Kanzlei ging sehr gut, er konnte sich eine Vergnügungsreise erlauben. Die Schweiz im April war nicht geraten; Ostern in Italien, das hörte sich ganz anders an. Die italienische Reise war also beschlossene Sache, und da es Aufsehen machen würde, wenn er seine Frau nicht mitnähme, so mußte er sich dazu entschließen. Außerdem erweist sich eine zweite Person auf einer Reise in einem Land, dessen Sprache man nicht versteht, immer nützlich, zum Beispiel, um auf das Gepäck achtzugeben.

Er hatte einen Ausbruch der Freude und Dankbarkeit erwartet. Es war unglaublich, daß er ausblieb. Es war nur eines möglich: sie hatte nichts gehört. Wahrscheinlich war sie in irgendeinen kindischen Traum versunken. Es war wirklich bedauerlich, wie kindisch sie noch immer war.

Er wendete den Kopf, ihre Lehnstühle standen vor dem Feuer, und sah sie an. Sie starrte ins Feuer – deshalb war sie wohl so rot.

»Ich habe die Absicht«, wiederholte er mit seiner klaren, melodischen Stimme, aber in etwas schroffem Ton, denn ihre Unaufmerksamkeit in einem solchen Augenblick war beklagenswert, »über Ostern mit dir eine italienische Reise zu unternehmen. Hast du mich nicht gehört?«

Ach ja, sie hatte ihn gehört, und sie wunderte sich im stillen über das merkwürdige Zusammentreffen. Sie hatte ihm gerade sagen wollen, daß sie eingeladen worden sei, eine Freundin hätte sie eingeladen – zu Ostern – Ostern fiel doch in den April, nicht wahr? – ihre Freundin hatte dort ein Haus.

Mrs. Wilkins war so überrascht, entsetzt und schuldbewußt, daß sie noch sprunghafter war als sonst.

Es wurde ein abscheulicher Nachmittag. Mellersh war tief entrüstet, stellte ein äußerst strenges Kreuzverhör mit ihr an. Er verlangte, daß sie die Einladung ablehne. Er verlangte, daß sie ihrer Freundin sofort abschreibe, da sie unerhörterweise ihn nicht vorher um seine Zustimmung gebeten habe. Da sie hartnäckig blieb wie ein Fels, eine ganz neue Erfahrung für ihn, wollte er nicht an die Einladung zu der italienischen Reise, ja nicht einmal an die Existenz dieser Mrs. Arbuthnot glauben, von der er bis zu diesem Augenblick nie etwas gehört hatte. Erst als seine Frau die sanfte Freundin herbeiholte – sie hätte lieber auf die Reise verzichtet, als von der Wahrheit abzuweichen – und diese die Mitteilung seiner Frau bestätigte, schenkte er ihr Glauben. Er konnte doch nicht anders als Mrs. Arbuthnot vertrauen, sie machte genau denselben Eindruck auf ihn wie auf den Besitzer von San Salvatore: es bedurfte nicht vieler Worte.

Die letzten Märztage vergingen wie ein wirrer, böser Traum. Die Freundinnen waren erschüttert, schuldbewußt, und als sie am dreißigsten März wirklich abreisten, empfanden sie keine Heiterkeit, keine Urlaubsfreude.

»Wir waren zu brav, viel zu brav«, murmelte Mrs. Wilkins wiederholt, als sie zusammen auf dem Bahnsteig von Victoria auf und ab gingen – sie waren eine Stunde früher da, als nötig war –, »deshalb haben wir das Gefühl, unrecht zu handeln. Wir sind eingeschüchtert, wir sind gar keine menschlichen Wesen mehr. Ach, wenn ich mir denke«, und sie ballte die Fäuste, »wie glücklich wir jetzt sein müßten, so knapp vor der ersehnten Abreise, und daß wir's nicht sind, weil wir *sie* zu sehr verwöhnt haben! Was haben wir Böses getan«, fragte sie entrüstet Mrs. Arbuthnot, »was haben wir Böses getan? Daß wir einmal allein fort und ein wenig Ruhe vor ihnen haben wollen?«

Mrs. Arbuthnot fragte nicht, wen sie mit *sie* und *ihnen* meinte, sie wußte es nur zu gut: Mellersh und Frederick. Mrs. Wilkins beharrte in ihrer Annahme, daß Mr. Arbuthnot ebenso entrüstet sei über die Abreise seiner Frau wie Mellersh über die ihrige. Tatsache war, daß Frederick noch nicht einmal von der Abreise seiner Frau wußte.

Rose hatte ihrer Freundin nichts davon erzählt; sie war immer sehr schweigsam in bezug auf ihren Mann: Sie konnte nicht von ihm sprechen, er lag ihr viel zu sehr am Herzen. Er beendete gerade ein neues schreckliches Buch und war in den letzten Wochen kaum in Hampstead gewesen. Auch jetzt war er in London. Sie war leider zu ihrem Schmerz fest überzeugt, daß er gegen ihre italienische Reise nicht die geringste Einwendung erhoben hätte – sie schrieb ihm also nur ein paar Zeilen und legte den Brief im Vorsaal auf den Tisch, den er sehen mußte, wenn er nach Hause kam. Sie teilte ihm darin mit, daß sie für vier Wochen verreise, da sie einer Erholung dringend bedürfe und so lange nicht fortgewesen sei, und daß Gladys, das tüchtige Stubenmädchen, beauftragt sei, für seine Bequemlichkeit zu sorgen. Sie schrieb aber nicht, wohin sie reise – warum sollte sie das tun? Es interessierte ihn nicht, es war ihm ganz egal.

Es war ein scheußlicher Tag, naß und stürmisch; die Überfahrt war entsetzlich, und sie waren beide sehr seekrank. Aber als sie in Calais ankamen, waren sie schon überglücklich, nicht mehr seekrank zu sein, und ihre erstarrten Lebensgeister erwärmten sich wieder bei dem Gedanken an die Herrlichkeit, derer sie teilhaftig werden sollten. Mrs. Wilkins wurde zuerst davon ergriffen, und von ihr ging er wie eine rosenrote Flamme auf ihre blasse Reisegefährtin über. In Calais bestellte Mrs. Wilkins Seezungen bei Tisch, weil sie wußte, daß Mellersh heute keine bekommen würde, und er begann allmählich zusammenzuschrumpfen und schattenhafter zu werden. Wer kannte Mellersh in Calais? Wer kümmerte sich um Mellersh?

In Paris war keine Zeit, überhaupt an ihn zu denken, denn sie hatten Verspätung und erreichten mit knapper Not den Turiner Zug an der Gare de Lyon. Und am Nachmittag des folgenden Tages, als sie in Italien einfuhren, waren England, Frederick, Mellersh, der Unterpfarrer, die Armen, Hampstead, der Klub, Shoolbred, kurz alle und alles, auch die gedrückte Stimmung der beiden verschwunden wie ein undeutlicher Traum.

5

Sie waren überrascht, den Himmel in Italien bewölkt zu finden: sie hatten strahlenden Sonnenschein erwartet. Aber es machte nichts, es war doch Italien. Weder Rose noch Lotty waren je zuvor dagewesen; mit verzückten Blicken sahen sie aus dem Fenster. Solange Tageslicht herrschte, flogen die Stunden nur so dahin; nachher waren sie voll lebhafter Erwartung, San Salvatore näher zu kommen, ganz nahe, endlich dort zu sein. In Genua hatte es zu regnen angefangen. Genua! Man stelle sich vor, sie waren wirklich und wahrhaftig in Genua! Der Name prangte auf einem Schild im Bahnhof gerade wie jeder andere Name. In Nervi goß es in Strömen, und als sie gegen Mitternacht – denn sie hatten wieder Verspätung – nach Mezzago kamen, da öffnete der Himmel seine Schleusen, und es gab einen Wolkenbruch.

Aber es war Italien. Da konnte nichts schlecht sein. Der Regen war auch grundverschieden von dem in England. Er fiel geziemend auf den Regenschirm, blies nicht so heftig und kam nicht so tückisch von der Seite. Und wenn er erst aufhörte, dann würde die Erde von Rosen prangen.

Der Besitzer von San Salvatore hatte den Damen gesagt: »Sie steigen in Mezzago aus, und von dort fahren Sie per Auto oder Wagen nach San Salvatore.«

Aber er hatte vergessen – was ihm wohlbekannt war –, ihnen zu sagen, daß die Züge sich zuweilen verspäten, und er war der Meinung gewesen, daß seine Mieterinnen um acht Uhr abends ankommen und in Mezzago eine ganze Reihe von Fahrzeugen finden würden, unter denen sie die Wahl treffen konnten.

Der Zug hatte eine vierstündige Verspätung, und als die beiden Freundinnen, mit Handgepäck beladen, von den leiterähnlichen hohen Stufen hinabstiegen in den finsteren Regenguß, da hätten sie keine Fahrgelegenheit auf dem Bahnhof mehr gefunden, wenn nicht der wachsame Gärtner von San Salvatore dagewesen wäre, der brave Domenico. Der hatte die Verspätung vorausgesehen und den Wagen seiner Tante bestellt, die in

Castagneto wohnte. Dieses Dorf liegt zu den Füßen von San Salvatore; so spät also der Zug auch ankam, der Wagen kam sicher nicht ohne die Gäste heim.

Der Vetter Domenicos, Beppo, der den Wagen lenkte, trat aus dem Dunkel hervor, als die beiden Damen nach Abfahrt des Zuges unschlüssig dastanden; sie wußten nicht, was sie anfangen sollten, denn sie sahen nicht einmal einen Träger.

Beppo begann sofort laut schreiend in italienischer Sprache auf die Neuankömmlinge einzureden. Er war ein höchst ehrenwerter junger Mann, aber er sah nicht so aus, am allerwenigstens im Dunkeln, den triefenden Hut über ein Auge gedrückt. Es gefiel ihnen nicht, wie er die Koffer ergriff – das konnte kein richtiger Träger sein. Da sie aber aus seinem Redefluß den Namen San Salvatore heraushörten, wiederholten sie diesen beständig – es waren die einzigen italienischen Worte, die sie kannten –, indem sie hinter ihm hereilten. Sie waren nicht gewillt, ihre Koffer aus den Augen zu verlieren, und so stolperten sie über Eisenbahnschienen und durch Pfützen auf die Straße hinaus, wo ein kleiner hoher Wagen stand.

Das Lederdach war aufgeschlagen, und das Pferd stand wie in Gedanken versunken da. Sie kletterten hinein, und kaum waren sie drin – Mrs. Wilkins war noch nicht einmal ganz drin –, so erwachte das Pferd mit einem Ruck aus seiner Träumerei und begann sofort nach Hause zu traben – ohne Beppo, ohne die Koffer.

Beppo stürzte ihm nach, und die Luft hallte wider von seinem Geschrei. Gerade noch zur rechten Zeit erwischte er die herabhängenden Zügel. Er erklärte stolz, daß das Pferd es immer so mache, ein prächtiges, wohlgenährtes Vollblut, das er so gut halte wie einen eigenen Sohn, die Damen brauchten sich durchaus nicht zu fürchten. Er hatte bemerkt, daß sie sich aneinander festhielten. Aber so klar und laut und wortreich seine Rede auch war, die Damen sahen ihn verständnislos an.

Er redete immer weiter, während er die Koffer rings um die Insassen auftürmte, überzeugt, daß sie ihn früher oder später doch verstehen müßten. Er bemerkte voller Mitgefühl, daß beide Damen blasse, müde Gesichter und große, müde Augen hatten. Es waren sehr schöne Damen, und ihre Augen waren wie die Augen der Mutter Gottes.

Von Zeit zu Zeit stießen die Damen ihn an und sagten: »San Salvatore?«

Und er antwortete jedesmal mit lauter, ermutigender Stimme: »Si, si – San Salvatore.«

»Wir wissen natürlich nicht, ob er uns wirklich nach San Salvatore fährt«, sagte Mrs. Arbuthnot leise.

Sie hatten das schlafumfangene Städtchen längst hinter sich gelassen und fuhren nun auf einer gewundenen Straße dahin, zu deren Linken sich eine niedrige Mauer hinzog. Dahinter waren schwarze Leere und rauschende See. Rechts erhoben sich ganz nahe bei ihnen hoch und steil und schwarz – Felsen, flüsterten sie einander zu, ungeheure Felsen.

»Nein – das wissen wir nicht«, stimmte Mrs. Wilkins ihrer Freundin zu, und es lief ihr kalt über den Rücken.

Es war ihnen sehr unbehaglich zumute. Es war so spät. Es war so dunkel. Die Straße war ganz verlassen. Wenn ein Rad abfiele. Wenn sie auf Faschisten stießen? Oder auf die Gegner der Faschisten! Sie bedauerten, nicht in Genua übernachtet zu haben und erst bei Tageslicht weitergefahren zu sein.

»Dann wären wir am ersten April hier eingetroffen«, sagte Mrs. Wilkins leise.

»Es *ist* bereits der erste April«, murmelte Mrs. Arbuthnot.

»Wahrhaftig«, versetzte Mrs. Wilkins.

Sie schwiegen.

Wie gut wäre es gewesen, wenn ihre Mütter sie als Kinder hätten Italienisch lernen lassen! Beppo hatte sich nämlich umgewendet und redete sie von neuem an und versetzte sie in neue Unruhe – er sollte doch wahrhaftig lieber auf das Pferd achtgeben! Wenn sie ihm das nur hätten sagen können! Aber sie wußten nicht einmal, wie Pferd auf italienisch heißt. Es war wirklich eine Schande, so unwissend zu sein.

In ihrer Angst – denn die Straße wand sich um große, vorspringende Felsen, und links waren sie nur durch die niedrige Mauer von der See getrennt –, daß etwas passieren könnte, begannen sie zu gestikulieren und nach vorwärts zu zeigen. Sie wollten, daß Beppo sich umwende und auf das Pferd achte. Er aber glaubte, daß sie schneller zu fahren wünschten, und es folgten zehn entsetzliche Minuten; er war stolz auf sein Pferd, das sehr flink war. Er richtete sich halb auf, die Peitsche knallte, das Pferd galoppierte, die Felsen neigten sich, der kleine Wagen schwankte, die Koffer hoben sich, und die beiden Insassen hielten einander fest umklammert. So fuhren sie weiter, bis sie zu einer Stelle bei Castagneto kamen, wo es bergauf ging. Das Pferd, das jeden Zoll des Weges kannte, blieb plötzlich stehen, so daß alles im Wageninnern in einen Haufen zusammenfiel, und trabte dann langsam hinauf.

Beppo wendete sich wieder lachend um, er war so stolz auf sein Pferd, daß er auf bewundernde Zustimmung von seiten der Damen zählte.

Aber die schönen Damen gaben keinen Laut von sich. Ihre Augen erschienen noch größer als vorher, und ihre Gesichter stachen milchweiß ab vom Dunkel der Nacht.

Aber als sie die Steigung überwunden hatten, erblickten sie Häuser. Die Felsen hörten auf, und sie erblickten Häuser. Die niedrige Mauer hörte auf, und sie erblickten Häuser. Dann hörte das Rauschen der See auf, und die Straße war vollständig still und verlassen. Nirgends ein Licht, nirgends ein Mensch, der sie hätte sehen können – und wieder stand Beppo von seinem Sitz auf, blickte über die Schulter zurück, knallte mit der Peitsche und feuerte das Pferd mit dem Ruf: »Castagneto! Castagneto!« an.

»Jetzt sind wir bald dort«, sagte Mrs. Arbuthnot zu sich, indem sie sich festhielt.

»Nun wird er bald halten«, sagte Mrs. Wilkins zu sich, indem sie sich festhielt.

Besorgt strengten sie ihre Augen aufs äußerste an, um vielleicht San Salvatore zu erspähen.

Sie hatten vorausgesetzt und gehofft, daß ein mittelalterliches, gewölbtes Eingangstor sich ihren Blicken darbieten, daß sie durch dieses in den Garten fahren und vor dem offenen Tor des Schlößchens halten würden; sicher war es hell erleuchtet, und die Dienerschaft, die doch dort zurückgeblieben war, erwartete sie.

Da hielt plötzlich der Wagen.

Sie befanden sich aber noch in der Dorfstraße, denn sie sahen die dunklen Häuschen zu beiden Seiten derselben; trotzdem stieg Beppo vom Bock und warf die Zügel über den Rücken des Pferdes – ganz so, als sei er am Ziele angelangt. In demselben Augenblick standen plötzlich, wie aus der Erde gewachsen, ein Mann und ein paar halbwüchsige Jungen da, die ohne weiteres die Koffer aus dem Wagen hoben.

»Nein, nein – San Salvatore, San Salvatore!« rief Mrs. Wilkins aus und hielt von dem Gepäck fest, was sie konnte.

»Si, si – San Salvatore, San Salvatore!« schrien sie alle und zerrten das Gepäck aus dem Wagen.

»Das kann unmöglich San Salvatore sein«, sagte Mrs. Wilkins zu ihrer Freundin, die ruhig sitzengeblieben war und die Leute geduldig gewähren ließ.

»Ich bin derselben Ansicht«, erwiderte sie.

Und im stillen fragte sie sich, ob sie und die arme Lotty nach so viel Mühe und Schwierigkeiten und Widerwärtigkeiten und Ausflüchten und Lügen wirklich nur zu dem Zweck hergekommen seien, um – –

Sie zügelte ihre Gedanken und sagte sanft zu Mrs. Wilkins, während die zerlumpten Burschen mit den Koffern in das Dunkel der Nacht verschwanden und der Mann, der eine Laterne trug, ihr die Reisedecke von den Knien zog, daß sie in Gottes Hand wären; als Lotty dies hörte, überkam sie zum erstenmal große Angst.

Aber es blieb nichts anderes übrig als auszusteigen. Es war nutzlos, sitzenzubleiben und immerzu »San Salvatore« zu wiederholen, denn jedesmal schrien die anderen, auch Beppo: »Si, si – San Salvatore!«

Wenn sie nur Italienisch gelernt hätten, als sie klein waren! Dann hätten sie doch jetzt sagen können: »Wir wünschen bis zum Haus zu fahren!« Aber sie wußten nicht einmal, wie Haus auf italienisch heißt. Solche Unwissenheit war nicht nur eine Schande, sie war, wie sie jetzt erkannten, geradezu gefährlich. Aber Klagen nützten jetzt nichts, es nützte auch nichts, den Versuch zu machen sitzenzubleiben und, was ihnen drohte, zu verzögern. Sie stiegen also aus.

Der Mann mit der Laterne und Beppo spannten ihnen die Regenschirme auf und reichten sie ihnen. Das flößte ihnen etwas Mut ein, denn sie konnten sich nicht denken, daß die Männer, wenn sie Böses im Schilde führten, damit warten würden, um Regenschirme zu öffnen.

Nun machte der Mann mit der Laterne Zeichen, daß sie ihm folgen sollten, und Beppo blieb zurück. Hätten sie ihm nicht zahlen müssen? Aber nein, wenn sie beraubt und ermordet werden sollten – – bei solchen Gelegenheiten zahlt man doch nicht. Außerdem hatte er sie ja nicht einmal nach San Salvatore gebracht, denn sie gingen jetzt sicher nicht ins Schloß, sondern anderswohin. Er bezeigte auch nicht den geringsten Wunsch, bezahlt zu werden, sondern ließ sie ohne Lärm und Geschrei in die Nacht hinausgehen. Das war freilich ein schlechtes Zeichen: Er verlangte nichts, weil er wohl bald genug haben würde.

Sie kamen zu einigen Stufen. Die Straße hörte plötzlich bei einer Kirche auf, zu der einige Stufen hinabführten. Der Mann senkte die Laterne, damit die Damen die Stufen sähen.

»San Salvatore?« fragte Mrs. Wilkins noch einmal mit schwacher Stimme, bevor sie sich entschloß, die Stufen hinabzusteigen.

Die Frage war natürlich überflüssig gewesen, aber sie vermochte nicht so ohne weiteres die Stufen hinabzusteigen, zu einem mittelalterlichen Schloß stieg man doch nicht auf Stufen hinab . . .

Und wieder ertönte die laute Antwort: »Si, si – San Salvatore.«

Die Treppe endete in einem abschüssigen Pfad, der in der Mitte mit Steinplatten gepflastert war. Die beiden Damen glitten öfter auf den nassen Steinen aus, und der Mann mit der Laterne, der immerzu sehr laut und rasch sprach, half ihnen jedesmal sehr höflich auf.

»Vielleicht«, flüsterte Lotty Rose zu, »ist doch alles in Ordnung.«

»Wir sind in Gottes Hand«, versetzte Rose, und wieder überkam ihre Freundin große Angst.

Sie waren am Ende des abschüssigen Pfades angelangt, und das flackernde Licht der Laterne beleuchtete einen offenen Platz, der auf drei Seiten von Häusern umgeben war. Die vierte Seite bildete – das Meer, das die Kieselsteine am Ufer träge bespülte.

»San Salvatore«, sagte der Mann, indem er mit der Laterne auf ein schwarzes, massiges Gebäude wies, das sich wie ein Arm um das Wasser krümmte.

Gespannt schauten sie hin; sie sahen das Gebäude und ein Licht darin.

»San Salvatore?« fragten sie ungläubig von neuem, denn wo war ihr Gepäck, und warum hatte man sie gezwungen auszusteigen?

»Si, si – San Salvatore.«

Sie gingen am Ufer auf einem Kai entlang – diesmal waren sie nicht einmal durch eine niedrige Mauer geschützt, der Mann mit der Laterne hätte sie bequem ins Meer stoßen können.

Das Laternenlicht flackerte und spiegelte sich in dem nassen Pflaster des Kais. Links, offenbar am Ende eines Hafendamms, brannte ein rotes Licht. Sie kamen zu einem Schwibbogen mit einem schweren eisernen Tor, das ihr Begleiter aufstieß. Diesmal gingen sie eine Treppe hinauf, und oben gelangten sie auf einen kleinen Pfad, der sich zwischen Blumen bergauf schlängelte. Sie konnten die Blumen nicht deutlich sehen, aber der ganze Garten schien voll davon zu sein.

Nun fiel es Mrs. Wilkins plötzlich ein, daß der Wagen vielleicht deshalb nicht weiter gefahren war, weil keine Straße, sondern nur ein Fußweg zum Schloß führte. Das erklärte auch das Verschwinden der Koffer, und die Zuversicht erfüllte sie, daß sie im Schloß dieselben schon vorfinden würden. San Salvatore schien, wie es einem mittelalterlichen Schloß geziemte, auf dem Gipfel eines Hügels zu liegen.

Bei einer Windung des Pfades sahen sie das Licht – nun schon viel näher und heller –, das sie vom Kai aus erblickt hatten. Lotty erzählte Rose, welcher Gedanke in ihr aufgedämmert war, und Mrs. Arbuthnot gab zu, daß ihre Erklärung sehr wahrscheinlich sei.

Noch einmal, aber diesmal in hoffnungsfreudigem Ton, sagte

Mrs. Wilkins, indem sie auf das schwarze Gebäude wies, das sich nur wenig von dem etwas helleren Himmel abhob: »San Salvatore?«

Und noch einmal, aber diesmal tröstend, ermutigend, ertönte die Versicherung: »Si, si – San Salvatore.«

Sie schritten über eine kleine Brücke, die über einen Abgrund führte, dann tauchte eine Rasenfläche vor ihnen auf, die wieder von Blumen umgeben schien. Nun kam ein Pfad, von Bäumen begrenzt, der im Zickzack weiterführte – überall der Duft der Blumen, die sie nicht sehen konnten. Der warme Regen förderte all den Duft zutage. Immer höher und höher stiegen sie in dem von würzigem Wohlgeruch erfüllten Dunkel, und bald sahen sie das Licht immer tiefer und tiefer zu ihren Füßen. Sie schienen sich auf einer kleinen Halbinsel zu befinden, der Hafendamm und das Licht verschwanden, links sah man in der Entfernung Lichter schimmern.

»Mezzago«, sagte der Führer, indem er mit der Laterne nach den Lichtern wies.

»Si, si«, antworteten sie, denn das hatten sie nun schon gelernt.

Daraufhin schien der Mann mit der Laterne ihnen zu ihrem wundervollen Italienisch zu gratulieren, denn ein Strom von Wörtern ergoß sich aus seinem Mund, von denen sie kein einziges verstanden. Das war Domenico, der wachsame, tüchtige Gärtner von San Salvatore, die rechte Hand, die Stütze des Haushalts, der erfinderische, beredte, artige, begabte, intelligente Domenico. Nur wußten die Neuankömmlinge das noch nicht, und im Dunkeln – übrigens zuweilen auch bei Tageslicht – sah er mit den messerscharfen Zügen, der dunklen Haut und den raschen, pantherähnlichen Bewegungen wie ein Bösewicht aus.

Wieder schritten sie über ein Stück ebenen Pfades, rechts stieg es wie eine hohe Mauer auf, dann kam ein Spalier, aromatisch duftende Zweige verfingen sich in ihren Kleidern und schüttelten Regentropfen auf sie herab, und das flackernde Laternenlicht beleuchtete Lilien; dann schritten sie eine Treppe hinauf, die jahrhundertelange Benützung abgewetzt hatte, dann wieder durch ein eisernes Tor, und dann – dann waren sie im Schloß, obgleich sie nochmals eine gewundene Treppe hinaufklimmen mußten, deren Seitenwände wie Kerkermauern aussahen.

Oben war eine schmiedeeiserne, durchbrochene Tür, durch die sich eine Flut von elektrischem Licht auf die Ankömmlinge ergoß.

»Ecco«, sagte Domenico, der leichtfüßig die letzten Stufen hinaufgeeilt war und die Tür öffnete.

Und nun waren sie endlich da; und es war San Salvatore, und ihr Gepäck wartete schon auf sie, und man hatte sie nicht ermordet.

Eine sah der andern in das weiße Gesicht, feierlich, mit blinzelnden Augen.

6

Als Mrs. Wilkins am folgenden Morgen erwachte, blieb sie noch ein wenig liegen, bevor sie aufstand und die Fensterläden öffnete. Was würde sie wohl draußen zu sehen bekommen? Eine strahlende Welt oder eine verregnete? Schön mußte es sein, ob Regen oder Sonnenschein, schön mußte es unbedingt sein.

Ihr Schlafzimmer war weiß und kahl, hatte einen Steinboden und ein paar – nur wenige – alte Möbel. Die Betten – es waren zwei – waren aus Eisen, schwarz lackiert und mit bunten Blumensträußen bemalt. Sie blieb im Bett und schob das Öffnen der Fensterläden hinaus, als ob es sich um einen köstlichen Brief handelte, an dem man sich weidet, bevor man ihn öffnet. Sie hatte keine Ahnung, wie spät es war; sie hatte vergessen, die Uhr aufzuziehen, als sie – vor einer Ewigkeit! – in Hampstead das letztemal zu Bett ging. Kein Laut ließ sich im Haus vernehmen, sie vermutete also, daß es noch sehr früh sei, und doch hatte sie die Empfindung, einen langen Schlaf getan zu haben, so vollständig ausgeruht, so ganz zufrieden war sie. Sie hatte die Arme über dem Kopf verschlungen, ein entzücktes Lächeln um die Lippen, und sagte sich, wie glücklich sie sei. Ganz allein in ihrem

Bett: wie wundervoll! Fünf volle Jahre war sie nicht ein einziges Mal allein in ihrem Doppelbett gewesen. Wie kühl und bequem es war, wie frei sie sich bewegen konnte, wie übermütig sie sein durfte! Sie konnte die Decke nach Belieben höher ziehen, wenn sie wollte, oder das Kissen tiefer unter den Kopf schieben, wenn es ihr so bequemer war! Es war wie die Entdeckung einer ganz neuen Freude!

Sie wollte aufstehen, um die Läden zu öffnen, aber es war ihr so unendlich wohlig im Bett. Sie stieß einen tiefen Seufzer der Befriedigung aus und blieb liegen, während sie die Augen umherschweifen ließ und das ganze kleine Zimmer in sich aufnahm, ihr eigenes Zimmer, ihr ausschließliches Eigentum.

Es war ein so merkwürdiges Zimmer, so ganz anders, als sie je eines gesehen, so allerliebst. Es war wie eine Zelle, und wenn nicht zwei Betten darin gewesen wären, so hätte es auf freudige Enthaltsamkeit hingedeutet.

Ach, wie köstlich war es, hier zu liegen und sich auszumalen, welch ein Glück das war! Aber draußen mußte es noch köstlicher sein. Sie sprang auf, schlüpfte in ihre Pantoffeln – denn auf dem Steinboden lag nur ein kleiner Bettvorleger –, eilte ans Fenster und öffnete die Fensterläden.

»Ach!« rief sie aus.

Die ganze italienische Frühlingsherrlichkeit lag zu ihren Füßen. Die Sonne strömte herein. Die See, von ihr beleuchtet, lag wie schlafend da, bewegte sich kaum. Aber die wundervollen, in den verschiedensten herrlichen Farben prangenden Berge jenseits der Bucht schlummerten im Sonnenlicht; unter ihrem Fenster, am Fuße des blumengeschmückten Rasenabhangs, aus dem die Schloßmauer aufragte, befand sich eine große Zypresse, die sich wie ein großes schwarzes Schwert von den zarten blauen, lila und rosenroten Farben der Berge und der See abhob.

Immer größer wurden ihre Augen. So viel Schönes – und sie durfte hier sein und sich daran ergötzen; so viel Schönes – und sie durfte es erleben! Liebliche Düfte kamen durch das offene Fenster und umschmeichelten sie, ein leises Lüftchen bewegte sanft ihr Haar. Weit draußen auf der Bucht lag wie ein Schwarm weißer Vögel eine ganze Anzahl von Fischerbooten unbeweglich auf der stillen Wasserfläche. Wie schön, wie wunderschön! Daß sie nicht früher gestorben war, daß sie das erleben, atmen, fühlen durfte! . . . Sie schaute und schaute, die Lippen halb geöffnet. Glücklich? Welch ein armes, alltägliches, gewöhnliches Wort! Aber wie konnte sie es in Worte fassen, wie beschreiben! Es war ihr zumute, als müßte sie aus ihrem Ich hinaus, als wäre sie zu klein, um so viel Freude fassen zu können, als wäre sie von Sonnenlicht durchtränkt! Wie selig fühlte sie sich bei dem Gedanken, nichts tun zu müssen, was ihr gegen den Strich ging, was ihr nicht behagte! Eigentlich hätte sie Gewissensbisse haben müssen, aber sie verspürte keinen einzigen. Etwas stimmte nicht. Ihre Bravheit, ihre furchtbare Bravheit zu Hause hatte ihr nichts als Schmerzen, Kränkungen, Enttäuschungen eingetragen, und dabei war sie doch die ganze Zeit über so selbstlos gewesen. Jetzt hatte sie ihre Güte abgestreift und hinter sich gelassen wie ein regendurchtränktes Gewand, und doch empfand sie nur Freude. Aller Güte vollständig entkleidet, freute sie sich ihrer Nacktheit, jubelte darüber.

Und weit weg, in der nebelhaften Nässe Hampsteads, war Mellersh und ärgerte sich.

Sie suchte sich Mellersh vorzustellen, wie er gerade frühstückte und mit Zorn an sie dachte, aber, siehe da! Mellersh begann all die herrlichen Farben ihrer Umgebung anzunehmen und war nach einer Minute im Sonnenlicht verschwunden.

In Wirklichkeit zog Mellersh zu Hause gerade die Stiefel an, bevor er auf die triefende Straße hinausging, und machte seinem Ärger in bitteren Gedanken über seine Frau Luft.

Lotty begann Toilette zu machen. Zu Ehren des Sommertages wählte sie ein weißes Kleid, dann packte sie ihre Koffer aus und räumte das entzückende kleine Zimmer auf. Zielbewußt, flink, hochaufgerichtet, das kleine Gesicht, das zu Hause immer vor Angst und Anstrengung gerunzelt war, glatt – so bewegte sie sich im Zimmer. Was sie bis jetzt gewesen war, was sie getan, gefühlt und worüber sie sich geärgert hatte, war verschwunden, wie das Bild von Mellersh in Farbe und Licht aufgelöst. Und es fiel ihr gar mancherlei auf, was sie seit Jahren einfach nicht gesehen hatte; als sie sich vor dem Spiegel frisierte, dachte sie: Nein, wirklich, wie hübsch mein Haar ist! Mellersh hatte es wohl auch nie bemerkt, denn er hatte nie ein Wort darüber gesagt. Na, wenn sie wieder heimkam, wollte sie ihm sagen: »Schau doch einmal mein Haar an, Mellersh! Freust du dich nicht, daß deine Frau so gewelltes, honigfarbenes Haar hat?«

Sie mußte lachen. Nie zuvor hatte sie Mellersh etwas Ähnliches gesagt, und der Einfall belustigte sie. Aber warum hatte sie es eigentlich nie getan? Ach ja – weil sie sich vor ihm fürchtete. Komisch, daß man vor seinem Mann Angst hatte, den man doch zuweilen auch im Negligé sah oder wenn er schlief und nicht durch die Nase atmete, wie es sich gehört hätte.

Als sie fertig war, öffnete sie die Tür, um zu sehen, ob Rose, die gestern nacht von einem schläfrigen Stubenmädchen in die gegenüberliegende Zelle geführt worden war, schon auf war. Sie wollte ihr guten Morgen sagen und dann gleich hinunterlaufen und bei der Zypresse bleiben, bis das Frühstück bereit war, und nach dem Frühstück wollte sie sich nicht einmal dazu verleiten lassen, auch nur zum Fenster hinauszuschauen, sondern mit Rose zusammen alles Nötige für Lady Caroline und Mrs. Fisher vorbereiten. Es war heute viel zu tun, das durfte sie Rose nicht allein überlassen. Sie wollte den beiden alles so schön herrichten, ihre Zellen mit Blumen schmücken.

Die Schlafzimmer wie auch zwei Salons befanden sich im obersten Stockwerk und mündeten in eine geräumige Halle mit einem breiten Fenster auf der Nordseite. San Salvatore war reich an kleinen, terrassenförmigen Gärten. Dieses Fenster ging auf einen Garten hinaus, in den man nur durch die gleiche geräumige Halle im unteren Stockwerk gelangen konnte.

Als Lotty aus ihrem Zimmer trat, fand sie das Fenster ganz offen, und in der Sonne draußen stand ein Judasbaum in voller Blüte. Keine Spur von menschlichen Wesen, kein Laut, kein Schritt war hörbar. Pflanzenkübel mit Arumlilien standen auf dem Steinboden und auf einem Tisch ein ungeheurer Strauß greller, feuriger Kapuzinerkresse.

Unwillkürlich blieb Lotty auf dem Weg zu Rose stehen: Die weite, stille, blumengeschmückte Halle, das große Fenster, das auf den Garten hinausging, der Judasbaum im hellen Sonnenschein – es war unglaublich, wunderbar schön. Und da sollte sie wirklich und wahrhaftig volle vier Wochen bleiben dürfen? Bis heute hatte sie sich damit begnügen müssen, das Schöne stückweise zu genießen, wo es sich ihr gerade bot: ein Häuflein Gänseblümchen auf einer Wiese im Hampstead, ein Sonnenuntergang zwischen zwei Vasen über dem Kaminsims. Nie zuvor war sie an einem vollendet schönen Ort gewesen, nie zuvor in einem alten vornehmen Haus; Blumen im Überfluß in ihrer Wohnung waren etwas Unerreichbares für sie. Zuweilen hatte sie im Frühling der Verlockung nicht widerstehen können und ein halbes Dutzend Tulpen erstanden, aber sie wußte sehr gut, daß Mellersh es unverzeihlich gefunden hätte, wenn er gewußt hätte, was sie kosteten. Und die waren so rasch verwelkt.

Einen solchen Judasbaum hatte sie noch nie gesehen und betrachtete ihn so verzückt wie eine himmlische Erscheinung.

So fand sie Mrs. Arbuthnot, die aus ihrem Zimmer trat.

»Wir sind wirklich in Gottes Hand«, sagte Lotty nach der ersten Begrüßung.

Rose, die eben noch gelächelt hatte, machte ein langes Gesicht.

»Was ist denn geschehen?« fragte sie.

Denn auch sie war mit dem köstlichen Gefühl erwacht, in Sicherheit zu sein. Sie hatte von Frederick nicht einmal geträumt. Zum erstenmal seit Jahren war sie von dem Traum verschont geblieben, daß er bei ihr war, daß sie sich an ihn schmiegte. Aber auch das unglückliche Erwachen jeden Morgen war ihr heute erspart geblieben.

»Es ist doch nichts Unangenehmes passiert?« fragte sie noch einmal besorgt.

Lotty sah sie einen Augenblick an und lachte.

»Wie seltsam!« sagte sie.

»Was ist seltsam?« fragte Rose, deren Gesicht sich wieder aufhellte, als Lotty lachte.

»Wir. Das. Alles. Ach, wie wundervoll! Wie seltsam und entzückend, daß wir mitten drin sind!«

Rose lächelte wieder.

»Ach ja, es ist himmlisch!« versetzte sie.

»Warst du je im Leben so glücklich?« fragte Lotty, indem sie ihren Arm festhielt.

»Nein«, antwortete Rose.

Sie war auch noch nie so glücklich gewesen, nicht einmal in ihren ersten Liebestagen mit Frederick, denn damals war der Schmerz ihr so nahe gewesen, die qualvollen Zweifel. Dies dagegen war das schlichte Glück, das aus der vollständigen Harmonie mit der Umgebung entsteht, ein Glück, das nichts verlangt, nur aufnimmt, nur *ist*.

»Besehen wir uns einmal den Baum aus der Nähe«, sagte Lotty. Und Arm in Arm durchschritten sie die Halle. Ihre Männer hätten sie nicht erkannt, so jung und erwartungsvoll sahen sie aus, als ihre Augen sich an den wundervollen rosenroten Blüten weideten.

Da, plötzlich, als ihre Blicke über den Garten schweiften, sahen sie auf der niedrigen Mauer – Lady Caroline sitzen, die aufs Meer hinausblickte; ihre Füße ruhten in einem Beet voller Lilien.

Sie waren stumm vor Staunen.

Lady Caroline hatte ein weißes Kleid an, sie war ohne Hut. Als sie sie damals in London sahen, den Hut fast bis auf die Nase gedrückt, den Pelzkragen bis zu den Ohren hinaufgeschoben, hatten sie keine Ahnung davon gehabt, wie hübsch sie war. Sie fanden nur, daß sie sich von den Klubmitgliedern sehr unterschied, das fanden auch die anderen, sogar die Kellnerinnen, die sie immerfort betrachteten, wenn sie in die Nähe des Tisches kamen, an dem sie mit Lotty und Rose saß. Sie hatten wirklich keine Ahnung davon gehabt, wie hübsch sie war. Ungewöhnlich hübsch. Alles an ihr war im Superlativ: Das blonde Haar war sehr blond, die herrlichen grauen Augen überaus herrlich und stahlgrau, die dunklen Augenwimpern sehr dunkel, der weiße Teint weiß, der rote Mund kirschrot. Sie war ungewöhnlich schlank, biegsam wie eine Gerte, aber doch nicht ohne Rundungen, wo man Rundungen erwartete. Sie stach scharf ab von dem blauen Hintergrund und saß ganz in der Sonne. Sie ließ die Füße baumeln, als läge nichts daran, daß die Blüten und Blätter der Lilien zerquetscht und zertreten würden.

»Sie wird Kopfschmerzen kriegen, wenn sie so in der Sonne sitzt«, flüsterte Rose.

»Sie sollte einen Hut aufsetzen«, versetzte Lotty.

»Sie zertritt die Lilien.«

»Die gehören ebenso ihr wie uns.«

»Nur der vierte Teil davon.«

Da wendete Lady Caroline den Kopf. Sie blickte zu ihnen empor und war überrascht, daß sie beide heute um so vieles jünger und anziehender aussahen als damals im Klub, ja, sie waren sogar ganz reizend, so reizend man sein kann, wenn man sich geschmacklos anzieht. Eine Sekunde genügte Lady Caroline, um ihr Äußeres mit einem einzigen Blick in sich aufzunehmen, bevor sie lächelnd mit der Hand winkte und »Guten Morgen!« hinaufrief.

Sie wußte sofort, in puncto Toiletten gab es nichts, was das geringste Interesse für sie haben könnte. Das war aber kein bewußter Gedanke, denn sie empfand gerade einen heftigen Widerwillen gegen schöne Toiletten und die Sklaverei, die sie einem auferlegen; sie wußte aus Erfahrung, daß sie in dem Augenblick, da man sie bekommt, Besitz von einem ergreifen und einen nicht in Frieden lassen, bis sie sich überall gezeigt und von jedermann besichtigt worden sind. Die Modedame führt nicht ihre Toiletten in Gesellschaft, sondern die Toiletten führen sie in Gesellschaft. Es ist ein großer Irrtum zu glauben, daß eine wirklich schön gekleidete Dame ihre Toiletten abnützt – die Toiletten nützen sie ab, indem sie sie zu allen Tages- und Nachtstunden mitschleppen.

Es ist gar kein Wunder, daß die Männer länger jung bleiben: Neue Beinkleider regen sie nicht auf, das bringen nicht einmal die allerneuesten zustande. Als Lady Caroline sich von der Mauer erhob und dem Fenster näherte, an dem die beiden Damen standen, fand sie Beruhigung in dem Bewußtsein, daß sie volle vier

Wochen mit Frauen zubringen würde, deren Kleider, wie sie sich dunkel erinnerte, vor fünf Jahren modern waren.

»Ich bin gestern früh hier angekommen«, sagte sie, lächelnd zu ihnen aufblickend.

Sie war wirklich bezaubernd schön; sie hatte alles, sogar ein Grübchen.

»Wie schade!« erwiderte Mrs. Arbuthnot. »Wir wollten Ihnen nämlich das schönste Zimmer aussuchen.«

»Ach, das hab' ich schon selber besorgt«, versetzte Lady Caroline, »wenigstens erscheint es mir als das schönste. Es hat nämlich zwei verschiedene Aussichten – ich liebe ein Zimmer, das zwei Aussichten hat, Sie nicht auch? Nach Westen aufs Meer hinaus und nach Norden auf diesen Judasbaum.«

»Und wir wollten Ihnen Ihr Zimmer mit Blumen schmükken«, sagte Mrs. Wilkins.

»Ach, das hat Domenico getan. Ich hab' es ihm sofort nach meiner Ankunft aufgetragen. Er ist der Gärtner. Ein wunderbarer Mensch.«

»Es ist sehr gut, wenn man so selbständig ist«, bemerkte Mrs. Arbuthnot, »und genau weiß, was man will.«

»Jawohl«, stimmte Lady Caroline zu, »es erspart einem Verdruß.«

»Aber so selbständig soll man doch nicht sein«, wendete Mrs. Wilkins ein, »daß man anderen Leuten keine Gelegenheit gibt, einem eine Guttat zu erweisen.«

Lady Caroline betrachtete zuerst Mrs. Arbuthnot, dann Mrs. Wilkins. In dem komischen Klub damals hatte sie nur einen undeutlichen Eindruck von der gewonnen, die die Verhandlungen geführt hatte. Die andere, Mrs. Wilkins, war so scheu und linkisch, daß sie es für das beste hielt, ihr gar keine Beachtung zu schenken. Sie war damals nicht einmal imstande, adieu zu sagen, ohne rot zu werden. Um so überraschter war Lady Caroline jetzt, als Mrs. Wilkins sie mit Bewunderung betrachtete und ausrief: »Ich hab' keine Ahnung gehabt, daß Sie so schön sind.«

»Das ist sehr lieb von Ihnen.«

»Sie sind geradezu wunderschön«, fuhr Mrs. Wilkins fort, »berückend.«

»Ich hoffe«, warf Mrs. Arbuthnot dazwischen, »daß Sie Ihre Schönheit genießen.«

»O ja«, gab Lady Caroline zur Antwort, »das tue ich, seit ich denken kann.«

»Denn ewig wird sie nicht dauern«, sagte Mrs. Arbuthnot lächelnd, wie warnend den Zeigefinger erhebend.

Da begann Lady Caroline zu fürchten, die beiden Damen seien Originale. Es wäre sehr lästig, wenn Mrs. Wilkins, die ihr ihre Bewunderung ausgesprochen hatte, ihr vielleicht gar auf Schritt und Tritt nachging, um sie anzusehen. Bewundert und verfolgt zu werden, war nichts Neues, sondern Wiederholung, und mit zwei Originalen in einem mittelalterlichen Schloß eingesperrt zu sein, das in der Absicht erbaut worden war, das Verlassen und Betreten desselben zu erschweren, war leider auch nicht sehr ruheversprechend. Sie sollte die beiden vielleicht nicht so sehr ermutigen. Sie waren ihr so scheu erschienen, daß sie es für gefahrlos gehalten hatte, ihnen freundlich zu begegnen. Hier waren sie plötzlich aufgetaut, es war keine Spur von Schüchternheit mehr zu bemerken. Wenn sie so rasch auftauten, mußte sie ihnen Einhalt gebieten, sonst war es vorbei mit dem Traum, dreißig stille, ruhige Tage hier zu verleben, unbehelligt in der Sonne zu liegen, ihren inneren Gleichmut wiederzufinden und sich von Geselligkeit und anspruchsvollen Hofmachern, von ihrer Müdigkeit, der tiefen, melancholischen Müdigkeit des Zuviels, zu erholen.

Auch Mrs. Fisher mußte in ihre Schranken zurückgewiesen werden. Lady Caroline war aus zwei Gründen früher angereist: erstens, weil sie vor den anderen da sein wollte, um sich das Zimmer auszusuchen, das ihr am besten zusagte, dann, weil sie befürchtete, sonst mit Mrs. Fisher zusammen die Reise machen zu müssen. Das aber wollte sie nicht. Auch ankommen wollte sie nicht in ihrer Gesellschaft, sie wollte überhaupt gar nichts mit ihr zu tun haben.

Leider war aber auch Mrs. Fisher von dem Wunsche erfüllt gewesen, zuerst in San Salvatore einzutreffen, um das Zimmer, das ihr am besten gefiel, zu beziehen, und so kam es, daß sie und Lady Caroline doch zusammen reisten. Schon in Calais hatten sie einen leisen Verdacht, in Paris befürchteten sie es, in Modane wußten sie es, in Mezzago verheimlichten sie es voreinander, so daß sie in zwei verschiedenen Wagen nach Castagneto fuhren, eine der andern auf den Fersen. Bei der Kirche und der Treppe angelangt, war ein ferneres Ausweichen unmöglich, und es blieb ihnen nichts anderes übrig, als sich zu begrüßen.

Da Mrs. Fisher nur mit Hilfe des Stockes gehen konnte, mußte Lady Caroline sich um alles kümmern. Die beiden Kutscher hatten ihr gesagt, daß das Gepäck ins Schloß hinaufgetragen werden müsse, sie ging also hinaus, um ein paar Burschen zu suchen, während Mrs. Fisher wegen ihres Gebrechens im Wagen sitzenblieb. Mrs. Fisher versicherte ihrer Reisegefährtin, daß sie wohl italienisch sprechen könne, aber nur das klassische Italienisch Dantes, den Matthew Arnold mit ihr gelesen hatte, als sie noch ein junges Mädchen war, sie fürchte aber, dieses Italienisch würde über den Horizont der Gepäckträger gehen. Deshalb lag es auf der Hand, daß Lady Caroline, die ausgezeichnet italienisch sprach, alles Nötige veranlassen mußte.

»Ich bin in Ihrer Hand«, sagte Mrs. Fisher und blieb in ihrem Wagen sitzen, »bedenken Sie, daß ich eine alte Frau bin, die einen Stock benützen muß.«

Und als es die Stufen hinab und den Kai entlang und den Pfad im Zickzack hinaufging, sah sich Lady Caroline gezwungen, so langsam mit Mrs. Fisher zu gehen, als ob sie ihre Großmutter gewesen wäre. Und als sie auf den Bänken unterwegs rasteten, mußte Lady Caroline, die gern rasch vorausgeeilt wäre, aus purer Menschlichkeit an der Seite von Mrs. Fisher bleiben, die ihr erzählte, wie sie einmal mit Tennyson auf einem solchen Zickzackpfad spazierengegangen sei.

»Der Pfad war diesem merkwürdig ähnlich«, sagte Mrs. Fisher, »natürlich keine Eukalyptusbäume, aber sonst genau so. Und bei einer Biegung wendete er sich zu mir um – ich sehe ihn leibhaftig vor mir – und sagte –«

Jawohl, sie mußte Mrs. Fisher in ihre Schranken zurückweisen und auch die anderen beiden am Fenster, und zwar am besten sofort.

Sie beachtete also weder die Bemerkung der Mrs. Arbuthnot noch den erhobenen Zeigefinger und sagte mit ausgesprochener Gleichgültigkeit – sie versuchte, wenigstens Gleichgültigkeit an den Tag zu legen –, daß sie jetzt wohl frühstücken sollten und daß sie bereits gefrühstückt habe. Aber es war ein Verhängnis: je gleichgültiger sie sein wollte, desto freundlicher und liebenswürdiger schienen ihre Worte zu sein. Das kam daher, daß sie eine sympathische, klangvolle Stimme besaß, die sie einer besonderen Bildung des Kehlkopfes verdankte, die aber mit ihrem Gefühl nichts zu tun hatte.

Infolgedessen hatte nie jemand die Empfindung, von ihr brüskiert zu werden – es war wirklich sehr unangenehm.

Und wenn sie einmal jemanden eisig von oben herab ansah, so war der Blick nicht eisig, weil sie nicht nur herrliche Augen, sondern auch wundervolle lange, dunkle Augenwimpern hatte. Wenn sie schlecht gelaunt oder ernstlich böse war – und bei wem kam das nicht zuweilen vor in einer solchen Welt? – sah sie so rührend aus, daß jeder das Bedürfnis hatte, sie zu trösten, am liebsten durch Küsse. Das war mehr als unangenehm, das war zum Tollwerden. Die Natur schien es darauf angelegt zu haben, daß Caroline immer wie ein Engel aussehe, wie ein Engel spreche.

»Ich habe in meinem Zimmer gefrühstückt«, sagte sie, bestrebt, kurz angebunden zu erscheinen, »vielleicht sehe ich Sie später wieder.«

Und sie nickte und ging an ihren früheren Platz zurück, wo die schönen kühlen Lilien standen.

7

Die Augen Lottys und Roses folgten ihr voller Bewunderung. Sie hatten keine Ahnung davon, daß Lady Caroline sie hatte abblitzen lassen. Es war ihnen natürlich eine Enttäuschung, daß sie ihnen zuvorgekommen war, aber sie mußten sich damit begnügen, das Zimmer der Mrs. Fisher mit Blumen zu schmücken.

Sie wollten jetzt frühstücken, denn später gab es viel zu tun: mit der Dienerschaft sprechen, das Haus besichtigen und endlich Mrs. Fishers Zimmer vorbereiten.

Als sie sich umwendeten, erblickten sie das Stubenmädchen von gestern abend, in Tuchpantoffeln mit Spagatsohlen – sie hatten sie nicht kommen hören.

Es war Francesca, die schon seit Jahren bei dem Besitzer diente, und deren Anwesenheit, wie Mr. Briggs den Damen erklärt hatte, eine Inventaraufnahme vollständig überflüssig mache. Sie begrüßte die Damen, sprach die Hoffnung aus, daß sie gut geschlafen hätten, und meldete, das Frühstück sei im Speisezimmer unten serviert, und sie werde sich erlauben, die Damen hinzuführen.

Sie verstanden kein Wort, aber sie folgten Francesca – denn das war klar, daß sie gekommen war, um sie zu holen – und gingen die Treppe hinab. Sie kamen durch die Halle, die genau so aussah wie die obere, nur daß sie anstatt des großen Fensters eine Glastür hatte, die in den Garten führte. Im Speisezimmer erblickten sie am oberen Tischende – Mrs. Fisher, mit ihrem Frühstück beschäftigt.

Diesmal rief Mrs. Arbuthnot aus: »Ah!«

Mrs. Wilkins drückte sich nicht so lakonisch aus.

»Das ist ja, als ob man einem den Bissen aus dem Munde reißt!« sagte sie.

»Guten Tag«, ließ sich Mrs. Fisher vernehmen, »ich kann nicht aufstehen«, und sie streckte ihnen die Hand über den Tisch aus.

Die beiden Freundinnen kamen näher und ergriffen die dargebotene Hand.

»Wir hatten keine Ahnung, daß Sie hier sind«, bemerkte Mrs. Arbuthnot.

»Jawohl«, versetzte Mrs. Fisher, indem sie sich wieder an ihr Frühstück machte, »jawohl, ich bin hier.« Und ganz gemächlich öffnete sie ihr Ei.

»Das ist aber jammerschade«, sagte Mrs. Wilkins, »denn wir gedachten, Sie so herzlich willkommen zu heißen!«

Ah, dachte Mrs. Fisher, mit der muß man vorsichtig sein und sie von Anfang an zügeln.

Infolgedessen beachtete sie ihre Worte gar nicht und sagte, indem sie mit gesenktem Kopf und unerschütterlicher Ruhe auf ihr Ei blickte:

»Jawohl, ich bin schon gestern mit Lady Caroline angekommen.«

»Es ist wirklich schmerzlich«, fuhr Mrs. Wilkins fort, geradeso, als ob Mrs. Fisher sie nicht ignoriert hätte, »daß wir nun niemand haben, für den wir alles vorbereiten. Meine Pläne sind durchkreuzt, mir ist zumute, als hätte man mir den Bissen aus dem Munde genommen, den ich gerade mit Vergnügen hinunterschlucken wollte.«

»Wo wollen Sie sitzen?« fragte Mrs. Fisher Mrs. Arbuthnot; der Vergleich mit dem Bissen berührte sie höchst unangenehm.

»Wenn Sie gestatten«, sagte Mrs. Arbuthnot und nahm neben Mrs. Fisher Platz.

Es war nur noch für zwei gedeckt, ein Kuvert rechts, das andere links von Mrs. Fisher. Mrs. Wilkins setzte sich also Rose gegenüber.

Mrs. Fisher saß also am oberen Tischende, und der Kaffee, der Tee waren um sie herum gruppiert. Natürlich zahlten sie alle das gleiche, aber, überlegte Mrs. Arbuthnot nachsichtig, schließlich hatten sie und Lotty die Mühe gehabt, San Salvatore zu mieten und Mrs. Fisher auch daran teilnehmen zu lassen. Ohne sie beide, dachte Rose, wäre Mrs. Fisher heute wohl nicht hier. Eine Hausfrau gab es ja im Schloß nicht; wenn es aber eine gäbe, so wäre es weder Mrs. Fisher noch Lady Caroline, sondern sie oder Lotty.

»Tee oder Kaffee?« fragte Mrs. Fisher und streckte die Hand, die Ruskin herzlich gedrückt hatte, nach den Henkeln der vor ihr stehenden Kannen aus.

Mrs. Arbuthnot war noch unangenehmer berührt, als Mrs. Fisher auf eine Glocke drückte, die sich neben ihr auf dem Tisch befand, und Francesca, die sofort erschien, in der Sprache Dantes ersuchte, noch etwas Milch zu bringen. Eine merkwürdige Art, sich als die Hausfrau aufzuspielen, dachte Mrs. Arbuthnot, und sie hätte sich sehr geärgert, wenn sie nicht so glücklich gewesen wäre.

Mrs. Wilkins bemerkte es ebenfalls, aber sie mußte dabei sofort an den Kuckuck denken. Wäre sie heute so nervös und scheu gewesen wie bei ihrer ersten Begegnung mit Mrs. Fisher, so hätte sie sicher – was ja sehr beklagenswert gewesen wäre – vom Vogel Kuckuck zu sprechen begonnen, ohne sich zurückhalten zu lassen. Aber sie war so glücklich, daß ihre Schüchternheit verschwunden war; sie war heiter, konnte sich beherrschen, und ihre Zunge lief nicht mit ihr davon. Sie fühlte sich vollkommen behaglich und war infolgedessen sehr natürlich.

»Sie sind sich wohl auch bewußt«, fragte Lotty Mrs. Fisher, »daß wir hier im Himmel sind?«

Sie sind beide beträchtlich jünger, als ich glaubte, dachte Mrs. Fisher, und auch lange nicht so häßlich.

Und ohne von Lottys Bemerkung Notiz zu nehmen, erinnerte sie sich, wie die beiden Freundinnen in der Prince of Wales Terrace nichts von Referenzen hören wollten. Sie persönlich machte sich natürlich nichts aus ihnen, mochten sie tun, was sie wollten. Ihre Achtbarkeit war unanfechtbar. Die drei hochbedeutsamen Namen, die sie damals als Referenzen angegeben hatte, waren nicht die einzigen, an die sie sich wenden konnte. Und wenn selbst diese jungen Damen – sie war absolut nicht überzeugt, daß das junge Mädchen im Garten wirklich Lady Caroline Dester war, wenn man sie auch als solche vorgestellt hatte – sich alle als – wie Browning so köstlich zu sagen pflegte: Nachtschmetterlinge entpuppen sollten, was lag ihr daran? Mochten sie in der Nacht ausfliegen, wenn es ihnen gefiel. Man wird nicht umsonst fünfundsechzig Jahre alt. Und das Ganze dauerte ja nur vier Wochen – nachher wollte sie ohnehin nichts mehr mit ihnen zu tun haben.

Sie hatte auch ein sehr hübsches Schlafzimmer mit Morgensonne – sie liebte die Morgensonne – und einen Ausblick auf die Bucht, den anderen in den Garten. Es waren nur zwei Schlafzimmer im ganzen Schloß, die zwei Aussichten hatten und die infolgedessen sehr luftig waren – von diesen beiden hatte eines sie, das andere Lady Caroline mit Beschlag belegt. In diesen beiden Zimmern waren je zwei Betten gewesen, aber Lady Caroline hatte die überflüssigen beiden Betten sofort entfernen lassen. So hatten sie viel mehr Platz und viel mehr Bequemlichkeit.

Lady Caroline hatte sogar ihr Schlafzimmer in ein kombiniertes Salonschlafzimmer verwandelt, indem sie sich das Sofa aus dem größere Salon und den Schreibtisch und bequemsten Lehnstuhl in ihr Zimmer hatte bringen lassen. Mrs. Fisher dagegen hatte ihren eigenen Salon. Lady Caroline wollte anfangs den größeren für sich behalten – die beiden anderen Damen konnten ja außerhalb der Mahlzeiten auch das hübsch eingerichtete Speisezimmer benützen –, aber er hatte ihr nicht gefallen: Das war nämlich ein rundes Zimmer im Turm mit schmalen, länglichen Fenstern in den massiven Mauern und einer gewölbten, gerippten Zimmerdecke, die aussah wie ein offener Regenschirm und das Zimmer ein wenig verdunkelte.

»Ich hoffe, Ihr Zimmer ist bequem«, sagte Mrs. Arbuthnot lächelnd, wie um Mrs. Fisher anzudeuten, daß sie nicht die Hausfrau sei.

»Sehr«, antwortete Mrs. Fisher. »Wünschen Sie noch etwas Kaffee?«

»Danke. Wünschen Sie noch welchen?«

»Danke. – In meinem Zimmer waren zwei Betten, so daß ich eines wegnehmen ließ; es ist jetzt geräumiger.«

»Ah, *darum* hab' ich wohl zwei Betten in meinem Zimmer!« rief Mrs. Wilkins aus, der nun ein Licht aufgegangen war; das zweite Bett in einem so kleinen Zimmer war nämlich ein Unding.

»Das habe ich nicht angeordnet«, bemerkte Mrs. Fisher, zu Mrs. Arbuthnot gewendet, »ich habe Francesca nur ersucht, es hinaustragen zu lassen.«

»Ich habe in meinem Zimmer ebenfalls zwei Betten«, sagte Mrs. Arbuthnot.

»Das zweite ist dann wohl das aus dem Zimmer der Lady Caroline, die auch eines hat herausnehmen lassen«, erwiderte Mrs. Fisher, »es erscheint mir töricht, mehr Betten als Bewohner in einem Zimmer zu haben.«

»Wir haben aber unsere Männer auch nicht hier«, bemerkte Mrs. Wilkins, »und ich finde auch keinen Sinn darin, ein zweites Bett in meinem Zimmer zu haben, wenn mein Mann nicht da ist. Können wir das überflüssige Bett nicht auch entfernen lassen?«

»Irgendwo«, antwortete Mrs. Fisher eisig, »müssen die Betten doch Platz finden.«

Die Bemerkungen, die Mrs. Wilkins machte, erschienen Mrs. Fisher sehr unangemessen. Jedesmal, wenn sie den Mund auftat, sagte sie etwas, was viel besser ungesagt geblieben wäre.

Mrs. Fisher wendete sich demonstrativ an Mrs. Arbuthnot: »Nehmen Sie doch noch etwas Kaffee!«

»Danke, ich nehme nie mehr als zwei Tassen zum Frühstück. Aber vielleicht möchten Sie noch eine Tasse?«

»Danke, nein. Möchten Sie eine Orange?«

»Nein, danke«, antwortete Mrs. Arbuthnot. »Und Sie?«

Mrs. Fisher zögerte mit der Antwort. War das eine Gewohnheit, eine Frage mit der gleichen Frage zu beantworten? Wenn das der Fall war, mußte man diese Gewohnheit gleich ausrotten, denn es war kein Vergnügen, mit jemand bei Tisch zu sitzen, vier Wochen lang, der diese Gewohnheit besaß.

»Wollen wir gehen?« schlug sie vor.

»Gestatten Sie, daß ich Ihnen behilflich bin?« erbot sich Mrs. Arbuthnot rücksichtsvoll.

»Danke, es geht ganz gut allein. Nur manchmal behindert mich mein Stock – –« Und sie erhob sich leicht aus ihrem Sessel.

»Ich esse noch eine von den prachtvollen Orangen«, sagte Mrs. Wilkins, die sitzengeblieben war und eine Frucht von dem schwarzen Aufsatz nahm, in dem sie lagen. »Rose, wie kannst du ihnen nur widerstehen! Schau, dieses Prachtexemplar – iß sie doch!« Und sie reichte ihr eine große Orange.

»Nein, Lotty, ich habe doch auch Pflichten«, und sie bewegte sich in der Richtung der Tür. »Verzeihen Sie, wenn ich Sie jetzt verlasse«, fügte sie, zu Mrs. Fisher gewendet, höflich hinzu.

Aber Mrs. Fisher folgte ihr. Sie bewegte sich mit Leichtigkeit, ihr Stock behinderte sie nicht im geringsten. Es fiel ihr nicht ein, bei Mrs. Wilkins zu bleiben.

»Um welche Zeit wünschen Sie den Lunch zu nehmen?« fragte Mrs. Arbuthnot Mrs. Fisher.

»Den Lunch nehmen wir um halb eins«, antwortete Mrs. Fisher.

»Gut, also um halb eins. Ich werde es der Köchin sagen. Es wird zwar eine große Anstrengung sein, aber ich habe mir ein kleines Wörterbuch mitgebracht – –«

»Die Köchin weiß es schon«, versetzte Mrs. Fisher.

»Ah!«

»Jawohl. Lady Caroline spricht das Italienisch, das Köchinnen verstehen. Ich kann nicht in die Küche gehen – wegen meines Stockes. Und *wenn* ich's könnte, würden sie mich dort wahrscheinlich nicht verstehen.«

»Aber«, begann Mrs. Arbuthnot.

»Aber das ist ja wunderbar«, ergänzte Mrs. Wilkins, ganz entzückt von der unerwarteten Vereinfachung in ihrem und Roses Leben. »Dann haben wir beide doch absolut nichts zu tun, als glücklich zu sein. Sie können sich gar nicht vorstellen«, wendete sie sich an Mrs. Fisher, ein Stück Orange in jeder Hand, »wie sehr wir uns jahrelang ohne Aufhören angestrengt und wie sehr wir ein vollkommenes Ausspannen nötig haben.«

Aber Mrs. Fisher verließ das Speisezimmer, ohne ihr zu antworten, und sagte sich: Die muß in ihre Schranken zurückgewiesen werden.

8

Als Mrs. Wilkins und Mrs. Arbuthnot, durch keinerlei Pflichten behindert, die abgenützte Steintreppe hinab und unter der Pergola in den tiefer gelegenen Teil des Gartens schlenderten, sagte Lotty zu Rose, die ein nachdenkliches Gesicht machte: »Siehst du nicht ein, daß wir um so mehr Freiheit haben werden, wenn die anderen den Haushalt führen?«

Das sah Mrs. Arbuthnot ohne weiteres ein, aber es kam ihr dumm vor, daß ihnen alles aus der Hand genommen wurde.

»Aber das paßt mir ausgezeichnet«, rief Mrs. Wilkins aus.

»Aber *wir* haben ja San Salvatore entdeckt, und es ist zu dumm, wie sich Mrs. Fisher benimmt, gerade so, als gehörte es ihr.«

»Was ich töricht finde«, erwiderte Lotty, »ist, daß du dir etwas draus machst.«

Mrs. Arbuthnot gab keine Antwort, denn was sie jetzt sah, war unbeschreiblich schön.

Längs der Steintreppe, die in den Garten führte, war Immergrün in vollster Blüte, und nun wußte sie auch, was gestern nacht so duftig und feucht ihr Gesicht gestreift hatte: Glyzinen, blaue Glyzinen und Sonnenschein ... Sie erinnerte sich der Anzeige in der *Times*. Die waren beide freilich in Hülle und Fülle vorhanden. Wo die Pergola endete, schien die Sonne heiß auf feuerrotes Geranium – ganze Büsche davon – und Kapuzinerkresse in Riesenmengen und Ringelblumen, so leuchtend, daß sie zu brennen schienen, und Löwenmaul in Rot und Rosa – eine Blume übertraf die andere an Farbe und Glanz.

Der Boden, auf dem all diese leuchtenden Blüten wuchsen, stufte sich terrassenförmig bis zum Meeresufer ab, jede Terrasse war ein kleiner Obstgarten, in dem unter den Olivenbäumen auf Spalieren Weintrauben und Feigen und Birnen und Kirschen gezogen wurden. Die Birn- und Kirschbäume blühten bereits – eine herrliche Fülle weißer und tiefrosafarbener Blüten unter den zitternden, zarten Olivenbäumen –, die Feigenblätter waren gerade groß genug, um schon nach Feigen zu duften; die Blattknospen an den Weinstöcken wurden eben erst sichtbar. Und unter diesen Bäumen waren ganze Büschel von blauen und dunkelvioletten Schwertlilien und Lavendel und grauem, spitzem Kaktus, und der Rasen war voll von Löwenzahn und Gänseblümchen, und ganz unten schimmerte die See.

Die beiden Freundinnen betrachteten schweigend diesen herrlichen Überfluß, diesen wundervollen Wirrwarr von Blütenpracht. Nein, es lag gar nichts daran, was Mrs. Fisher tat – hier in dieser Herrlichkeit nicht. Die Verdrießlichkeit Mrs. Arbuthnots verflüchtigte sich. Wie konnte man auch angesichts dieser Wärme, dieser Helle, die ihr wie eine Offenbarung Gottes erschien, mißmutig bleiben! Ach, wenn nur Frederick bei ihr wäre und das alles mit ansehen könnte, aber mit den Augen der Liebe, wie in den Tagen, als ihm alles gefiel, was ihr gefiel . . .

Sie seufzte.

»Du darfst nicht seufzen, Rose«, sagte Lotty, »im Himmel seufzt man doch nicht.«

»Ich dachte nur, wie sehr man sich wünscht, diese Herrlichkeit mit denen zu teilen, die man liebt«, sagte Mrs. Arbuthnot.

»Im Himmel darf man auch keine Wünsche haben«, erwiderte ihre Freundin, »da ist alles vollendet. Und es *ist* doch der Himmel, nicht, Rose? Schau, wie alles hier Eingang gefunden hat: Der Löwenzahn und die Schwertlilie, das Alltägliche und das Erhabene, ich und Mrs. Fisher, alle sind willkommen, alle bunt durcheinander, aber sichtlich glücklich und vergnügt.«

»Mrs. Fisher scheint nicht sehr glücklich zu sein«, bemerkte Mrs. Arbuthnot lächelnd.

»Du wirst sehen, daß sie es sehr bald sein wird«, versicherte ihr Lotty.

Aber Rose meinte, daß Leute in einem gewissen Alter sich nicht mehr ändern.

Darauf behauptete Lotty, kein Mensch, und wenn er noch so alt und zäh sei, könne sich der Wirkung vollkommener Schönheit entziehen. Sie war überzeugt, daß Mrs. Fisher in wenigen Tagen, vielleicht schon in wenigen Stunden, in überschwengliche Freude ausbrechen würde.

»Wir sind im Himmel«, sagte sie, »und wenn Mrs. Fisher sich

erst darüber klar wird, wo sie sich befindet, wird sie sicher ganz anders sein. Du wirst schon sehen. Sie wird nicht mehr so verknöchert, sondern weich und elastisch sein, und wir werden sie – es wird mich wahrhaftig nicht wundern, wenn wir sie noch gern haben werden.«

Lady Caroline saß immer noch auf ihrer Mauer und blickte hinab, als sie die beiden fröhlich lachen hörte; sie dachte dabei, wie gut es doch sei, daß sie unten waren und nicht bei ihr, wenn sie zum Lachen aufgelegt waren. Sie hoffte, die Originale seien im Begriff, einen Spaziergang zu unternehmen.

Sie blickte mit ernstem Gesicht auf ihre Köpfe hinab, denn der Gedanke, mit Lachern einen vollen Monat zu verbringen, war nicht spaßig. Da schauten die beiden, gerade als hätten sie ihren Blick gefühlt, zu ihr empor.

Wie schrecklich doch diese Frauen mit ihrer Zudringlichkeit waren . . . Lady Caroline war das Lachen und Händewinken zuwider. Sie lächelte weder noch winkte sie zurück, sondern sie richtete den Blick auf die Berge in der Ferne, bis die beiden, des Händewinkens müde, um eine Biegung des Pfades verschwanden.

Diesmal bemerkten beide, daß sich Lady Caroline passiv, ja ablehnend verhalten habe.

»Wenn wir nicht im Himmel wären«, bemerkte Mrs. Wilkins gelassen, »so würde ich sagen, wir sind abgeblitzt, aber da im Himmel keiner den andern abblitzen läßt, so ist es unmöglich.«

»Sie ist vielleicht unglücklich«, meinte Rose.

Na, Rose wollte sich nicht näher darauf einlassen – heute nicht, hier nicht. Das eine wußte sie: ihr Vikar hätte Lottys Reden als Leichtfertigkeit, wenn nicht als Gottlosigkeit betrachtet. Wie alt er ihr in der Entfernung erschien! Steinalt.

Sie verließen den Pfad und kletterten die Oliventerrassen hinab, immer tiefer, bis sie zu der warmen, schläfrigen See gelangten, die sanft gegen die Felsen schlug. Da stand eine Fichte ganz nahe am Wasser, unter die sie sich setzten; ein paar Meter weiter lag ein Fischerboot mit grünem Bauch leblos auf dem Wasser. Zu ihren Füßen gaben die gekräuselten Wellen gurgelnde Töne von sich. Der heiße Duft der Fichtennadeln und des wilden Thymians, der wie Kissen zwischen die Felsen gebettet war, zuweilen auch der Duft reinen Honigs von einem Büschel feuriger Schwertlilien wehte ihnen über das Gesicht.

Es dauerte nicht lange, so zog sich Lotty Schuhe und Strümpfe aus und steckte die Füße ins Wasser. Nachdem Rose ihr eine Minute lang zugesehen, folgte sie ihrem Beispiel. Sie waren unbeschreiblich glücklich. Ihre Gatten hätten sie nicht wiedererkannt. Sie hörten zu sprechen auf, ein wohliges Gefühl durchdrang sie ganz und gar.

Inzwischen prüfte Lady Caroline auf der Mauer ihre Lage. Der Garten auf der Mauer war entzückend, aber infolge seiner Lage unsicher, Störungen ausgesetzt. Jeden Augenblick konnten die anderen kommen und ihn benützen, denn sowohl die Halle als das Speisezimmer führten direkt hinaus. Caroline überlegte, wie sie es wohl einrichten könnte, daß er ausschließlich ihr Garten blieb. Mrs. Fisher hatte die Zinnen, die in ihrer Blumenpracht doch wundervoll waren; sie hatte außerdem eine Warte ganz für sich allein und das schönste Zimmer im Haus. Die Originale hatten viele Plätzchen, wo sie sich aufhalten konnten – sie selbst hatte mindestens noch zwei Gärtchen gesehen, und dann war ja der Hügel, auf dem das Schloß stand, an sich ein Garten mit Spaziergängen und Bänken. Warum sollte dieses Plätzchen nicht ausschließlich ihr gehören? Es gefiel ihr, es gefiel ihr am besten von allen. Es hatte den Judasbaum und eine Tanne wie ein Schirm, es hatte die Freesien und die Lilien, eine Tamariske, die eben rosig zu erröten begann, es hatte die bequeme niedrige Mauer, auf der es sich so gut saß, von allen drei Seiten den herrlichsten Ausblick.

Jawohl, sie wollte es ihnen sagen, daß sie dieses Plätzchen ausschließlich für sich haben wollte. Es war doch offenbar das Vernünftigste, daß jede von ihnen einen Zufluchtsort für sich allein besaß. Warum sich herdenweise zusammenpferchen? Davon hatte man in England genug – an seinen zahlreichen Verwandten und Freunden –, die einen fortwährend bedrängten.

Sie zündete sich eine Zigarette an. Sie begann sich in Sicherheit zu wiegen. Die beiden Freundinnen waren spazierengegangen, von Mrs. Fisher keine Spur – wie unendlich angenehm!

Gerade als sie vor Befriedigung tief aufatmete, kam jemand durch die Glastür. Das konnte doch nicht etwa Mrs. Fisher sein, die sich zu ihr setzen wollte? Sie hatte ihre Zinnen, dort sollte sie bleiben.

Nein, es war nicht Mrs. Fisher, sondern die Köchin.

Die Köchin hatte mit wachsender Aufregung in der Küche gewartet; immer näher wies die Uhr auf die Lunchzeit, und sie wußte immer noch nicht, was sie kochen sollte. Endlich entschloß sie sich, zu Mrs. Fisher zu gehen, aber diese winkte ihr ab. Nun wanderte sie im Haus umher und suchte eine Herrin, eine, die ihr sagen würde, was sie heute kochen sollte, aber sie fand keine. Endlich kam sie, von Francesca geleitet, die immer wußte, wo jeder war, in den Garten zu Lady Caroline.

Der Gärtner hatte diese Köchin ins Schloß gebracht. Sie hieß Constanza und war die Schwester seines Vetters, der ein Gasthaus auf der Piazza hatte. Sie half ihrem Bruder beim Kochen aus, wenn sie keine andere Arbeit hatte; sie verstand alle Arten fetter, geheimnisvoller italienischer Speisen zuzubereiten, wie die Arbeiter von Castagneto, von denen die Osteria mittags überfüllt war, oder die Bewohner von Mezzago, die an Sonntagen herüberkamen, sie liebten. Sie war eine magere alte Jungfer von fünfzig Jahren, flink, redegewandt; sie hielt Lady Caroline für das schönste Geschöpf, das sie je gesehen hatte – derselben Ansicht waren auch Domenico und der Bursche, Giuseppe, der Domenico half und außerdem sein Neffe war, ebenso Angela, die Francesca half und außerdem Domenicos Nichte war, und Francesca selbst. Domenico und Francesca erschienen auch die zuletzt angekommenen Damen, Mrs. Wilkins und Mrs. Arbuthnot, schön, aber die verhielten sich, mit der jungen Dame verglichen, wie Kerzen zu dem elektrischen Licht, das erst vor kurzem eingeführt worden war, oder wie die winzigen Sitzwannen in den Schlafzimmern sich gegen die wundervolle Badewanne ausnahmen, die Mr. Briggs bei seiner letzten Anwesenheit angeschafft hatte.

Lady Caroline sah die Köchin finster an. Aber der scheele Blick verwandelte sich unterwegs in einen ernsten, schönen, und Constanza erhob die Hände und rief die Heiligen zu Zeugen an, ob nicht Lady Caroline das Ebenbild der Mutter Gottes sei.

Lady Caroline fragte sie ärgerlich, was sie wolle, und Constanza lauschte, den Kopf zur Seite geneigt, entzückt der Musik ihrer Stimme. Dann sagte sie zu Caroline, sie erwarte Anordnungen für den Lunch; sie sei bereits bei der Mutter der Signorina gewesen, aber vergebens.

»Sie ist nicht meine Mutter«, wies Lady Caroline sie ärgerlich ab, doch der Ärger klang wie die schmerzliche Klage einer musikalischen Weise.

Constanza ergoß sich in Bedauern. Auch sie, erklärte sie, habe keine Mutter mehr – –

Darauf unterbrach sie Lady Caroline mit der kurz angebundenen Mitteilung, ihre Mutter sei am Leben und befinde sich in London.

Constanza pries Gott und die Heiligen, daß die junge Signorina noch nicht erfahren habe, was es bedeute, keine Mutter zu besitzen. Das Unglück ereile einen schnell – die junge Dame habe zweifellos schon einen Gatten.

»Nein«, versetzte Lady Caroline in eisigem Ton.

Sie haßte den Gedanken an einen Gatten. Und immerfort war alle Welt bemüht, ihr einen aufzudrängen: alle Freunde und Verwandten, alle Zeitungen. Sie konnte schließlich nur *einen* Mann heiraten; nach dem Gerede der Leute zu schließen, besonders jener, die heiraten wollten, müßte sie wenigstens ein Dutzend von ihnen zu Gatten erwählen. Bei ihrem leisen, rührenden »Nein« floß Constanza fast über vor Mitleid.

»Armes Kind!« sagte sie, so gerührt, daß sie ihr die Schulter tätschelte. »Nur die Hoffnung nicht verlieren! Es ist noch immer Zeit.«

»Wir wollen zum Lunch«, sagte Lady Caroline in eisigem Ton.

Sie wunderte sich im stillen, daß es gerade ihr passieren mußte, getätschelt zu werden, ihr, die keine Mühe gescheut hatte, an diesen fernen, weltvergessenen Ort zu kommen, gerade um Tätscheln und ähnlichen unangenehmen Äußerungen zu entrinnen.

Constanza wurde praktisch. Sie unterbrach Lady Caroline mit Vorschlägen, die alle wunderbar und kostspielig waren.

Daß sie teuer waren, wußte Lady Caroline nicht und ging sofort darauf ein. Es hörte sich so gut an. Alle Arten von jungem Gemüse, von Obst, viel Butter und Rahm und eine unglaubliche Anzahl von Eiern. Constanza sagte zum Schluß, gleichsam zum Dank für die Zustimmung Carolines, daß ihr von allen Damen und Herren, für die sie vorübergehend gekocht hatte, die Engländer am liebsten seien. Denn die wußten, was sie bestellen sollten; sie knickerten niemals, und es fiel ihnen auch nie ein, die Armen zu schinden.

Lady Caroline schloß daraus, daß sie verschwenderisch gewesen war, und bestellte den Rahm wieder ab.

Constanza machte ein langes Gesicht, denn sie hatte eine Kusine, die eine Kuh besaß: Von diesen beiden sollte der Rahm herkommen.

»Vielleicht sollten wir auch keine jungen Hühner essen«, fuhr Caroline fort.

Constanza machte noch ein längeres Gesicht, denn ihr Bruder im Restaurant hatte junge Hühner im Hof, und viele davon waren zum Schlachten reif.

»Bestellen Sie auch die Stachelbeeren noch nicht, bevor ich mit den anderen Damen gesprochen habe«, sagte Lady Caroline, der soeben einfiel, daß Leute, die in Hampstead wohnen, vielleicht arm sind, es war sogar anzunehmen, daß sie arm waren, denn warum würden sie sonst in Hampstead wohnen? »Ich bin nicht die Herrin hier«, fügte sie hinzu.

»Ist es die alte Dame?« fragte Constanze mit langem Gesicht.

»Nein«, antwortete Lady Caroline.

»Welche von den beiden anderen ist es?«

»Keine.«

Da lachte Constanza, denn die Signora machte offenbar Spaß. Sie sagte es Lady Caroline in ihrer freundlichen italienischen Art und war ganz entzückt.

»Ich spaße niemals«, versetzte Lady Caroline kurz, »und jetzt gehen Sie lieber, sonst wird der Lunch unmöglich um halb eins fertig sein.«

Und diese schroffen Worte kamen so liebenswürdig heraus, daß Constanza zumute war, als würden ihr Komplimente gemacht, und in ihrer Dankbarkeit vergaß sie die Enttäuschung bezüglich des Rahms und der Hühnchen und entfernte sich lächelnd.

Das geht doch nicht, dachte Lady Caroline, ich bin ja nicht hergekommen, um die Wirtschaft zu führen. Fällt mir nicht ein.

Sie rief Constanza zurück.

»Heute habe ich den Lunch bestellt«, sagte Lady Caroline mit dem Engelsangesicht, das sie immer aufsetzte, wenn sie sich ärgerte, »und auch das Dinner, aber von heute an werden Sie zu einer der anderen Damen gehen müssen, ich will nichts mehr damit zu tun haben.«

Der Gedanke, sie sollte den Speisezettel machen, war geradezu lächerlich. Das tat sie auch zu Hause niemals; kein Mensch dachte im Traum daran, etwas von ihr zu verlangen. Mochten die Originale den Speisezettel planen, wenn Mrs. Fisher es nicht tun wollte. Mrs. Fisher war natürlich von Natur dazu bestimmt. Sie sah aus wie eine Haushälterin, ihre Kleider waren die einer Haushälterin, ihre Frisur desgleichen. Nachdem sie ihr Ultimatum mit einer Schroffheit ausgesprochen hatte, die sich unterwegs in Leutseligkeit verwandelt hatte, machte sie eine Gebärde der Entlassung, die sich wie eine Danksagung ausnahm, und Constanza blieb stehen, den Kopf zur Seite geneigt – sie war offenbar ganz entzückt.

»Ach, *gehen* Sie doch!« rief Caroline wütend in ihrer Muttersprache aus.

Genau so zudringlich war heute früh in ihrem Schlafzimmer eine Fliege gewesen, eine nur, aber es hätte eine ganze Million von ihnen sein können, so lästig war sie vom frühen Morgen an. Sie war fest entschlossen, sich ihr auf das Gesicht zu setzen, und Caroline war fest entschlossen, sie daran zu hindern. Die Hartnäckigkeit dieser Fliege war unheimlich. Sie weckte sie und wollte sie nicht wieder einschlafen lassen. Caroline schlug nach ihr, aber sie wich ihr aus, und sie hatte nur sich selbst geschlagen. Wieder kam sie zurück und setzte sich mit lautem Summen auf ihre Wange; wieder schlug Caroline nach ihr und tat sich weh, während die Fliege anmutig davonflog. Caroline wurde zornig und setzte sich im Bett auf; sie wartete, um sie zu töten, sobald sie wiederkam. Zuletzt wurde sie so wütend, daß sie mit aller Macht nach ihr schlug, aber immer gelang es der Fliege, den Schlägen auszuweichen und im nächsten Augenblick wiederzukommen.

Deshalb war Caroline heute so früh aufgestanden und ins Freie gegangen. Sie beauftragte Francesca, ihr Bett mit einem Netz zu versehen, denn sie wollte sich nicht noch einmal so quälen lassen. Die Menschen waren genau wie die Fliegen. Sie wollte, es gäbe auch Netze, mit denen man sie sich fernhalten könnte. Auch nach Menschen schlug sie mit Worten und Stirnrunzeln, aber wie die Fliege schlüpften sie darunter fort und blieben unberührt. Ja, sie schienen – noch schlimmer als die Fliege – sich gar nicht bewußt zu sein, daß sie sie hatte vertreiben wollen. Sie konnte sie nur loswerden, wenn sie selbst sich entfernte.

Constanza mußte natürlich fort, denn sie hatte zu kochen; aber kaum hatte sie sich entfernt, so war Domenico da. Er kam, um die Pflanzen zu begießen und festzubinden, und das war nur natürlich, denn er war der Gärtner, aber er beschäftigte sich nur mit den Pflanzen, die in ihrer Nähe waren, er begoß sie übermäßig, er band Pflanzen fest, die geradewuchsen wie ein Pfeil. Er hatte ihr lächelnd »Guten Morgen« gewünscht, und sie hatte ihm lächelnd gedankt, und Domenico vergaß in diesem Augenblick seine Familie, seine Frau, seine Mutter, seine erwachsenen Kinder und seine Pflichten und hatte nur *einen* Wunsch: der jungen Dame die Füße zu küssen.

Das durfte er leider nicht tun, aber er konnte sprechen, während er arbeitete, und das tat er ausgiebig.

Eine Zeitlang ertrug Lady Caroline die mit lebhaften Gebärden illustrierten Reden, aber dann wurde es ihr doch zuviel , und da er keine Miene machte, sich zu entfernen, und sie ihm nicht gut sagen konnte, er möge gehen, da er doch seine Arbeit erledigte, so mußte *sie* es wieder einmal sein, die ging.

Sie stand von der Mauer auf und begab sich auf die andere Seite des Gartens, wo sich in einem Holzschuppen mehrere bequeme Liegesessel befanden. Einen solchen wollte sie umkehren, mit dem Rücken zu Domenico, mit der Vorderseite auf die See, in der Richtung nach Genua. Das war doch wahrhaftig kein unbilliges Vorhaben. Aber sofort stürzte Domenico ihr nach, packte einen Sessel und fragte sie, wohin er ihn stellen solle.

Sie war kurz angebunden mit Domenico, der daraus schloß, daß die Sonne ihr Kopfweh verursacht habe; er eilte ins Schloß und brachte einen Sonnenschirm und ein Kissen und einen Fußschemel und benahm sich ganz wie ein geborener Gentleman.

Resigniert schloß sie die Augen. Sie konnte nicht unfreundlich sein gegen Domenico. Sie konnte nicht aufstehen und wieder ins Haus hineingehen, wie sie es unfehlbar getan hätte, wenn es eine von den Damen gewesen wäre. Domenico war sehr intelligent und sehr tüchtig, und sie hatte sofort verstanden, daß eigentlich er es war, der das ganze Haus unter sich hatte. Er war von tadellosem Benehmen, unzweifelhaft ein reizender Mensch. Sie hatte nur eine solche Sehnsucht, allein zu sein. Wenn sie nur vier Wochen Ruhe hätte, dann war ihr vielleicht noch zu helfen.

Das romantische italienische Gemüt Domenicos zerschmolz bei ihrem Anblick, denn sie sah wundervoll aus mit geschlossenen Augen. Er stand verzückt, regungslos da. Sie glaubte, er hätte sich entfernt, und schlug die Augen wieder auf – nein, er war noch immer da und starrte sie an. Auch er. Es gab kein Entrinnen.

»Ich habe Kopfschmerzen«, sagte sie und schloß die Augen von neuem.

»Das kommt von der Sonne«, erwiderte Domenico, »und wenn man ohne Hut auf der Mauer sitzt.«

»Ich möchte schlafen«, fuhr sie fort.

»Si, Signorina«, versetzte er voller Mitgefühl und entfernte sich leise.

Mit einem Seufzer der Erleichterung schlug sie die Augen wieder auf. Sie hörte, wie er leise die Glastür schloß, damit sie ungestört bleibe. Vielleicht ließ man sie bis zum Lunch allein.

Es war sehr merkwürdig und überraschte niemanden mehr als

sie selbst: Sie wollte nachdenken. Dieses Bedürfnis hatte sie nie zuvor gehabt. Sie war in der einzigen Absicht nach San Salvatore gekommen, hier vier Wochen lang in der Sonne zu liegen und zu schlafen; hier, wo weder ihre Eltern noch Freunde waren, wollte sie in Vergessenheit versinken, sich nur rühren, wenn es galt, eine Mahlzeit einzunehmen; nun erfüllte sie schon nach ein paar Stunden Aufenthalts in San Salvatore der seltsame, ihr ganz neue Wunsch, über sich nachzudenken.

Gestern waren wundervolle Sterne am Himmel gewesen, und sie war nach dem Diner in den höchst gelegenen Garten hinausgegangen, während Mrs. Fisher noch dem Wein und den Nüssen zusprach; sie hatte sich auf die Mauer gesetzt, zu ihren Füßen die geisterhaft bleichen Lilien, und als sie in die Nacht hinausblickte, schien es ihr plötzlich, als wäre ihr Leben »viel Lärm um nichts« gewesen.

Sie wußte schon lange, daß ihr Leben nur aus Lärm bestand, aber es ging um etwas, sogar um viel; um darüber nicht taub zu werden, taub zu bleiben, war sie außer Hörweite gegangen. Wenn es aber nur »viel Lärm um nichts« war?

Nie zuvor hatte sich ihr eine solche Frage aufgedrängt; ein Gefühl der Einsamkeit überkam sie dabei. Sie wollte allein sein, aber nicht einsam. Das waren zwei grundverschiedene Dinge: Einsamkeit tat furchtbar weh. Das fürchtete sie am meisten, das veranlaßte sie, so oft in Gesellschaft zu gehen, und in der letzten Zeit fand sie nicht einmal dort Schutz dagegen. War es möglich, daß die Einsamkeit ihren Ursprung nicht in äußeren Umständen hatte, sondern in der Art, wie man sich zu ihnen verhielt? Vielleicht sollte sie zu Bett gehen?

Sie ging zu Bett, aber am folgenden Morgen, nachdem sie der Fliege entronnen war und gefrühstückt und sich in den Garten begeben hatte, da stellte sich das gleiche Gefühl wieder ein, und zwar bei hellem Tageslicht. Wieder überkam sie der abscheuliche Argwohn, daß ihr Leben bis jetzt nicht nur geräuschvoll, sondern leer gewesen sei. Wenn das wirklich der Fall war, wenn die ersten achtundzwanzig Jahre ihres Lebens – die besten – ein unnützer Lärm um nichts waren, dann war es an der Zeit, ein wenig innezuhalten und sich umzuschauen. Viele Zeitabschnitte von achtundzwanzig Jahren waren ihr nicht beschieden. Noch einer – und sie würde Mrs. Fisher ähnlich sein. Noch zwei – sie wendete die Augen ab.

Ihre Mutter war sehr unglücklich über ihre Abreise: es war etwas so Ungewöhnliches, ein solches Symptom der Enttäuschung. Wenn sie ihre angebetete Tochter, die reizendste, die je eine Mutter besessen, ihren höchsten Stolz, die Quelle zärtlichster Hoffnungen, heute gesehen hätte, wie sie auf das stille Mittelländische Meer hinausstarrte und die Möglichkeit erwog, dreimal achtundzwanzig Jahre alt zu werden, sie hätte sich sehr unglücklich gefühlt. Abreisen war schon schlimm, aber Nachdenken war noch viel schlimmer. Wenn ein schönes junges Geschöpf anfing nachzudenken, so konnte nichts Gutes dabei herauskommen. Höchstens Verwicklungen im Überfluß, Zögern, Widerstreben, Unglück. Und ihr Liebling saß da und dachte angestrengt nach. Und über so merkwürdige Dinge, an die keine Frau dachte, bevor sie wenigstens vierzig Jahre alt geworden war.

9

Der Salon, den Mrs. Fisher mit Beschlag belegt hatte, war reizend und originell. Als sie nach dem Frühstück hineinging, überblickte sie ihn voller Befriedigung, glücklich, daß er ihr ganz allein gehörte. Der Fußboden bestand aus Fliesen, die Wände waren honigfarben, die eingelegten Möbel bernsteingelb, die Bücher alt und elfenbein- oder zitronenfarben gebunden. Ein großes, breites Fenster hatte die Aussicht auf das Meer, gegen Genua, eine Glastür ging auf die Zinnen hinaus, von denen man zu dem eigenartigen, interessanten Wachturm gelangte, der wie ein Zimmer eingerichtet war, mit einem Schreibtisch und Sesseln; auf der anderen Seite des Wachturms endeten die Zinnen in einer Marmorbank, und man konnte von dort die westliche Bucht und den Golf von Spezia sehen. Nach Süden hatte man die Aussicht auf einen Hügel, der höher war als der von

San Salvatore. Auf dem Gipfel desselben sah man ein kleines, unbewohntes Schloß mit zierlichen Türmchen, die noch von der Sonne beschienen wurden, wenn alles andere bereits im Schatten lag. Jawohl, hier war es sehr behaglich. Und rund um die Zinnen befanden sich kleine Behälter – Mrs. Fisher untersuchte es nicht genau, aber sie sahen aus wie kleine Steintröge oder vielleicht Sarkophage – mit Blumen gefüllt.

Auf diesen Zinnen, überlegte sie, konnte sie sich ergehen, wenn sie des Stockes weniger bedurfte; sie konnte sich auch auf die Marmorbank setzen, wenn sie ein Kissen darauflegte. Leider ging noch eine zweite Glastür auf die Zinnen hinaus und beeinträchtigte so die vollkommene Zurückgezogenheit und ihre Empfindung, daß der Ort ausschließlich ihr gehörte. Die zweite Tür gehörte zum zweiten Salon, dem runden, den sowohl sie als auch Lady Caroline zu dunkel befunden und abgelehnt hatten. Es war vorauszusehen, daß die beiden Damen aus Hampstead ihn benützen würden, nur stand zu befürchten, daß sie sich nicht darauf beschränken, sondern durch die Glastür auf ihre – Mrs. Fishers! – Zinnen hinausgehen würden.

Eigentlich war doch nichts der Mühe wert, dachte Mrs. Fisher, außer der Vergangenheit. Es war erstaunlich, wie überlegen die Vergangenheit der Gegenwart war. Sie hatte die Wahrheit gesagt, als sie den beiden Damen versicherte, sie wolle in San Salvatore nichts anderes als in der Sonne sitzen und ihren Erinnerungen leben. Es war also ihr gutes Recht zu erwarten, daß die anderen in ihrem runden Salon blieben und sie nicht auf ihren Zinnen belästigten.

Würden sie aber ihren Erwartungen auch wirklich entsprechen? Dieser Zweifel verdarb ihr den Morgen. Erst um die Mittagszeit kam ihr ein rettender Gedanke, und sie läutete Francesca.

Als sie erschien, befahl sie ihr in ihrem langsamen, majestätischen Italienisch, die Läden der Glastür zu schließen, die aus dem runden Salon auf die Zinnen führte. Francesca wendete ein, der Salon würde nun noch dunkler werden, aber Mrs. Fisher erklärte, dafür würde er auch kühler sein, übrigens ginge sie das nichts an. Und nun befahl sie Francesca, einen Raritätenschrank innen vor die Tür zu schieben.

Francesca meinte, dadurch würde der Ausgang aus dem Salon versperrt.

Mrs. Fisher läutete Domenico und befahl ihm, einen der blumengefüllten Sarkophage von außen an die gleiche Tür zu schieben. So war der Eintritt in den Salon unmöglich.

»Jetzt wird aber niemand durch die Tür können«, wendete Domenico zögernd ein.

»Es wird auch niemand den Wunsch haben«, erklärte Mrs. Fisher energisch.

Daraufhin zog sie sich in ihren Salon zurück und betrachtete von dort aus mit stiller Befriedigung die Zinnen, die nun ausschließlich ihr gehörten.

Es war hier nicht nur viel billiger als in einem Hotel, sagte sie sich, sondern, wenn es ihr nur gelang, die anderen von sich fernzuhalten, auch ungleich angenehmer. Sie zahlte für Salon und Schlafzimmer drei Pfund wöchentlich. Wo hätte sie sonst so billig unterkommen und jeden Tag ein Bad haben können für acht Schillinge täglich? Sie wußte natürlich noch nicht, wieviel sie für das Essen zu bezahlen haben würde; aber sie wollte unter allen Umständen darauf bestehen, daß es nicht zu teuer, jedoch ausgezeichnet sei. Sie hatte sich bereits davon überzeugt, daß die Dienstbotenlöhne – ganz besonders wegen der günstigen Valuta – unbedeutend waren, so daß eigentlich nur das Essen ihr Sorge bereitete. Falls sie Zeichen von Verschwendung zu sehen bekäme, gedachte sie vorzuschlagen, daß sie eine bestimmte Summe bei Lady Caroline deponierten – was nicht aufgebraucht worden war, sollte zurückerstattet werden, wenn aber mehr gebraucht werden sollte, so müßte der Lieferant den Schaden tragen.

Mrs. Fisher war wohlhabend und hatte den Wunsch nach den Behaglichkeiten, die ihrem Alter gebührten, aber sie gab nicht gern Geld aus. Sie hätte es sich gestatten können, in der vornehmsten Gegend von London zu wohnen und sich ein Auto zu halten. Aber sie hatte kein Verlangen danach. Solcher Besitz brachte immer Widerwärtigkeiten jeder Art mit sich, ganz besonders Rechnungen. In der etwas düsteren Prince of Wales Terrace konnte sie unbekannt wirklichen, nicht kostspieligen Komfort genießen, ohne von diebischen Bedienten oder Almosensammlern beraubt zu werden, und am Ende der Straße befand sich ein Autostand. Ihre Ausgaben waren gering. Das Haus hatte sie geerbt, der Tod hatte es für sie eingerichtet. Der türkische Teppich im Speisezimmer stammte von ihrem Vater, an die ausgezeichnete schwarze Marmoruhr auf dem Kaminsims erinnerte sie sich seit ihrer Kindheit; die Fotografien berühmter verstorbener Freunde mit den Autogrammen, die ihnen über die Brust liefen, bedeckten die Wände, an den Fenstern hingen die rotbraunen Vorhänge, die sie zeitlebens gesehen hatte, vor jedem stand eines dieser Aquarien, denen sie ihre ersten Kenntnisse in der Meereskunde verdankte, und in denen noch die Goldfische ihrer Jugend schwammen.

Waren es dieselben Goldfische? Sie wußte es nicht. Vielleicht waren sie wie die Karpfen, die alle überlebten.

Da ertönte der Gong. In Erinnerungen versunken, hatte Mrs. Fisher die Zeit vergessen und eilte nun in ihr Schlafzimmer, um sich die Hände zu waschen und das Haar glattzustreichen. Sie wollte kein schlechtes Beispiel geben und zu spät kommen, am Ende nahm ihr auch jemand den Platz am oberen Tischende weg. Auf die Lebensart der jüngeren Generation war kein Verlaß, am wenigsten auf die Lebensart der Mrs. Wilkins.

Aber sie war die erste im Speisezimmer. Francesca, in weißer Schürze, stand mit einer ungeheuren Schüssel heißer, glänzender Makkaroni bereit, aber niemand war da, um sie zu essen.

Mrs. Fisher nahm Platz. Sie sah sehr streng drein. Welche Nachlässigkeit von seiten der anderen!

»Bitte«, sagte sie zu Francesca, die offenbar auf die anderen warten wollte.

Francesca servierte. Sie mochte Mrs. Fisher am wenigsten von allen Damen, eigentlich gar nicht. Sie war die einzige, die noch nicht ein einzigesmal gelächelt hatte. Sie war zwar alt und unschön, hatte also keine Ursache zu lächeln, aber gute Menschen lächeln auch ohne besonderen Grund, nicht, weil sie glücklich sind, sondern weil sie anderen eine Freude machen wollen. Mrs. Fisher war demnach, sagte sich Francesca, bestimmt nicht gütig, sie reichte ihr also, da sie nicht imstande war, ihre Gefühle zu verbergen, die Makkaroni mit mürrischem Gesicht.

Sie waren sehr gut zubereitet, aber Mrs. Fisher mochte Makkaroni nicht besonders, die langen, wurmartigen schon gar nicht. Sie waren schwierig zu essen, schlüpfrig schlängelten sie sich von ihrer Gabel los, so daß es lächerlich aussah, wenn sie sie endlich im Mund zu haben glaubte, ihr aber doch noch die Enden heraushingen. Und dazu kam, daß sie jedesmal beim Essen von Makkaroni an ihren Gatten denken mußte. Der hatte sich während ihrer Ehe ganz ähnlich wie die Makkaroni benommen: war ihr oft entschlüpft, hatte sich oft gewunden, so daß sie sich lächerlich vorgekommen war. Und wenn sie glaubte, daß sie ihn schon ganz fest in der Hand hielt, so blieben immer noch allerlei Reste draußen. Francesca beobachtete Mrs. Fishers Handhabung der Makkaroni mit verdrossener Miene, die noch verdrossener wurde, als sie schließlich das Messer zu Hilfe nahm und die Makkaroni klein schnitt. Diese wußte wohl, daß es ungehörig war, aber sie verlor endlich doch die Geduld. Ein jahrelanger Aufenthalt in Italien, sagte sich Mrs. Fisher, war erforderlich, um das Kunststück zu erlernen, wie man sie aß. Browning verstand es wundervoll, mit Makkaroni umzugehen. Sie erinnerte sich, ihm einmal dabei zugesehen zu haben; er hatte ihren Vater besucht und bei ihnen den Lunch genommen, bei dem, ihm zu Ehren, auch Makkaroni serviert wurden. Es war einfach bestrickend, wie er sie aß. Er jagte ihnen nicht auf dem Teller nach, sie schlüpften ihm nicht von der Gabel, es gab kein nachträgliches Hineinschieben von heraushängenden Enden – ein Druck, ein Schwung, ein Schub, ein Schluck, und siehe da, wieder ein Dichter, der satt war.

»Soll ich das gnädige Fräulein holen?« fragte Francesca, die nicht länger zusehen konnte, wie gute Makkaroni mit dem Messer zerschnitten wurden.

Es fiel Mrs. Fisher nicht leicht, sich von ihren Erinnerungen loszureißen.

»Sie weiß, daß wir um halb eins essen«, antwortete sie, »alle wissen es.«

»Aber sie ist vielleicht eingeschlafen, und sie ist ganz in der Nähe – die anderen Damen sind weit weg.«

»Schlagen Sie noch einmal den Gong«, sagte Mrs. Fisher.

Was die Damen für Manieren haben, dachte sie; man ist doch nicht in einem Hotel und muß doch auf die anderen Rücksicht nehmen. Über Mrs. Arbuthnot, die durchaus nicht den Eindruck gemacht hatte, als wäre sie unpünktlich, war sie besonders erstaunt. Lady Caroline war auch artig und liebenswürdig – wer sie auch immer sein mochte. Von der dritten erwartete sie natürlich gar nichts.

Francesca holte den Gong, ging damit in den Garten und schlug ihn im Gehen, ganz in der Nähe von Caroline, die in ihrem Sessel lag. Sie wartete, bis Francesca fertig war, dann wendete sie den Kopf und sang in den lieblichsten Tönen – eigentlich waren es Schmähungen.

Francesca erkannte das nicht und meldete lächelnd, daß die Makkaroni kalt würden.

»Wenn ich nicht zu den Mahlzeiten komme, dann will ich eben nicht essen«, sagte Caroline entrüstet, »und ich bitte, mich in Zukunft nicht mehr zu stören.«

»Ist das gnädige Fräulein krank?« fragte Francesco voller Mitgefühl.

Nie im Leben hatte sie so herrliches Haar gesehen – wie Flachs, wie das Haar nordischer Kinder.

Caroline schloß die Augen und antwortete nicht. Das war unüberlegt, denn Francesca war überzeugt, daß sie krank sei, und eilte voll Besorgnis zu Mrs. Fisher, der sie erzählte, das gnädige Fräulein sei unwohl. Mrs. Fisher erklärte, wegen ihres Stockes nicht hinausgehen zu können, schickte aber die beiden Freundinnen zu Lady Caroline, die soeben, erhitzt und atemlos und um Entschuldigung bittend, eingetreten waren. Sie selbst machte sich an den nächsten Gang, eine appetitliche Omelette, die an beiden Enden junge grüne Erbsen zeigte.

»Bitte zu servieren«, sagte sie zu Francesca, die wieder geneigt schien, auf die anderen zu warten.

»Ach, warum lassen sie mich nicht in Ruhe«, klagte Caroline, als sie wieder Schritte auf dem Kieselpfad hörte und daraus folgerte, daß sich wieder jemand näherte.

Sie schloß die Augen. Warum sollte sie hineingehen, wenn sie keine Lust dazu verspürte? San Salvatore war doch kein Privathaus, sie hatte keine Rücksicht auf die Hausfrau zu nehmen.

In diesem Augenblick spürte sie, wie eine Hand liebkosend über ihre Stirn strich.

»Ich fürchte, Sie sind unwohl, Lady Caroline«, sagte eine Stimme, die nicht die Stimme von Mrs. Fisher war, also einem der beiden Originale angehören mußte.

»Ich habe Kopfschmerzen«, murmelte das junge Mädchen.

»Das tut mir aber so leid«, sagte Mrs. Arbuthnot leise, denn es war ihre Hand, die sie gestreichelt hatte, »wäre nicht eine Tasse Tee angezeigt?«

Tee? Der bloße Gedanke daran war Lady Caroline zuwider. Bei der Hitze und in der Mitte des Tages Tee zu trinken ... »Nein«, murmelte sie.

»Das beste gegen Kopfschmerzen ist Ruhe«, sagte die andere Stimme.

Wie vernünftig, dachte Caroline. Jawohl, es war die Sommersprossige, und sie stieg bedeutend in ihrer Achtung.

»Der Gedanke ist mir unerträglich«, begann Mrs. Arbuthnot von neuem, »daß Sie Kopfschmerzen haben und nichts dagegen tun. Vielleicht eine Tasse starken schwarzen Kaffees – – –?«

Caroline gab keine Antwort mehr. Sie wartete regungslos und stumm, daß Mrs. Arbuthnot die Hand von ihrer Stirn entferne. Sie konnte schließlich nicht den ganzen Tag hier stehen, und wenn sie fortging, mußte sie ihre Hand ja mitnehmen.

»Ich glaube, Ruhe ist das beste«, wiederholte die Sommersprossige.

Vielleicht zog sie Mrs. Arbuthnot am Ärmel, denn die Hand entfernte sich von Carolines Stirn, und eine Minute später hörte sie, wie die beiden fortgingen, denn die Kieselsteine begannen wieder zu knirschen, dann wurde es still.

»Lady Caroline hat Kopfschmerzen«, berichtete Mrs. Arbuthnot und setzte sich auf ihren Platz; »sie will weder Tee noch schwarzen Kaffee – wissen Sie vielleicht, wie Aspirin auf italienisch heißt?«

»Das beste Mittel gegen Kopfschmerzen ist Rizinusöl.«

»Aber sie hat ja gar keine Kopfschmerzen«, bemerkte Mrs. Wilkins.

»Carlyle«, fuhr Mrs. Fisher fort, die mit ihrer Omelette fertig war und Muße zum Reden hatte, während sie auf den folgenden Gang wartete, »litt eine Zeitlang furchtbar an Kopfschmerzen, und er nahm immer Rizinusöl dagegen. Er nannte es in seiner geistreichen Art das Öl der Schmerzen.«

»Wissen Sie, wie Rizinusöl auf italienisch heißt?« fragte Mrs. Arbuthnot.

»Nein, leider nicht. Aber Lady Caroline dürfte es wissen, Sie können ja sie fragen.«

»Aber sie hat keine Kopfschmerzen«, behauptete Mrs. Wilkins, im Kampfe mit den Makkaroni begriffen, von neuem, »sie will nur Ruhe haben.«

Beide sahen Mrs. Wilkins an, und Mrs. Fisher stieg bei ihrem Anblick der Gedanke an eine Schaufel auf.

»Warum sagt sie dann, daß sie Kopfschmerzen hat?« fragte Mrs. Arbuthnot.

»Aus Höflichkeit. Jetzt *versucht* sie, höflich zu sein, später, wenn San Salvatore noch mehr auf sie eingewirkt hat, wird sie es nicht mehr versuchen, sondern es ganz von selbst sein. Es wird ihr zur zweiten Natur werden.«

»Sie müssen nämlich wissen, Mrs. Fisher«, sagte Mrs. Arbuthnot, »daß Lotty eine eigene Theorie hat – –«

Aber Mrs. Fisher hatte nicht den geringsten Wunsch, irgendeine Theorie Lottys zu hören; sie wartete auf den nächsten Gang, dessen Erscheinen dadurch verzögert wurde, daß Mrs. Wilkins unaufhörliche Versuche machte, die Makkaroni zu essen, obwohl sie doch schon kalt sein mußten.

Sie unterbrach also Mrs. Arbuthnot und wendete sich mit strenger Miene an Mrs. Wilkins: »Ich begreife wirklich nicht, warum Sie annehmen, daß Lady Caroline nicht die Wahrheit sagt.«

»Ich nehme es nicht an – ich weiß es«, versetzte Mrs. Wilkins.

»Und wieso wissen Sie es?« fragte Mrs. Fisher eisig, denn Mrs. Wilkins nahm wahrhaftig noch einmal von den Makkaroni, die Francesca ihr unnötigerweise dienstfertig wieder anbot.

»Wie ich bei ihr draußen war, habe ich einen Blick in ihr Inneres getan.«

Es fiel Mrs. Fisher nicht ein, darauf etwas zu erwidern. Welch ein Blödsinn! Sie drückte heftig auf die Tischglocke, obwohl Francesca beim Büfett stand, und sagte – denn sie wollte absolut nicht länger auf den nächsten Gang warten: »Bitte, Francesca, servieren Sie.«

Und Francesca bot ihr – offenbar mutwillig – die Makkaroni wieder an.

10

In die höchstgelegenen Gärten von San Salvatore konnte man nur durch die beiden nebeneinanderliegenden Glastüren des Speisezimmers und der Halle gelangen. Auch aus dem Garten gab es keinen anderen Weg. So konnte sich also niemand ungesehen aus dem Garten entfernen. Er war lang und schmal, jeder, der sich darin aufhielt, mußte bemerkt werden. Die Bäume, die darin standen – der Judasbaum, die Tamariske, die regenschirmförmige Tanne – befanden sich ganz nahe an dem Geländer. Die Rosenbüsche boten keine richtige Deckung, denn wenn man sich nur einen Schritt nach links oder rechts von ihnen entfernte, so wurde man gesehen. Nur in der nordwestlichen Ecke gab es ein Plätzchen, das erkerähnlich aus der großen Mauer hervorsprang – in den alten mißtrauischen Zeiten wurde es wahrscheinlich als Ausguck verwendet –, wo man sitzen konnte, ohne gesehen zu werden, denn zwischen diesem Vorsprung und dem Schloß wuchs ein dichter Busch Seidelbast.

Caroline blickte sich um und überzeugte sich, daß niemand da war, der sie sehen konnte. Sie erhob sich und trug ihren Sessel vorsichtig, auf den Zehenspitzen, in den Erker. Es gab noch einen solchen Vorsprung in der nordöstlichen Ecke, dessen Aussicht fast noch schöner war: auf die Bucht und die herrlichen Berge hinter Mezzago – aber der war ganz offen, und da kein Busch in der Nähe war, so gab es dort auch keinen Schatten. Sie machte es sich bequem, legte die Füße gemütlich auf die Brustwehr, schob sich das Kissen unter den Kopf und hoffte, vor Späheraugen ganz sicher zu sein.

Aber Mrs. Fisher, die dem Zigarettenduft nachging, fand sie dort. Die unvorsichtige Caroline hatte daran nicht gedacht. Da Mrs. Fisher nicht rauchte, spürte sie den Rauch um so deutlicher. Sie hatte Francesca befohlen, den Kaffee im Schatten gleich bei der Glastür zu servieren. Als Mrs. Wilkins sah, daß ein Tisch hinausgetragen wurde, erinnerte sie Mrs. Fisher daran, daß Lady Caroline allein sein wollte.

Darauf erwiderte Mrs. Fisher, die diese Bemerkung für zudringlich und taktlos hielt, der Garten sei zu jedermanns Benutzung da. Und sie ging sofort in den Garten und spürte, daß Lady Caroline rauchte.

Diese modernen jungen Damen, dachte sie und ging geradewegs auf den blühenden Seidelbast los.

»Ich höre, daß Sie unwohl sind«, sagte sie zu der regungslosen und offenbar schlafenden Caroline; Mrs. Fisher hatte eine tiefe männliche Stimme.

Caroline suchte den Eindruck zu erwecken, daß sie schlief, aber in dem Falle hätte sie die Zigarette nicht in den Fingern gehalten, sondern sie wäre zu Boden gefallen.

Das vergaß sie. Mrs. Fisher aber bemerkte es sofort. Sie setzte sich auf eine niedrige Steinbank – ein Weilchen konnte sie schon darauf sitzen, solange die Kälte nicht fühlbar wurde.

Sie betrachtete Caroline. Zweifellos ein sehr hübsches Geschöpf, das überall Furore machen mußte, auch bei Ehemännern. Im Leben ihres Gatten hatte es Episoden gegeben . . .

»Sie haben sich wohl auf der Reise etwas geholt«, sagte sie mit ihrer tiefen Stimme. »Sie müßten etwas einnehmen. Ich werde Domenico fragen, ob man irgendwo im Dorf unten Rizinusöl bekommt.«

Caroline schlug die Augen auf und sah Mrs. Fisher an.

»Ah!« rief Mrs. Fisher aus. »Ich wußte ja, daß Sie nicht schlafen. In dem Falle wäre Ihnen nämlich die Zigarette entglitten.«

Caroline warf die Zigarette über die Brustwehr.

»Welch eine Verschwendung!« sagte Mrs. Fisher. »So wenig wie ich es auch ausstehen kann, wenn Frauen rauchen, so wenig kann ich Verschwendung leiden.«

»Was fängt man nur mit solchen Leuten an?« fragte sich Caroline im stillen, indem sie Mrs. Fisher mit einem entrüsteten Blick ansah, der aber der alten Dame den Eindruck reizender Gefügigkeit machte.

»Lassen Sie sich raten«, fuhr Mrs. Fisher gerührt fort, »vernachlässigen Sie sich ja nicht, sonst können Sie ernstlich krank werden. Bedenken Sie, daß wir in Italien sind, wo man vorsichtig sein muß. Das erste ist: Gehen Sie zu Bett.«

»Ich gehe niemals zu Bett«, fuhr Caroline sie an, aber die Worte klangen hilflos und rührend.

Caroline hatte wirklich eine wundervolle Stimme. Sie hätte eine große Sängerin werden sollen, aber jede Art von Musik war ihr fremd, ausgenommen ihre musikalische Stimme, die bezaubernd wirkte. Ihr Gesicht, ihr Teint waren so wundervoll, daß es keinen Mann gab, dessen Augen bei ihrem Anblick nicht aufleuchteten und tiefstes Interesse verrieten; hörte er noch ihre Stimme, dann war er ganz gefangen. So erging es jedem Mann, gebildet oder ungebildet, alt oder jung, begehrenswert oder unerwünscht, Männern aus ihrer Sphäre oder Omnibuskondukteuren, Generalen und gemeinen Soldaten – während des Krieges hatte sie eine besonders unruhige Zeit –, Bischöfen und Küstern – bei ihrer Konfirmation hatten sich schreckliche Episoden ereignet –, Gesunden und Kranken, Reichen und Armen, Geistreichen und Blödsinnigen; welchem Beruf sie auch angehörten, ob sie ledig oder verheiratet waren – wer sie erblickte, in dessen Augen kam ein Leuchten, wer ihre Stimme hörte, war ganz gefangen.

Anfangs war sie entzückt, aufgeregt, hocherfreut gewesen. Aber allmählich stellten sich Erfahrungen ein, und da machte sie voller Staunen und Zorn die Entdeckung, daß es großer Mühe und Anstrengungen bedurfte, um – sich zu verteidigen. Das Leuchten in den Augen der Männer bedeutete, daß sie es auf sie abgesehen hatten. Und Caroline, die so zuversichtlich in das gesellschaftliche Leben getreten war, den Kopf hoch und voller Vertrauen zu jedem, dessen Haar schon grau war, begann mißtrauisch zu werden, Abneigungen zu fassen, zurückzuschrecken und sich zu empören. Oft hatte sie die Empfindung, gar nicht sich selbst anzugehören, sondern als Gemeingut, als eine Art Schönheit für alles betrachtet zu werden. Die Männer waren doch wirklich ... Und dann fand sie sich plötzlich in sonderbare, unerklärliche Streitigkeiten verwickelt und wurde gehaßt. Die Frauen waren doch wirklich ... Und als der Weltkrieg kam und sie sich wie alle anderen hineinstürzte – das gab ihr den Rest.

Der Krieg gab Caroline den Rest. Er tötete den einzigen Mann, bei dem sie sich geborgen fühlte, den sie geheiratet hätte; der Krieg verursachte ihr Widerwillen gegen die Liebe. Seither war sie verbittert. Sie fand kein Vergnügen daran, andere Frauen zu übertreffen; sie wollte nichts wissen von ihren langweiligen Männern. Sie wußte nichts mit ihnen anzufangen. Sie wünschten alle immer nur, von der Liebe zu sprechen – das war doch so töricht und auf die Dauer so ermüdend. Es war geradeso, als wenn ein gesunder Mensch mit normalem Hunger nichts zu essen bekäme als Zucker. Liebe, Liebe ... das bloße Wort machte den Wunsch in ihr rege, jemandem einen Klaps zu versetzen.

»Ja, aus welchem Grunde sollte ich Sie lieben? *Warum*?« fragte sie zuweilen ganz erstaunt, wenn wieder einmal jemand – und das ereignete sich immer von neuem – ihr einen Heiratsantrag machte. Eine ordentliche Antwort erhielt sie darauf freilich nie, sondern nur weitere unverständliche Reden.

Schweigen, Unsichtbarkeit, Gemiedensein, wenn möglich Bewußtlosigkeit – diese Verneinungen waren alles, was sie im Augenblick verlangte, aber nicht einmal hier hatte sie eine Minute lang Ruhe, dann kam diese Mrs. Fisher, diese alberne Person daher – natürlich nur in der Absicht, ihre Überlegenheit geltend zu machen –, um ihr einzureden, daß sie krank sei, zu Bett gehen und – scheußlich! – Rizinusöl einnehmen müsse.

»Ich bin überzeugt«, sagte Mrs. Fisher, die bereits die Kälte zu spüren begann und nicht mehr lange auf der Steinbank sitzenbleiben konnte, »daß Sie vernünftig sein werden. Das würde auch Ihre Mutter wünschen – haben Sie eine Mutter?«

Ein leises Staunen drückte sich in Carolines Augen aus. »Haben Sie eine Mutter?« Wenn je jemand eine Mutter hatte, so war sie es. Es war ihr nie eingefallen, daß es Leute geben könnte, die nie von ihrer Mutter gehört hatten. Sie war eine der älteren Marquisen – niemand wußte besser als Caroline, daß es Marquisen und Marquisen gab –, die hohe Stellungen bei Hofe eingenommen hatten. Auch ihr Vater war zu seiner Zeit ein hervorragender Mann gewesen. Seine Zeit war nun vorüber, weil er – armer Mensch! – einige bedeutende Fehler begangen hatte; außerdem war er alt geworden, immerhin aber war er ein altbekannter Mann. Wie angenehm mutete es Caroline an, jemand zu begegnen, der nichts von ihrer Abkunft wußte.

Mrs. Fisher begann, ihr sympathisch zu werden. Vielleicht wußten die Originale auch noch nichts von ihrer Abstammung. Als sie ihnen das erstemal schrieb und mit ihrem Namen, dem berühmten Namen Dester, unterzeichnete, der wie ein blutiger Faden durch die englische Geschichte ging – denn die Desters waren beständig unter den Kriegern –, hatte sie es für selbstverständlich gehalten, daß sie wissen würden, wer sie sei. Und als sie die beiden Freundinnen im Klub in der Shaftesbury Avenue aufsuchte, war sie davon überzeugt, da sie ja sonst Referenzen verlangt hätten.

Caroline begann ein wenig Mut zu fassen.

»Was ich hier vorhabe«, sagte sie, indem sie sich ein wenig vornüberneigte, die Hände um ihre Knie schlang und zu Mrs. Fisher aufblickte – diese saß etwas höher – lebhaft, denn sie war ganz entzückt, daß Mrs. Fisher nichts von ihr wußte, »ist, zu einem Abschluß zu kommen – das ist doch nicht viel verlangt, nicht?«

Und sie sah Mrs. Fisher an und dachte sich, daß ihr jeder Plan genügen würde; worauf es wirklich ankam, das war, einen festen Standpunkt zu gewinnen, ein Ziel zu haben, sich nicht länger steuerlos treiben zu lassen.

Mrs. Fisher umfaßte die ganze Gestalt des jungen Mädchens mit einem Blick.

»Meiner Ansicht nach«, sagte sie, »braucht ein junges Geschöpf wie Sie einen Mann und Kinder.«

»Das werde ich auch in Betracht ziehen«, erwiderte Caroline liebenswürdig, »aber ich glaube nicht, daß dies ein wirklicher Abschluß wäre.«

»Ich an Ihrer Stelle«, versetzte Mrs. Fisher, indem sie aufstand, denn die Kälte der Steinbank hatte sie ganz durchdrungen, »würde mir den Kopf nicht mit Nachdenken und Plänemachen beschweren, sondern – denn ich versichere Ihnen, daß die Frauen nicht zum Denken geeignet sind – zu Bett gehen und gesund werden.«

»Ich bin gesund«, bemerkte Caroline.

»Warum haben Sie dann sagen lassen, Sie seien krank?«

»Ich hab' es nicht sagen lassen.«

»Dann bin ich also ganz umsonst hier herausgekommen?«

»Ist es Ihnen nicht lieber, daß Sie hergekommen sind und mich wohl anstatt krank gefunden haben?« fragte Caroline lächelnd.

Ihr Lächeln nahm selbst Mrs. Fisher ganz gefangen.

»Sie sind wirklich ein reizendes Geschöpf«, erwiderte Mrs. Fisher, »wie schade, daß Sie nicht fünfzig Jahre früher auf die Welt gekommen sind! Meine Freunde hätten Sie gern gesehen.«

»Dann bin ich froh, daß ich nicht vor fünfzig Jahren auf die Welt kam«, sagte Caroline, »es ist mir nämlich furchtbar unangenehm, angesehen zu werden.«

»Wie unvernünftig!« rief Mrs. Fisher mit strenger Miene aus. »Dazu sind so junge Geschöpfe wie Sie ja auf der Welt – wozu sonst, wenn ich fragen darf? Und ich kann Ihnen die Versicherung geben, daß meine Freunde ganz besondere Menschen waren.«

»Ich kann ganz besondere Menschen nicht leiden«, versetzte Caroline.

»Was ich nicht leiden kann«, entgegnete Mrs. Fisher, die jetzt durch und durch kalt war wie die steinerne Bank, von der sie sich erhoben hatte, »ist das Gehaben der modernen jungen Damen; das erscheint mir kläglich, furchtbar kläglich und albern.«

Und sie entfernte sich, auf den Stock gestützt, so daß die Kieselsteine knirschten.

So ist's recht, dachte Caroline, indem sie sich wieder behaglich in ihren Sessel zurücklehnte, den Kopf in das Kissen gedrückt, die Füße auf der Brustwehr. Wenn die Leute sie nur in Ruhe ließen, kam es ihr gar nicht darauf an, aus welchem Grunde sie es taten.

Kurze Zeit, bevor Caroline nach San Salvatore entflohen war, hatte ihre Mutter eines Tages zu ihrem Mann gesagt: »Findest du nicht auch, daß unser geliebter Punkt sich ein ganz klein wenig sonderbar gebärdet?«

Die Marquise hatte in der letzten Zeit etwas Unbehagen empfunden über die sonderbaren Bemerkungen ihrer Tochter, über ihre Flucht aus der Gesellschaft und – ein Zeichen, daß sie älter wurde! – ihren Verkehr mit ganz jungen Männern, die fast noch Knaben waren.

»Wie? Was sagst du? Sonderbar? Laß sie nur ruhig sonderbar sein; wenn man ausschaut wie sie, kann man sich alles erlauben!« lautete die Antwort des vernarrten Vaters.

»Ich hindere sie ja nicht daran«, versetzte sie.

Mrs. Fisher bedauerte sehr, sich um Lady Caroline gekümmert zu haben. Als sie durch die Halle in ihren Salon ging, schlug sie heftig mit dem Stock auf die Fliesen auf. Dieses Gehabe, dieses Getue, dachte sie. Da mußte man wahrhaftig die Geduld verlieren.

In ihrem Salon fand sie Mrs. Arbuthnot, die gemütlich dort ihren Kaffee trank, während Mrs. Wilkins am Schreibtisch saß und mit der Feder, die Mrs. Fisher als heilig betrachtete, denn sie hatte sich dieselbe aus ihrer Wohnung in der Prince of Wales Terrace mitgebracht, einen Brief schrieb. In Mrs. Fishers Salon; an Mrs. Fishers Schreibtisch; mit Mrs. Fishers Feder!

»Ist das nicht ein reizendes Zimmer?« fragte Mrs. Arbuthnot die Eintretende liebenswürdig, »wir haben es eben erst entdeckt.«

»Ich schreibe an Mellersh«, ließ sich Mrs. Wilkins vernehmen, indem sie – ebenfalls liebenswürdig – den Kopf wendete. Als ob es ihr, Mrs. Fisher, nicht vollständig gleichgültig wäre, an wen sie schrieb, und als ob sie eine Ahnung hätte, wer Mellersh war. »Er wird doch wissen wollen«, fügte Mrs. Wilkins hinzu, von der neuen Umgebung in rosigste Stimmung versetzt, »daß ich heil hier angekommen bin.«

11

Die süßen Düfte allein, die überall in San Salvatore zu spüren waren, mußten Eintracht hervorbringen. Sie wehten von den Blumen herüber, die auf den Zinnen blühten, und vereinigten sich mit dem Wohlgeruch, den die Blumen im Zimmer ausströmten – wer konnte inmitten einer solchen Fülle von Aroma und Schönheit böse sein, egoistisch, verletzend wie in London?

Und doch war Mrs. Fisher böse. Wenigstens sah sie Lotty und Rose mit einem bösen Gesicht an. So was!

»Sie scheinen es nicht gern zu sehen, daß wir hier sind«, sagte Mrs. Wilkins, indem sie aufstand und in ihrer Art sofort auf die Wahrheit lossteuerte. »Warum?«

»Ich denke, Sie hätten sehen müssen«, antwortete Mrs. Fisher, die sich auf ihren Stock stützte, »daß es mein Zimmer ist.«

»Sie meinen wohl wegen der Fotografien«, sagte Mrs. Wilkins.

Mrs. Arbuthnot, die vor Überraschung errötet war, erhob sich ebenfalls.

»Und wegen des Briefpapiers, auf dem meine Londoner Adresse steht. Und wegen der Feder – –«

Sie zeigte auf die Feder, die Mrs. Wilkins noch in der Hand hielt.

»Die gehört Ihnen? Entschuldigen Sie«, sagte Mrs. Wilkins und legte sie auf den Tisch, fügte aber gleich darauf lächelnd hinzu, daß diese Feder soeben viel Freundliches geschrieben hätte.

»Ja, aber warum sollten wir denn nicht hier sein dürfen?« fragte

Mrs. Arbuthnot, die nicht imstande war, sich der Willkür Mrs. Fishers ohne sanftes Widerstreben zu fügen, »das ist ja ein Salon!«

»Es ist auch noch ein anderer Salon da«, antwortete Mrs. Fisher. »Sie und Ihre Freundin können doch nicht zusammen gleichzeitig in zwei Salons sitzen, und wenn ich es mir nicht einfallen lasse, Sie in Ihrem Salon zu stören, so sehe ich nicht ein, warum Sie mich in dem meinigen stören sollten.«

»Aber warum – –«, begann Mrs. Arbuthnot von neuem.

»Sie haben ganz recht«, sagte Mrs. Wilkins zu Mrs. Fisher, indem sie ihre Freundin unterbrach, die sehr kampfeslustig aussah.

Dann fügte sie hinzu, sie verstehe vollkommen, daß Mrs. Fisher noch in der Weltanschauung befangen sei, wie sie in der Prince of Wales Terrace vorherrsche, daß sie diese aber nach einiger Zeit sicher fallen lassen und ganz anders denken und fühlen würde.

»Sie werden in einiger Zeit bestimmt alles mit uns teilen wollen«, sagte sie in überzeugtem Ton, »ja, Sie werden mich vielleicht sogar *bitten*, Ihre Feder zu benützen, wenn ich keine habe.«

Mrs. Fisher konnte sich kaum beherrschen, als sie diese Rede anhörte. Sich von einer gedankenlosen Person aus Hampstead sozusagen auf den Rücken klopfen und mit kecker Gewißheit versichern zu lassen, daß sie sich hoffentlich bald bessern würde, regte sie mehr auf, als sie je etwas aufgeregt hatte, seitdem sie die Entdeckung gemacht, daß ihr Mann sich anders stellte, als er war. Diese Mrs. Wilkins mußte unbedingt in die Schranken gewiesen werden. Aber wie? Sie schien merkwürdig unzugänglich zu sein. Sie lächelte zum Beispiel so vergnügt, als hätte sie sich absolut nicht ungehörig benommen.

»Ich bin eine alte Frau«, sagte sie, »und muß ein Zimmer für mich allein haben. Ich kann nicht viel herumgehen wegen meines Stockes, folglich bin ich genötigt, viel zu sitzen. Warum sollte ich nicht ruhig und ungestört hier sitzen können? Habe ich Ihnen in London nicht gesagt, daß dies mein Wunsch ist? Wenn die Leute den ganzen Tag ein- und ausgehen, schwatzen, die Türen offen lassen, dann halten Sie den Vertrag nicht ein, daß ich Ruhe haben würde.«

»Aber wir haben nicht im entferntesten den Wunsch«, begann Mrs. Arbuthnot, wurde aber wieder von ihrer Freundin unterbrochen.

»Wir freuen uns«, sagte diese, »wenn es Sie glücklich macht, diesen Salon für sich allein zu haben. Wir haben es nur nicht gewußt. Wir hätten ihn nicht betreten, außer wenn Sie uns eingeladen hätten. Ich bin überzeugt«, fuhr sie mit einem fröhlichen Blick auf Mrs. Fisher fort, »daß Sie es bald tun werden.«

Und sie nahm ihren Brief, faßte Rose bei der Hand und zog sie zur Tür.

Aber Mrs. Arbuthnot wollte nicht fortgehen. Sie, die gütigste Frau von der Welt, war von dem merkwürdigen und sicher doch unchristlichen Verlangen erfüllt, dazubleiben und sich zur Wehr zu setzen. Nicht wirklich oder auch nur mit beleidigenden Worten, nein. Aber sie wollte sich in Güte mit Mrs. Fisher auseinandersetzen. Sie hatte die Empfindung, etwas sagen zu müssen und sich nicht schelten und hinausweisen zu lassen wie ein Schulmädchen, das von den Machthabern bei einem Vergehen erwischt wird.

Aber Mrs. Wilkins zog sie entschlossen durch die Tür hinaus, und sie wunderte sich von neuem über Lottys Gleichgewicht, ihr gelassenes, liebenswürdiges Temperament – und in England war sie doch so ungestüm gewesen! Von dem Augenblick, als sie in Italien waren, schien Lotty die ältere zu sein. Vielleicht weil sie so glückselig war. Machte das Glück einen wirklich so weise? Rose fühlte sich ja auch glücklich, aber lange nicht so wie Lotty. Sonst hätte sie sich ja auch nicht mit Mrs. Fisher zanken wollen, sonst hätte sie nicht eine solche Sehnsucht nach etwas anderem, das ihr Glück erst krönen würde: Sehnsucht nach Frederick. Zum erstenmal im Leben von vollkommener Schönheit umgeben, hatte sie nur *einen* Gedanken: ihm diese Schönheit zu zeigen, sie mit ihm zu teilen. Sie sehnte sich nach Frederick. Sie lechzte nach ihm. Ach, wenn er doch . . .

»Die arme alte Frau!« sagte Lotty zu Rose, als sie die Tür hinter sich schloß und Mrs. Fisher ihrem Triumph überließ. »Und an einem solchen Tage!«

»Sie ist eine sehr grobe Person«, behauptete Rose.

»Sie wird schon anders werden. Es tut mir leid, daß wir gerade in ihren Salon geraten sind.«

»Es ist weitaus der schönste«, erwiderte Rose, »und er gehört gar nicht ihr.«

»Aber es gibt doch so viele andere Plätze, und sie ist ein so armes altes Geschöpf. Mag sie den Salon behalten. Was liegt daran?«

Und sie fügte hinzu, daß sie in das Dorf hinunter wolle, um die Post ausfindig zu machen und ihren Brief an Mellersh aufzugeben – ob Rose sie begleiten wolle.

»Ich habe über Mellersh nachgedacht«, sagte Mrs. Wilkins, als sie im Gänsemarsch den Zickzackpfad hinuntergingen.

Sie ging zuerst, und Mrs. Arbuthnot folgte ihr. In London war es umgekehrt gewesen, da hatte sich Lotty, die immer so furchtsam und unschlüssig war, außer wenn sie einmal ungeschickt losplatzte, immer hinter der ruhigen, vernünftigen Rose verschanzt.

»Ich habe über Mellersh nachgedacht«, wiederholte Lotty über die Schulter zurück, da Rose sie nicht gehört zu haben schien.

»So?« erwiderte diese mit einem leisen Ton der Abwehr in ihrer Stimme, denn ihre Erfahrungen mit Mellersh waren nicht so erfreulich gewesen, daß sie sich seiner gern erinnerte. Sie hatte Mellersh getäuscht, deshalb mochte sie ihn nicht. Sie war sich nicht bewußt, daß dies der wahre Grund ihrer Abneigung war, sondern hatte die Empfindung, es sei nicht viel an ihm; er war ihr nicht sympathisch.

»Ich bin eine sehr gemeine Kreatur, Rose«, fuhr Lotty fort.

»Eine was?« fragte Rose erstaunt; sie traute ihren Ohren nicht.

»Daß ich fortgefahren bin und ihn in dem trübseligen London gelassen habe, während ich hier kreuzfidel im siebenten Himmel bin. Er wollte über Ostern mit mir nach Italien fahren – habe ich dir das nicht erzählt?«

»Nein.«

Rose war einem Gespräch über Ehegatten immer ausgewichen. Denn sie wußte, daß man von einem Gatten auf den andern zu reden kam, und sie konnte, sie wollte nicht von Frederick sprechen. Lotty wußte auch nichts weiter von ihm, als daß er existierte.

»Jawohl«, sagte Lotty, »zum erstenmal im Leben, und ich war natürlich ganz entsetzt. Denn es war gerade, als ich den Entschluß gefaßt hatte, nach San Salvatore zu reisen.«

Sie hielt inne und blickte zu Rose empor.

»Nun und?« fragte Rose, bemüht, ein anderes Gesprächsthema zu finden.

»Nun begreifst du, warum ich eine gemeine Kreatur bin«, fuhr Lotty fort; »*er* hat eine Vergnügungsreise *mit mir* nach Italien machen wollen, und *ich* habe eine Vergnügungsreise *ohne ihn* nach Italien gemacht und ihn zu Hause gelassen. Mellersh hat guten Grund, gekränkt und wütend zu sein.«

Rose war ganz erstaunt. Wie liebevoll sie jetzt von Mellersh sprach – von Mellersh, der noch heute früh, als sie beide die Füße ins Meer steckten, wie ein Schattenbild war. Das war am frühen Morgen; um die Mittagszeit hatte er schon so feste Gestalt angenommen, daß Lotty ihm einen Brief – und einen sehr ausführlichen – Brief schreiben konnte. Und jetzt teilte sie ihr mit, daß er guten Grund habe, gekränkt und wütend zu sein, und daß sie eine gemeine Kreatur sei.

Wenn Lotty so fortfuhr, dann war zu erwarten, daß man bald einen Heiligenschein um ihren Kopf sehen würde.

»Und das hab' ich ihm alles hier geschrieben«, fuhr Lotty fort, indem sie vergnügt auf den Brief in ihrer Hand tippte.

»Was – alles?«

»Du meinst die Annonce, und daß ich meinen Notpfennig ausgegeben habe? Nein – das noch nicht. Das werde ich ihm beichten, wenn er kommt.«

»Wenn er kommt?« wiederholte Rose.

»Jawohl, ich habe ihn eingeladen. Das ist das wenigste, was ich tun konnte. Übrigens – schau dich hier um!« Und sie wies mit der Hand auf die Herrlichkeit ringsum. »Abscheulich, das nicht mit anderen zu teilen. Ich bin eine gemeine Kreatur, daß ich fort bin und ihn allein zu Hause gelassen habe, aber es gäbe keinen gemeineren Menschen auf Erden als mich, wenn ich Mellersh nicht zu überreden versuchte, herzukommen und all die Herrlichkeit mit zu genießen. Es ist nur anständig, ihm auch etwas von meinem Ersparten zugute kommen zu lassen. Schließlich hat er mir ja jahrelang Kost und Quartier gegeben.«

»Und – glaubst du wirklich, daß er kommen wird?«

»Ich hoffe es«, antwortete Rose und fügte hinzu: »Armer Mellersh!«

Bei diesen Worten Lottys hatte Rose die Empfindung, sie müsse sich niedersetzen. *Armer* Mellersh? In der Biegung des Pfades stand eine Bank, und Rose setzte sich darauf. Sie wollte Atem schöpfen. Zeit gewinnen. Vielleicht konnte sie auch zu Lottys Höhe emporsteigen, vielleicht ihr Einhalt gebieten, bevor sie sich zu etwas hinreißen ließ, was sie sehr bald bereuen würde. Mellersh in San Salvatore? Mellersh, dem zu entrinnen Lotty sich soviel Mühe gegeben hatte?

»Ich *sehe* Mellersh bereits hier«, sagte Lotty, als gäbe sie Rose auf ihre Gedanken eine Antwort.

Rose sah sie besorgt an, denn jedesmal, wenn Lotty in so überzeugtem Ton versicherte, sie *sehe* etwas, dann ereignete es sich wirklich. Es war also anzunehmen, daß Dr. Wilkins wirklich herkommen würde.

»Du bist so rasch«, sagte Rose, »ich kann dir nicht folgen, kann nicht Schritt mit dir halten. Genauso war es mit Freder – –«

Sie hielt inne und sah ganz erschrocken aus.

»Der Beweggrund«, fuhr Rose fort, als Lotty nichts bemerkt zu haben schien, »der uns hergeführt hat, war unsere Sehnsucht, alles im Stich zu lassen, zu entkommen, nicht wahr? Das ist uns gelungen. Und nun, kaum daß wir einen einzigen Tag hier sind, willst du gerade den Leuten, denen wir – –«

Sie hielt inne.

»Den Leuten, denen wir entfliehen wollten«, ergänzte Lotty, »schreiben, sie sollen herkommen. Jawohl, es ist wahr, es scheint blöd und unlogisch. Aber ich bin so glücklich, so wohl, so wonnetrunken!«

Rose schwieg einen Augenblick.

Dann sagte sie: »Und glaubst du, daß San Salvatore die gleiche Wirkung auf deinen Mann haben wird?«

Lotty lachte.

»Ich weiß es nicht«, antwortete sie. »Aber selbst wenn es nicht der Fall sein sollte, ich spüre Liebe genug in mir, um fünfzig Mellersh damit zu überfluten. Die Hautpsache ist, daß soviel Liebe ringsum ist. Ich denke, wenigstens hier«, fügte sie hinzu, »in London war es freilich anders, daß es gar nicht darauf ankommt, wer liebt, wenn es nur jemand tut. Zu Hause war ich ein solcher Geizhals, da pflegte ich zu messen und zu zählen, da war ich vom Gerechtigkeitsgefühl wie besessen. Als ob etwas an der Gerechtigkeit läge! Das gleiche Recht für alle, sagte ich mir immer. Und da er sein Herz nicht auf der Zunge trug, so machte ich es genau so, und wie karg sah es da in unserem Heim aus! Es gibt nur eines – die Liebe . . .«

Rose war ganz verblüfft über Lotty. Ach, wie sehr wünschte sie, ihrem Frederick ebenfalls schreiben zu können: »Komm!« Aber die Wilkinssche Menage hatte, trotz der Wichtigtuerei des Dr. Wilkins, doch eine viel gesündere, natürlichere Basis als die ihre. Lotty konnte Mellersh schreiben und bekam eine Antwort. Sie konnte nicht an Frederick schreiben, denn sie wußte nur zu gut, daß er ihr nicht antworten würde. Oder höchstens würde er ein paar hastige Zeilen kritzeln, die ihr bewiesen, wie lästig es ihm war. Und das war immer noch schlimmer als gar keine Antwort. Wenn sie nun einen Brief von ihm bekäme, ihn öffnete und darin fände:

»*Liebe Rose!*
Danke für den Brief. Freue mich, daß es Dir gutgeht. Eile nicht zurück. Wenn Du Geld brauchst, schreibe es mir. Hier alles in bester Ordnung.

Dein Frederick.«

Nein, das wäre ihr unerträglich.

»Ich werde dich nicht bis ins Dorf hinunter begleiten, Lotty«, sagte Rose plötzlich; ihre Augen schimmerten feucht. »Ich muß über Verschiedenes nachdenken.«

»Gut«, versetzte Lotty, indem sie ihre Schritte bergabwärts beschleunigte, »aber denk nicht gar zu viel nach«, rief sie ihr über die Schulter nach. »Schreib lieber gleich und lade ihn ein!«

»Einladen? Wen?« fragte Rose betroffen.

»Deinen Mann.«

12

Zum Abendessen erschien Caroline, so daß die vier Damen zum erstenmal bei Tisch zusammen waren.

Sie war ganz pünktlich und trug eines jener sogenannten »Abendkleider«, die zuweilen als entzückend beschrieben werden. Dieses Kleid war in der Tat entzückend. Es war muschelrosafarben und schmiegte sich der anbetungswürdigen Caroline an, als ob es sie ebenfalls liebte.

»Welch ein wundervolles Kleid!« rief Mrs. Wilkins lebhaft aus.

»Was – dieser alte Lappen?« sagte Caroline und sah darauf hinab, wie um zu sehen, welches sie anhatte. »Das ist schon hundert Jahre alt.« Und sie wendete ihre ganze Aufmerksamkeit der Suppe zu.

»Es muß Ihnen wohl sehr kalt sein«, bemerkte Mrs. Fisher boshaft, denn das Kleid ließ sehr viel sehen von Caroline, ihre ganzen Arme zum Beispiel, und selbst dort, wo es ihren Körper bedeckte, war es so dünn, daß man immer noch sah, was darunter war.

»Wem – mir?« fragte Caroline, indem sie einen Moment aufblickte, »o nein.«

Und sie fuhr fort, ihre Suppe zu essen.

»Sie dürfen sich nicht erkälten«, sagte Mrs. Arbuthnot, von dem Gedanken erfüllt, daß soviel Schönheit unversehrt bleiben müßte. »Es ist nämlich ein großer Unterschied in der Temperatur, wenn die Sonne untergeht.«

»Mir ist ganz warm«, versetzte Caroline, indem sie fleißig ihre Suppe löffelte.

»Sie sehen aus, als hätten Sie darunter gar nichts an«, sagte Mrs. Fisher.

»Ich hab' auch darunter nichts an, wenigstens sehr wenig«, erwiderte Caroline und aß ihre Suppe fertig.

»Wie unklug!« rief Mrs. Fisher aus, »und außerdem, wie ungehörig!«

Worauf Caroline sie anstarrte.

Als Mrs. Fisher zum Dinner in das Speisezimmer kam, war sie Lady Caroline sehr wohlwollend gesinnt. Die war doch nicht in ihr Zimmer eingedrungen, hatte sich nicht an ihren Schreibtisch gesetzt und mit ihrer Feder geschrieben. Die wußte doch, wie man sich zu benehmen hat. Jetzt freilich bewies sie es nicht, denn man konnte es doch nicht gutes Benehmen nennen, wenn eine Dame so angezogen – oder vielmehr unangezogen – bei Tisch erschien. Das war nicht nur sehr ungehörig, sondern auch höchst unvernünftig, denn sie mußte sich ja erkälten und dann alle anderen anstecken. Mrs. Fisher konnte Erkältungen bei anderen Leuten nicht ausstehen; sie waren immer die Folge irgendeiner Torheit, und dann wurden sie auf sie übertragen, die doch nichts getan hatte, um sie zu verdienen.

Ein Vogelhirn, dachte Mrs. Fisher, indem sie Caroline streng betrachtete, hat keinen anderen Gedanken im Kopf als seine Eitelkeit.

»Aber es sind ja keine Herren hier«, sagte Mrs. Wilkins, »wie kann es dann ungehörig sein? Haben Sie nie die Bemerkung gemacht«, wendete sie sich an Mrs. Fisher, die so tat, als hörte sie nicht, »daß es sehr schwierig ist, ungehörig zu sein ohne Herren?«

Weder antwortete ihr Mrs. Fisher noch sah sie sie an. Aber Caroline blickte zu Mrs. Wilkins hinüber und verzog ihren Mund. Bei jedem anderen Mund hätte man das Grinsen genannt, bei ihr aber war es ein kurzes, bezauberndes Lächeln, noch verschönt durch ein Grübchen.

Diese Mrs. Wilkins hat ein sehr ausdrucksvolles Gesicht, dachte Caroline, in der sich ein leises Interesse für die junge Frau zu regen begann; wie ein Kornfeld, über das abwechselnd Lichter und Schatten streiften. Caroline bemerkte, daß sowohl sie als auch ihre brünette Freundin sich umgezogen hatten, aber sie waren beide in seidenen Jumpern erschienen – mit demselben Aufwand von Mühe, dachte Caroline, hätten sie sich schon anständig anziehen können. Natürlich sahen sie darin nach gar nichts aus.

Was Mrs. Fisher für ein Kleid trug, war natürlich gleichgültig. Abgesehen von Straußfedern und Hermelin paßte alles, was sie trug, ganz gut für sie.

»Ich habe heute einen wundervollen Tag verlebt«, sagte Mrs. Wilkins mit leuchtenden Augen.

Caroline senkte die ihren.

Aha, dachte sie, jetzt kommt ein überschwenglicher Erguß!

Als ob sich jemand dafür interessierte! dachte Mrs. Fisher und schlug ebenfalls die Augen nieder.

Mrs. Fisher senkte stets geflissentlich die Augen, sooft Mrs. Wilkins zu reden anfing. Sie drückte so ihr Mißfallen aus. Obwohl sie aber die Augen gesenkt hielt, sah sie doch, daß Lady Caroline nach der Chiantiflasche griff und sich noch einmal ihr Glas vollschenkte.

Noch einmal. Zum zweitenmal. Und dabei hatte man erst den Fisch gegessen. Mrs. Fisher sah, daß das einzige anständige Mitglied der Gesellschaft außer ihr selbst, Mrs. Arbuthnot, es auch bemerkt hatte. Sie hielt Mrs. Arbuthnot für anständig und wohlmeinend. Zwar war auch sie in ihren Salon eingedrungen, aber sie war ohne Zweifel von der anderen mitgeschleppt worden. Auch bemerkte sie beifällig, daß Mrs. Arbuthnot nur Wasser trank. So war es recht. Übrigens trank auch die Sommersprossige – es war nur recht und billig, es anzuerkennen – nur Wasser. Sie selbst trank zwar Wein, aber mit Maß: ein Glas zu jeder Mahlzeit. Aber sie war fünfundsechzig Jahre alt und könnte sich demgemäß eigentlich wenigstens zwei Glas Wein erlauben, ohne daß es ihr schaden würde.

»Der Wein ist sehr schädlich für Sie«, sagte Mrs. Fisher zu Lady Caroline.

Diese hatte sie wohl nicht gehört, denn sie fuhr ruhig fort, an ihrem Wein zu nippen, während sie, den Ellbogen auf dem Tisch, Mrs. Wilkins zuhörte.

Was sagte die? Daß sie jemand nach San Salvatore eingeladen hätte? Einen Mann? Mrs. Fisher traute ihren Ohren nicht. Aber es war offenbar ein Mann, denn sie sagte »er«.

Und nun sprach – ganz plötzlich, aber es war ja sehr wichtig – Mrs. Fisher zum erstenmal Mrs. Wilkins direkt an. Sie war fünfundsechzig Jahre alt und machte sich sehr wenig daraus, mit welchen Frauen sie vier Wochen lang zusammen war, aber wenn da Männer dazukommen sollten, das war eine ganz andere Geschichte. Dazu gab sie sich nicht her. Sie war nicht hergekommen, um durch ihre Gegenwart etwas gutzuheißen, was man zu ihrer Zeit ein emanzipiertes Benehmen nannte. Bei der Zusammenkunft in London war von Männern keine Rede gewesen, denn sonst hätte sie natürlich abgelehnt herzukommen.

»Wie heißt er?« fragte Mrs. Fisher schroff.

Etwas überrascht wendete Mrs. Wilkins sich ihr zu.

»Dr. Wilkins«, antwortete sie.

»Wilkins?«

»Jawohl.«

»Das ist doch Ihr Name?«

»Und auch der seinige.«

»Ein Verwandter?«

»Kein Blutsverwandter.«

»Ein Verschwägerter?«

»Ein Gatte.«

Wieder schlug Mrs. Fisher die Augen nieder. Sie konnte nun einmal mit Mrs. Wilkins nicht reden. Alles, was sie sagte, war verzwickt. »Ein Gatte?« Das legte ja nahe zu denken: einer von vielen! Warum sagte sie nicht: »*Mein* Gatte?« Übrigens hatte sie – sie wußte selbst nicht warum – die beiden Freundinnen für Witwen, für Kriegerwitwen gehalten. Sie hatten mit keiner Silbe ihre Gatten erwähnt, so daß derartige Personen, hatte sie sich damals bei der Zusammenkunft überlegt, unmöglich existieren konnten. Und wenn schon ein Gatte kein Verwandter war, wer war es sonst? »Kein Blutsverwandter!« Was das für eine Art war zu reden! Ein

Gatte ist doch der allererste Verwandte. Wie gut sie sich noch erinnerte, was Ruskin – nein, es war nicht Ruskin, es ist die Bibel, die sagte, »der Mann soll Vater und Mutter verlassen und an seinem Weibe hangen«; das beweist doch, daß die Verwandtschaft durch Heirat viel mehr ist als Blutsverwandtschaft. Und wenn Vater und Mutter des Gatten nichts bedeuten sollen im Verhältnis zur Frau, wieviel weniger als nichts sollen Vater und Mutter der Frau bedeuten im Verhältnis zum Gatten.

Das Dinner war ausgezeichnet. Eine Delikatesse folgte der anderen. Constanza hatte sich nämlich entschlossen, in der ersten Woche Eier und Rahm nach eigenem Gutdünken zu verbrauchen und zu sehen, wie es sich dann mit der Bezahlung der Rechnungen verhalten würde. Ihrer Erfahrung nach beglichen Engländer ihre Rechnungen stets ohne Widerrede; sie waren leichtgläubig und machten nicht viele Worte. Übrigens, wer war hier die Hausfrau? Da es keine richtige Hausfrau gab, konnte sie, Constanza, ja selber die Hausfrau spielen.

Die vier Damen waren jedoch so von der Unterhaltung in Anspruch genommen, daß sie alles verzehrten, ohne zu bemerken, wie gut es war. Selbst Mrs. Fisher, die einen männlichen Gaumen hatte, bemerkte es nicht, ein Beweis, wie erregt sie war.

Sie war erregt, daran war diese Mrs. Wilkins schuld. Die mußte jeden aufregen. Und sie wurde zweifellos von Lady Caroline dazu ermutigt, die offenbar vom Chianti angeregt war.

»Nicht wahr«, sagte Mrs. Wilkins zu Lady Caroline, »wir haben doch in London ausgemacht, daß jede von uns sich einen Gast einladen kann – das habe ich jetzt getan.«

»Davon weiß ich nichts«, behauptete Mrs. Fisher, ohne die Augen vom Teller zu erheben.

»O doch, nicht wahr, Rose?«

»Jawohl, ich erinnere mich«, sagte Lady Caroline, »es kommt mir nur so unglaublich vor, daß jemand den Wunsch hat, einen Gast einzuladen: Es kam uns ja gerade darauf an, unseren Freunden zu entfliehen.«

»Und unseren Männern«, stimmte Mrs. Wilkins bei.

Schon wieder der unpassende Plural. Wie unpassend! Immer

diese vieldeutigen Worte! Mrs. Arbuthnot hatte bestimmt die gleiche Empfindung dabei, denn sie war rot geworden.

»Und der Zärtlichkeit der Familie«, ergänzte Lady Caroline – aus ihr sprach offenbar der Chianti.

»Und dem Mangel an Zärtlichkeit von seiten der Familie«, sagte Mrs. Wilkins.

Welch ein Licht diese Bemerkung auf ihr häusliches Leben und ihren wahren Charakter wirft, dachte Mrs. Fisher.

»Mangel an Zärtlichkeit in der Familie«, erwiderte Lady Caroline, »wäre zu ertragen.«

»Ach nein, das ist schrecklich«, versetzte Mrs. Wilkins, »es ist genau so, als hätte man keine Kleider an.«

»Aber das hab' ich gerade gern«, behauptete Lady Caroline.

»Ich muß sagen –« ließ sich Mrs. Fisher vernehmen.

»Es ist ein göttliches Gefühl, den Zwang los und ledig zu sein«, sagte Lady Caroline, zu Mrs. Wilkins gewendet, die anderen beiden beachtete sie nicht.

»Ah, wenn man aber bei heftigem Wind nichts anhat und weiß, daß man auch weiterhin entblößt sein wird, da wird einem immer kälter und kälter, bis man endlich daran stirbt – so ist einem zumute, wenn man mit einem Menschen lebt, der einen nicht liebt.«

Was das wieder für vertrauliche Mitteilungen sind! dachte Mrs. Fisher . . . Und dabei gab es für Mrs. Wilkins absolut keinen Milderungsgrund, denn sie hatte keinen Wein, sondern nur Wasser getrunken. Mrs. Arbuthnot teilte offenbar ihre Meinung, denn sie war unruhig.

»Aber hat er Sie wirklich nicht geliebt?« fragte Lady Caroline – mit genau der gleichen schamlosen Schwatzhaftigkeit wie Mrs. Wilkins, dachte Mrs. Fisher.

»Mellersh? Nein, er hat mir keinen Beweis davon gegeben.«

»Köstlich!« murmelte Lady Caroline.

»Ich muß sagen – –« ließ sich Mrs. Fisher von neuem vernehmen.

»Ich habe es nicht köstlich gefunden«, versetzte Mrs. Wilkins, »ich habe mich sehr unglücklich gefühlt. Aber seit ich hier bin, kann ich nicht genug über mich selbst staunen, daß ich mich unglücklich gefühlt habe. So unglücklich. Und wegen Mellersh.«

»Sie meinen, daß er es nicht wert ist?«

»Ich muß sagen – –« kam es von neuem von Mrs. Fisher.

»Nein, das meine ich nicht, sondern, daß ich plötzlich wieder gesundet bin.«

Lady Caroline drehte langsam das Weinglas in ihren Fingern und betrachtete das Gesicht ihr gegenüber, in das ein Leuchten gekommen war.

»Und da ich wieder froh bin, kann ich einfach nicht hier sitzen und ganz allein jubeln. Ich kann nicht glücklich sein, wenn ich ihn ausschließe, ich muß mein Glück mit ihm teilen. Jetzt erst verstehe ich die ›Blessed Damozel‹.«

»Was ist das?« fragte Caroline.

»Ich muß sagen – –« stieß Mrs. Fisher mit solchem Nachdruck hervor, daß Lady Caroline sich zu ihr umwendete.

»Müßte ich das wissen?« fragte sie. »Ich bin leider in der Naturgeschichte sehr unerfahren.«

»Es ist ein Gedicht«, antwortete Mrs. Fisher in eisigem Ton, »und heißt ›Das selige Fräulein‹.«

»Ah!« sagte Caroline.

»Dessen Verfasser«, fuhr Mrs. Fisher grimmig fort, »Dante Gabriel Rossetti, wenn man auch mancherlei gegen ihn einzuwenden hat, häufig Gast an meines Vaters Tisch war.«

»Das muß Ihnen aber langweilig gewesen sein!« meinte Caroline. »Das macht auch meine Mutter immerfort – Schriftsteller einladen. Ich hasse Schriftsteller. Sie wären mir gar nicht so unsympathisch, wenn sie nur keine Bücher schrieben. – Erzählen Sie uns weiter von Mellersh«, wendete sie sich wieder an Mrs. Wilkins.

»Ich muß sagen«, ließ sich Mrs. Fisher vernehmen.

»Die vielen leeren Betten!« versetzte Mrs. Wilkins.

»Was für leere Betten?« fragte Lady Caroline.

»Die im Schloß. Es sollte jedes einen glücklichen Insassen haben. Acht Betten – und nur vier Personen! Es ist schrecklich, so gierig zu sein und alles für sich allein zu behalten. Ich will, daß auch Mrs. Arbuthnot ihren Mann einlädt. Sie und Mrs. Fisher haben keinen Mann, aber Sie könnten doch einer Freundin einen herrlichen Aufenthalt hier bieten.«

Rose biß sich auf die Lippen. Sie wurde blaß, dann wieder rot. Wenn nur Lotty schweigen wollte, dachte sie. Es war ja sehr schön, daß sie so plötzlich eine Heilige geworden war und alle Welt liebhaben wollte, aber so taktlos hätte sie nicht sein dürfen. Rose hatte die Empfindung, als würden alle ihre alten Wunden aufgerissen.

Darauf sagte Mrs. Fisher in noch eisigerem Ton: »Es ist nur ein unbenütztes Schlafzimmer im Haus.«

»Nur eins?« wiederholte Mrs. Wilkins erstaunt. »Wer ist denn in den anderen?«

»Wir«, antwortete Mrs. Fisher.

»Aber wir vier können doch nicht in allen Schlafzimmern sein. Sechs sind sicher da – also zwei überflüssige. Der Besitzer sagte uns ausdrücklich, es seien acht Betten vorhanden, nicht war, Rose?«

»Es sind nur sechs Schlafzimmer«, sagte Mrs. Fisher.

Sie hatte mit Lady Caroline zusammen das ganze Haus gleich nach ihrer Ankunft besichtigt, um sich im behaglichsten Zimmer zu installieren; sie hatten nur sechs Schlafzimmer gesehen, von denen zwei ganz winzig waren. In einem davon schlief Francesca in Gesellschaft eines Sessels und einer Kommode, das andere war ebenso eingerichtet und unbenützt.

Lotty und Rose hatten sich das Haus noch nicht recht angesehen, da sie fast immer draußen waren und die herrliche Umgebung bewunderten. Als sie die ersten Verhandlungen wegen der Miete von San Salvatore geführt hatten, waren sie so aufgeregt und unaufmerksam gewesen, daß sie es sich in den Kopf gesetzt hatten, die acht Betten, von denen Mrs. Briggs sprach, entsprächen ebenso vielen Schlafzimmer. Das war aber nicht der Fall. Acht Betten waren wohl da, aber vier davon befanden sich in den Zimmern Lottys und Roses.

»Es sind sechs Schlafzimmer da«, wiederholte Mrs. Fisher; »wir haben vier davon, Francesca hat das fünfte, und das sechste steht leer.«

»So daß wir also trotz heißen Bemühens nicht so gastfreundlich sein können, wie wir möchten. Welch ein Glück!«

»Dann wäre also nur für einen Gast Platz?« fragte Mrs. Wilkins, indem sie eine nach der anderen anschaute.

»Jawohl – und den haben Sie«, versetzte Caroline.

Mrs. Wilkins war bestürzt. Das kam ihr unerwartet. Als sie Mellersh einlud, beabsichtigte sie, ihn in einem der leeren Gastzimmer unterzubringen – sie glaubte ja, es wären deren vier. Wenn hier viel Platz und Dienstboten genug waren, so war kein Grund vorhanden, zusammen ein Schlafzimmer zu benützen wie zu Hause in Hampstead, wo die Wohnung klein war und es nur zwei Dienstboten gab. Sie war überzeugt, daß sie Mellersh viel lieber haben und er lange nicht soviel gegen sie einzuwenden haben würde, wenn sie nicht die ganze Nacht zusammen eingesperrt wären. Am Morgen konnten sie dann wie gute Freunde fröhlich einander begrüßen, ohne daß der leiseste Unfriede wegen des Fensters oder des Waschens oder wegen unterdrückten Grolls über ein erlittenes Unrecht zwischen ihnen aufstieg. Ihr Glück, ihre Fähigkeit, gegen alle Menschen freundlich zu sein, waren die Folge ihrer neugewonnenen Freiheit, ihres Friedens – das fühlte sie deutlich. Würde sie dieses Gefühl der Freiheit, des Friedens auch nach einer mit Mellersh verbrachten Nacht empfinden?

Francesca mußte sie leise anstoßen, denn sie war so in Gedanken vertieft, daß sie den Pudding nicht bemerkte.

Wenn ich, dachte Lotty, indem sie sich zerstreut von dem Pudding nahm, das Schlafzimmer mit Mellersh teile, riskiere ich alles, was ich jetzt für ihn empfinde, aufs Spiel zu setzen. Wenn ich ihn in dem leeren Zimmer unterbringe, behindere ich Mrs. Fisher und Lady Caroline, Gastfreundschaft zu üben. Es ist ja wahr, im Augenblick haben sie gar nicht den Wunsch danach, aber vielleicht überkommt sie früher oder später doch das Verlangen, jemandem die Freude zu machen, und dann werden sie dazu nicht imstande sein – wegen Mellersh.

»Welch ein Problem!« sagte sie mit gerunzelten Augenbrauen laut.

»Was ist ein Problem?« fragte Lady Caroline.

»Wo ich Mellersh hintun soll.«

Caroline starrte sie an.

»Ja, hat er denn an einem Zimmer nicht genug?« fragte sie.

»O doch, vollkommen. Aber dann ist kein anderes Zimmer mehr da, falls Sie vielleicht doch jemanden einladen wollen.«

»Ich werde niemanden einladen wollen«, versicherte Caroline.

»Oder Sie«, wendete sich Lotty an Mrs. Fisher. »Rose zählt natürlich nicht, denn ich bin überzeugt, daß sie ihr Zimmer gern mit ihrem Mann teilen wird – das steht ihr auf dem Gesicht geschrieben.«

»Ich muß sagen – –« ließ sich Mrs. Fisher vernehmen.

»Was müssen Sie sagen?« fragte Lotty, indem sie sich vertrauensvoll zu ihr wendete, denn sie erwartete einen guten Rat.

Aber sie irrte sich. Mrs. Fisher wurde eisig wie vorhin, nur ließ sie sich diesmal zu einem ganzen Satz herbei.

»Wenn ich Sie recht verstehe«, sagte sie, »beabsichtigen Sie, das einzige verfügbare Zimmer im Schloß ausschließlich für Ihre eigene Familie zu reservieren?«

»Mellersh ist nicht meine eigene Familie«, antwortete Mrs. Wilkins, »sondern mein Mann. Sehen Sie – –«

»Ich sehe gar nichts«, unterbrach sie Mrs. Fisher, denn das war doch ein unerträglicher Kniff, »ich höre höchstens, und das nur ungern.«

Mrs. Wilkins war aber so dickhäutig, wie Mrs. Fisher befürchtet hatte, denn sie erging sich in einer langen und ungemein taktlosen Rede über den besten Platz, den sie der Person, die sie Mellersh nannte, zum Schlafen anweisen könnte.

Mrs. Fisher hätte vielleicht der Schicklichkeit zu ihrem Recht verhelfen und das Gesprächsthema wechseln können, wenn Lady Caroline nicht Mrs. Wilkins darin unterstützt und sich an der Diskussion nicht genau so offenherzig beteiligt hätte wie Mrs. Wilkins selbst. Zweifellos hatte der Chianti dazu beigetragen, aber was immer der Grund sein mochte, es war einmal so. Charakteristisch war, daß Lady Caroline dafür stimmte, daß Dr. Wilkins im Gastzimmer untergebracht werde; das schien ihr selbstverständlich. Sie behauptete, eine andere Einteilung sei unmöglich, ja, sie gebrauchte sogar den Ausdruck »barbarisch«. Mrs. Fisher fühlte sich versucht, sie zu fragen, ob sie denn nie die Bibel gelesen habe – Mann und Frau sind *ein* Leib –, daraus folgte doch sonnenklar: *ein* Zimmer. Aber Mrs. Fisher richtete diese Frage nicht an Lady Caroline; sie hätte einer Unverheirateten gegenüber nicht einmal eine Anspielung auf eine solche Bibelstelle gemacht.

Übrigens gab es *ein* Mittel, Dr. Wilkins den ihm gebührenden Platz anzuweisen und so die Situation zu retten: Sie selbst wollte sagen, daß sie eine Freundin einladen würde. Das war ihr gutes Recht. Ganz abgesehen von der Schicklichkeit fand Mrs. Fisher es ungeheuerlich, daß Mrs. Wilkins das einzige Gastzimmer an sich reißen wollte, während sie doch in ihrem eigenen Schlafzimmer alles Erforderliche für ihren Mann bereit hatte. Vielleicht sollte sie wirklich jemand einladen, Kate Lumley zum Beispiel. Sie gehörte zwar nicht zu den Intimen ihres Kreises und wurde nur zu den großen Gesellschaften, niemals zu den kleinen, eingeladen, aber oft war ein Zusammensein mit solchen Leuten angenehmer als mit den Intimen, denn sie waren wenigstens immer dankbar.

Jawohl, das wollte sie sich überlegen. Die Ärmste war unverheiratet geblieben – schließlich konnte ja nicht jedes Mädchen heiraten –, aber sie befand sich in guten Verhältnissen. Nicht gerade in glänzenden, aber doch so behaglichen Verhältnissen, daß sie ihren Aufenthalt bezahlen konnte und dabei noch dankbar sein würde. Jawohl, das war die Lösung des Problems.

Mrs. Fisher sagte noch nichts, aber als sie alle im Salon um den Kamin saßen, in dem ein Holzfeuer brannte – Mrs. Fisher hatte keinen Kamin in ihrem Salon, so daß sie gezwungen war, die vorderhand noch kühlen Abende in dem anderen Salon zuzubringen – brachte Francesca den Kaffee, und Lady Caroline vergiftete die Luft mit Zigarettenrauch, und da sagte Mrs. Wilkins, die sehr vergnügt aussah: »Also wenn wirklich niemand auf das Gastzimmer Anspruch erhebt, so werde ich sehr froh sein, wenn Mellersh es haben kann.«

»Natürlich kann er es haben!« rief Lady Caroline aus.

Da hielt Mrs. Fisher es an der Zeit zu sprechen.

»Ich habe eine Freundin«, begann sie, »Kate Lumley.«

Niemand sprach ein Wort.

»Vielleicht kennen Sie sie?« fragte Mrs. Fisher Lady Caroline.

Nein, Lady Caroline kannte Kate Lumley nicht.

Die anderen fragte Mrs. Fisher nicht, ob sie ihre Freundin kannten, denn die kannten ja niemanden, und sie fuhr fort: »Ich wünsche diese Freundin hierher einzuladen.«

Lautloses Schweigen.

Dann wendete sich Lady Caroline zu Mrs. Wilkins: »Somit ist Mellersh erledigt.«

»Die Wohnungsfrage für Dr. Wilkins ist somit entschieden«, sagte Mrs. Fisher, »obwohl ich nicht begreifen kann, daß diese Frage überhaupt in Erwägung gezogen wurde, und zwar so entschieden, wie es sich gehört.«

»Sie haben sich da etwas Schönes eingebrockt«, sagte Lady Caroline zu Mrs. Wilkins, »es wäre denn, er kann nicht herkommen.«

Aber Mrs. Wilkins sagte mit umwölkter Stirn und etwas unruhig: »Ich *sehe* Mellersh hier.«

13

Ein ereignisloser – nur äußerlich ereignisloser – strahlender Tag folgte dem anderen. Die Dienerschaft, die die Damen beobachtete, kam zu dem Schluß, daß sie sehr wenig Leben in sich hatten. San Salvatore erschien ihnen wie schlafend. Niemand kam zum Tee, die Damen gingen auch nirgends zum Tee. Andere Mieter waren viel unternehmender, viel rühriger gewesen, waren Boot gefahren, hatten Ausflüge gemacht, Beppos Wagen bestellt; Besucher aus Mezzago kamen und verbrachten den ganzen Tag in San Salvatore; das Haus hallte wider von Stimmen, oft wurde auch Champagner getrunken, kurz, das Leben war abwechslungsreich, interessant gewesen. Aber das? Was sollte das bedeuten? Die Dienstboten wurden nicht einmal ausgezankt, sondern ganz sich selbst überlassen. Sie gähnten.

Erstaunlich war auch die vollständige Abwesenheit von Herren. Wie konnten sich nur diese von so viel Schönheit fernhalten? Denn wenn man von der alten Dame absah, so war die Summe der Schönheit, die die drei jüngeren repräsentierten, doch allen Ansprüchen, die Herren in diesem Punkt zu stellen pflegten, vollkommen gewachsen.

Ferner wunderten sich die Dienstboten nicht wenig darüber, daß die Damen viele Stunden voneinander getrennt verbrachten. Das Resultat war Totenstille im Haus, ausgenommen bei den Mahlzeiten. Man hätte glauben können, es sei vollkommen leer wie im Winter, so wenig Leben herrschte darin. Die alte Dame saß allein in ihrem Zimmer; die brünette Dame mit den dunklen Augen streifte allein umher, unbegreiflicherweise, erzählte Domenico den anderen, oft zwischen den Felsen; die wunderschöne blonde Dame lag in ihrem Liegesessel im höchstgelegenen Garten, ebenfalls allein; die weniger schöne, aber immer noch sehr hübsche blonde Dame ging auf die Berge hinauf und blieb stundenlang fort, auch ganz allein, und jeden Tag glühte die Sonne am Himmel und ging am Abend wieder unter und verschwand im Meer, ohne daß sich das geringste ereignete.

Die Dienstboten gähnten.

Und doch waren die vier Damen, ob sie nun saßen – Mrs. Fisher – oder lagen – Lady Caroline – oder herumstreiften – Mrs. Arbuthnot – oder einsam die Berge bestiegen – Mrs. Wilkins – nichts weniger als stumpfsinnig. Ihr Geist war immerfort tätig, selbst in der Nacht, denn sie hatten klare, lebhafte, durchsichtige Träume, so ganz verschieden von den schweren Träumen zu Hause. In der Atmosphäre von San Salvatore war etwas, was alle Leute, ausgenommen die Eingeborenen, anregte.

Die Fremden konnten nicht unempfänglich dagegen bleiben, es war zu fesselnd, nach einem ganz besonders nassen und trübseligen März in London plötzlich an einen Ort versetzt zu sein, in dem die Luft so still, das Licht so golden war, daß alles wie verklärt aussah, in diese zarte Wärme, diesen liebkosenden Duft versetzt zu sein, mit dem alten grauen Schloß als Rahmen und in der Ferne die klaren, scharfgeschnittenen Berge mit Perugini im Hintergrund – das war ein erstaunlicher Gegensatz. Selbst Lady Caroline, die ihr ganzes Leben lang an Schönheit gewöhnt, die überall gewesen war und alles gesehen hatte, war davon überrascht. Der Frühling war in diesem Jahr ganz besonders wundervoll, und der Monat April ist in San Salvatore, wenn nur das Wetter günstig ist, der allerschönste.

Mrs. Wilkins hatte sofort das richtige Verständnis dafür. Sie streifte sozusagen im gleichen Augenblick ihr Gewand ab und tauchte stracks, ohne zu zögern, mit einem Schrei des Entzükkens in dieser Pracht unter.

Auch Mrs. Arbuthnot war ergriffen und bewegt, aber in anderer Weise: Sie hatte ganz merkwürdige Empfindungen.

Mrs. Fisher mit ihrem alten dichteren, undurchdringlicheren Gewebe brachte diesen Einflüssen mehr Widerstandsfähigkeit entgegen, aber auch sie war von merkwürdigen Empfindungen bewegt.

Lady Caroline, die durch Schönheit verwöhnt war, konnte naturgemäß nicht ganz so überrascht sein wie die anderen, aber sie hatte fast so lebhaft reagiert wie Mrs. Wilkins. Auch auf sie hatte San Salvatore augenblicklich gewirkt, sie war sich ganz besonders eines Einflusses bewußt: Es hatte sie zum Denken veranlaßt und wie ein Gewissen auf sie gewirkt. Und seit dem ersten Augenblick schien dieses Gewissen mit einer Beharrlichkeit, die sie erschreckte, sich ihrer Beachtung aufzudrängen, ihr zu sagen, daß sie – Lady Caroline zögerte vor dem Wort, aber es kam ihr immer wieder in den Sinn –, daß sie im Grunde ein wertloses Geschöpf sei.

Wertlos! Sie wertlos! So was!

Das mußte sie überdenken.

An dem Morgen nach dem ersten gemeinsamen Dinner erwachte sie in einem Zustand des Bedauerns, daß sie am Abend zuvor so gesprächig mit Mrs. Wilkins gewesen war. Sie fragte sich, was sie nur dazu veranlaßt haben konnte. Jetzt würde natürlich auch Mrs. Wilkins sie mit Beschlag belegen, unzertrennlich von ihr sein wollen; bei dem Gedanken, daß dieser Zustand vier lange Wochen anhalten könnte, schwanden ihr fast die Sinne. Sie zweifelte nicht daran, daß die von ihr ermutigte Mrs. Wilkins in dem höchstgelegenen Garten bereits auf sie lauerte und ihr einen fröhlichen Morgengruß zurufen würde. Nun würde sie die ganze kostbare Zeit, die wundervolle Zeit, in der sie über sich nachdenken, mit sich hatte ins reine kommen wollen, darauf verwenden müssen, Mrs. Wilkins wieder abzuschütteln.

Vorsichtig, auf den Zehenspitzen, damit die Kiesel nicht knirschten, stahl sie sich, nachdem sie sich angekleidet hatte, in ihre Ecke hinaus; aber der Garten war leer. Kein Abschütteln war nötig. Weder Mrs. Wilkins noch sonst jemand war da. Abgesehen von Domenico, der sogleich kam, um die Blumen zu begießen, aber wieder nur jene, die in ihrer Nähe waren, zeigte sich niemand im Garten. Als sie nachdenken wollte, entschlüpften ihr die Gedanken immer wieder, und von Zeit zu Zeit schlummerte sie ein bißchen ein. Plötzlich empfand sie Hunger; sie sah auf ihre Uhr – es war nach drei; nun merkte sie, daß sich niemand auch nur die Mühe gegeben hatte, sie zum Lunch zu rufen. Sie mußte sich also sagen, wenn eine abgeschüttelt wurde, dann war sie es.

Aber das war ihr so neu, daß es sie köstlich anmutete. Nun hatte sie doch die Möglichkeit, immer nachzudenken, ohne ununterbrochen zu werden. Das war ja köstlich, so vergessen zu sein.

Aber sie war sehr hungrig; Mrs. Wilkins, gegen die sie am Abend zuvor so ausnehmend liebenswürdig gewesen war, hätte ihr doch wenigstens sagen können, daß das Essen bereit sei. Sie war doch so nett zu ihr gewesen. Als es sich darum handelte, wo man Mellersh unterbringen sollte, hatte sie es für das richtige gehalten, ihm das Gastzimmer zu geben. Und zum Dank dafür hatte sich Mrs. Wilkins nicht einmal darum gekümmert, ob sie ihren Lunch aß oder nicht.

Glücklicherweise lag ihr nichts daran, obwohl sie hungrig war, eine Mahlzeit auszulassen. Das Leben bestand doch aus so vielen Mahlzeiten. Es wäre vielleicht eine gute Idee, wenn sie es sich zur Gewohnheit machte, niemals beim Lunch zu erscheinen, und da sie sich den Tee in den Garten bringen lassen konnte und ohnehin immer in ihrem Zimmer frühstückte, würde sie nur einmal täglich, beim Dinner, bei Tisch sein.

Caroline grub den Kopf behaglich in die Kissen, kreuzte die Füße übereinander und gab sich wieder ihren Gedanken hin. Das Denken war schwer, denn sie hatte es früher nie im Leben getan. Es war merkwürdig, daß sie ihre Gedanken nicht sammeln konnte, daß sie ihr immer wieder entschlüpften. Bevor sie sich dazu entschloß, ernstlich über ihre Zukunft nachzudenken, wollte sie, gewissermaßen als Vorbereitung dazu, ihre Vergangenheit eingehend prüfen. Sie suchte zunächst nach einer Begründung des peinigenden Ausdruckes »wertlos«, den sie sich selbst beigelegt hatte, aber schon im nächsten Augenblick war der Gedanke wieder zerstoben und sie war bei Dr. Wilkins.

Es war durchaus nicht schwer, an Dr. Wilkins zu denken, aber auch nichts weniger als angenehm. Seine bevorstehende Ankunft erfüllte sie mit bösen Ahnungen, denn nicht nur bedeutete es eine unerwartete und arge Störung, einen Mann als Hausgenossen zu haben, noch dazu einen, wie sie sich Dr. Wilkins vorstellte, sondern sie fürchtete – und diese Furcht war das Resultat unveränderlich trauriger Erfahrungen –, daß er sie belästigen könnte.

Diese Möglichkeit war Mrs. Wilkins offenbar noch nicht eingefallen, aber Caroline konnte sie unmöglich darauf aufmerksam machen, ohne in ihren Augen unmöglich zu erscheinen. Sie versuchte, sich der Hoffnung hinzugeben, daß Dr. Wilkins eine wunderbare Ausnahme von der schrecklichen Regel sei. Wenn das wirklich der Fall wäre, würde sie ihm so dankbar sein, daß sie Gefallen an ihm finden müßte.

Aber – sie hatte böse Ahnungen. Gesetzt den Fall, er belästigte sie so, daß sie ihren herrlichen Garten ganz oben aufgeben müßte oder daß das Licht in dem komischen, flackernden Gesicht der Mrs. Wilkins plötzlich ausginge. Das wäre Caroline ganz besonders unangenehm, aber sie hatte in ihrem ganzen Leben noch keine verheiratete Frau kennengelernt, die eingesehen hätte, daß Caroline von ihrem Mann absolut nichts wissen wollte. Anderen Frauen die Männer abspenstig machen! Der bloße Gedanke, die bloße Erinnerung waren ihr so langweilig, daß sie bald wieder einschlief.

Als sie erwachte, richtete sie ihre Gedanken wieder auf Dr. Wilkins. Wenn er keine Ausnahme ist, überlegte sie, sondern sich so benimmt wie alle anderen Herren, wird es Mrs. Wilkins verstehen, oder wird ihr das den Aufenthalt in San Salvatore verderben? Sie schien ja leicht zu begreifen, sie schien sogar jedem in der Seele zu lesen, aber würde sie das auch, wenn es sich um ihren Mann handelte?

Die erfahrene Caroline war von Zweifeln erfüllt. Sie veränderte die Lage ihrer Füße auf der Brüstung, sie schob sich ein Kissen zurecht. Vielleicht sollte sie Mrs. Wilkins noch vor der Ankunft ihres Gatten so ganz im allgemeinen über die Haltung, die sie in solchen Fällen einnahm, aufklären? Sie könnte ihr auch mitteilen, daß Ehemänner ihr ganz besonders unsympathisch seien, und wie sehr sie wenigstens vier Wochen lang Ruhe haben möchte.

Aber auch darüber empfand Caroline Zweifel. Eine solche Mitteilung setzte eine gewisse Vertraulichkeit voraus, und sie mußte sich dann in eine Freundschaft mit Mrs. Wilkins einlassen, und das konnte wieder dazu führen, daß Dr. Wilkins Schlauheit an den Tag legte – und wenn Leute auf etwas versessen sind, so werden sie schlau – und doch verstohlen in ihren Garten schlüpfte, und dann dachte Mrs. Wilkins vielleicht, daß sie von ihr getäuscht worden und daß sie hinterlistig sei. Sie, Caroline, hinterlistig! Und gegen Mrs. Wilkins! Ach, die verheirateten Frauen waren doch wirklich alle bedauernswert!

Um halb fünf hörte sie das Klappern der Untertassen jenseits der Büsche. Brachte ihr jemand den Tee?

Nein, die Töne kamen immer näher und hörten in der Nähe des Hauses plötzlich auf. Der Tee wurde also im Garten serviert, in ihrem Garten. Man hätte sie doch wahrhaftig wenigstens fragen können, ob sie ungestört zu sein wünsche. Sie wußten doch alle, daß sie hier oben saß.

Vielleicht brachte ihr jemand den Tee.

Nein, niemand brachte ihr das geringste.

Sie war zu hungrig, um nicht hinüberzugehen und den Tee mit den anderen zusammen zu nehmen, war aber entschlossen, Francesca für die Zukunft genaue Befehle zu geben.

Sie stand auf und ging mit der nachlässigen Anmut, die auch einer ihrer unerhört zahlreichen Reize war, in der Richtung, aus der das Klappern der Tassen herkam. Sie war nicht nur sehr hungrig, sondern sie hatte auch den Wunsch, wieder mit Mrs. Wilkins zu plaudern. Diese hatte sie trotz der Annäherung am gestrigen Abend den ganzen Morgen nicht mit Beschlag belegt. Freilich war sie ein Original und trug einen Seidenjumper zum Dinner, aber sie hatte sie nicht belästigt. Das war etwas ganz Besonderes. Sie freute sich förmlich, Mrs. Wilkins wiederzusehen, aber als sie zum Teetisch kam, erblickte sie nur Mrs. Fisher und Mrs. Arbuthnot.

Die erstere schenkte den Tee ein, und Mrs. Arbuthnot bot ihr Makronen an. Jedesmal, wenn Mrs. Fisher Mrs. Arbuthnot etwas anbot – die Teetasse, die Milch, den Zucker –, reichte Mrs. Arbuthnot ihr mit einer merkwürdigen Beharrlichkeit, ja fast mit Hartnäckigkeit, die Makronen. Ist das ein Spiel? fragte sich Caroline, indem sie sich setzte und nach einer Makrone griff.

Dann fragte sie: »Wo ist Mr. Wilkins?«

Sie wußten es nicht. Das heißt, Mrs. Arbuthnot wußte es nicht; Mrs. Fisher machte bei Nennung des Namens ein ausgesucht gleichgültiges Gesicht.

Mrs. Wilkins war seit dem Frühstück nicht gesehen worden. Mrs. Arbuthnot meinte, sie habe wohl einen längeren Ausflug gemacht. Caroline vermißte sie. Schweigend aß sie die großen Makronen, die besten, die sie je gegessen hatte. Es war langweilig ohne Mrs. Wilkins. Mrs. Arbuthnot besaß jene verhängnisvolle Mütterlichkeit, es ihr bequem zu machen, sie zum Essen zu nötigen – während sie doch ohnehin so viele von den Makronen mit so gutem Appetit aß –, sie zu verwöhnen, wie sie Caroline vom ersten Lebenstag an verfolgt hatte. Sie suchte den Eifer der Mrs. Arbuthnot durch Kurzangebundenheit zu dämpfen. Nutzlos, denn sie wurde, wie alle bösen Absichten von Caroline, von dem undurchdringlichen Schleier ihrer Schönheit verdeckt.

Mrs. Fisher saß erhaben da und nahm von keiner der beiden Damen Notiz. Sie hatte heute einen merkwürdigen Tag und war ein wenig verärgert: Sie war ganz allein gewesen, denn es war niemand sonst zum Lunch gekommen, ohne daß sich auch nur eine von den drei Damen die Mühe gegeben hatte, es ihr vorher zu sagen, und Mrs. Arbuthnot, die wie von ungefähr am Teetisch erschien, hatte sich ganz merkwürdig benommen, bis Lady Caroline kam und ihre Aufmerksamkeit ablenkte.

Mrs. Fisher hatte durchaus nicht die Absicht gehabt, Mrs. Arbuthnot unsympathisch zu finden, deren gescheiteltes Haar und gütiger Gesichtsausdruck auf Bescheidenheit und Weiblichkeit schließen ließen, aber sie hatte eine Gewohnheit, die einem nur schwer zusagen konnte: Jedesmal, wenn sie ihr etwas zu essen oder zu trinken anbot, schleuderte sie sozusagen das Anerbieten zurück. Die Frage: »Wünschen Sie noch eine Tasse Tee?« war doch sicherlich eine, die einfach mit »Ja« oder »Nein« zu beantworten war. Sie aber fügte jedesmal ihrem »Ja« oder »Nein« die Worte hinzu: »Wünschen Sie noch eine Tasse Tee?« Warum tat sie das immer? Mrs. Fisher konnte es nicht begreifen.

Aber das war Nebensache. Was sie wirklich ärgerte, war, daß sie den ganzen Tag nichts Rechtes hatte tun können. Immer wieder war sie aus ihrem Salon ruhelos auf die Zinnen hinaus- und wieder zurückgewandert. Sie hatte den Tag mit nichts vergeudet, und sie konnte Vergeudung in keiner Form leiden. Zuerst hatte sie zu lesen, dann an Kate Lumley zu schreiben versucht, aber sie hatte weder zu dem einen noch zu dem anderen Geduld – und ein paar Worte gelesen, ein paar Worte geschrieben, und gleich trieb es sie wieder hinaus auf die Zinnen, wo sie auf das Meer hinausstarrte.

Es machte gar nichts, wenn sie den Brief an Kate Lumley nicht schrieb, dazu war immer noch Zeit. Mochten die anderen glauben, daß ihre Ankunft bereits feststand. Um so besser. Dadurch wurde Dr. Wilkins vom Fremdenzimmer ferngehalten und dort untergebracht, wo er hingehörte. Der Plan mit Kate hatte Zeit, sie wollte sich ihn in Reserve halten. Sie erfüllte, wenn man sie erwartete, ihren Zweck genau so, als ob sie schon angekommen wäre. Und die Kate, die sie erwartete, hatte Eigenschaften, die der Kate, die schon anwesend war, fehlten. Wenn Mrs. Fisher zum Beispiel unruhig war, dann hätte sie Kate lieber nicht hier. Unruhe hat etwas Unwürdiges an sich. Augenblicklich konnte sie keine Zeile in den Werken ihrer berühmten Freunde lesen, nicht einmal von Browning, der so lange in Italien gelebt hatte.

Ihre Unruhe war merkwürdig. Stand sie vor einer Erkrankung? Nein, sie fühlte sich ganz wohl, ungewöhnlich wohl sogar, und sie ging hinaus und wieder zurück, ohne den Stock zu benützen. Wie seltsam, daß sie nicht stillsitzen konnte, dachte sie, indem sie mit gerunzelter Stirn über die dunkelblauen Hyazinthen hinweg in den Golf von Spezia hinübersah; wie seltsam, daß sie, die sonst so langsam ging, so sehr auf ihren Stock angewiesen war, plötzlich mit raschen Schritten hinauslief.

Es wäre ganz interessant, sagte sie sich, das jemand zu erzählen – einem Fremden, nicht Kate. Die würde ihr nur eine Tasse Tee vorschlagen. Das tat sie immer. Außerdem hatte Kate ein flaches Gesicht. Diese Mrs. Wilkins, so unverschämt, unangenehm, lästig sie mit ihrer losen Zunge auch war, würde sie wahrscheinlich verstehen und vielleicht auch wissen, woher ihre Unruhe kam. Aber mit der konnte sie unmöglich reden, sie war die letzte, zu der sie von ihren Empfindungen reden konnte. Das verbot ihr schon ihre Würde. Mrs. Wilkins vertrauliche Mitteilungen machen? Niemals.

Auch Mrs. Arbuthnot, die die widerspenstige Caroline beim Tee ernst bemutterte, hatte die Empfindung, einen merkwürdigen Tag verbracht zu haben. Einen bewegten Tag wie Mrs. Fisher, aber ihr Körper war ganz still gewesen, nur ihr Gemüt hatte immerwährend gearbeitet. Jahrelang war ihr Bestreben darauf gerichtet gewesen, daß ihr zum Denken keine Zeit übrigbleibe. Ihr sorgsam eingeteiltes Leben in der Gemeinde verhinderte es, daß sich ihr Gedanken und Wünsche aufdrängten. Heute hatten sie sich eingestellt. Gedrückt kam sie zum Tee. Wie sollte sie sich nicht gedrückt fühlen – so allein? Wie konnte man sich allein freuen, allein etwas genießen? Dazu war nur Lotty imstande. Sie war gleich nach dem Frühstück allein den Hügel hinabgegangen, in bester Laune, denn sie hatte Rose nicht vorgeschlagen, sie zu begleiten, und unterwegs hatte sie sogar gesungen.

Rose hatte den Tag allein verbracht; sie saß da, die Hände um die Knie geschlungen, und starrte vor sich hin, auf die grauen, schwertartigen Blätter der Agave, auf die blassen Schwertlilien, die auf dem einsamen Platz wuchsen, den sie gefunden hatte. Darüber hinaus, zwischen den grauen Blättern und den blauen Blumen, sah sie das Meer. Es war ein verborgenes Plätzchen; die von der Sonne gebackenen Steine waren mit Thymian ausgepolstert. Es war unwahrscheinlich, daß jemand hierher kam: Es war vom Haus aus nicht zu sehen, man hörte keinen Laut aus dem Schloß; kein Pfad führte her, es lag fast am Ende des Vorgebirges.

Sie saß so ruhig da, daß Eidechsen ihr über die Füße huschten und winzige Vögel wie Finken, die zuerst erschrocken fortgeflogen waren, wiederkamen und sich gebärdeten, als wäre sie nicht da. Wie schön es hier war! Aber was hatte sie davon, wenn niemand bei ihr war, der zu ihr gehörte, dem sie hätte sagen können: »Schau, schau, Liebster!«

Was war über sie gekommen? Es fiel ihr schwer, sich ihrer Armen, ja sich überhaupt zu erinnern, daß es Arme gab auf der Welt. Aber vielleicht war es gesund, die Armen zu vergessen; mit um so größerer Liebe würde sie dann zu ihnen zurückkehren.

Lotty hatte ihr den heutigen Tag verdorben wie auch den gestrigen, indem sie ihr vorschlug, ihren Gatten ebenfalls hierher einzuladen. Dann hatte sie sie den ganzen Nachmittag mit ihren Gedanken allein gelassen. Diese hatten sich ausschließlich Frederick zugewendet.

Wie konnte sie ihn einladen? Die Entfremdung zwischen ihnen dauerte schon jahrelang; sie wußte gar nicht, was für Worte sie gebrauchen sollte, und dann – er würde ja nicht kommen. Warum auch? Er wollte gar nicht mit ihr zusammen sein. Wovon sollten sie miteinander reden? Sein Beruf erhob sich wie eine Schranke zwischen ihnen. Sie konnte es nicht ertragen, daß er solche Bücher schrieb, daß sie von dem Ertrag solcher Bücher leben sollte, sie, die an Reinheit, an Verantwortlichkeit glaubte.

So war sie ihm langsam entglitten; er hatte sie aufgegeben; es lag ihm nichts mehr an ihr. Immer deutlicher drängte sich ihr an diesem hellen, leuchtenden Apriltag in Salvatore die Wahrheit auf: Sie langweilte ihn.

Diese Überzeugung war ihr natürlich nicht angenehm, so wenig angenehm, daß für einen Augenblick die ganze Schönheit von San Salvatore verblich. Was sollte sie dagegen tun? Sie konnte nicht anders, sie mußte an das Gute glauben und das Böse verabscheuen, und es *war* böse, von Ehebrecherinnen zu leben, auch wenn sie noch so distinguiert und bereits tot waren. Und dann, wenn sie ihre Erziehung, ihre ganze Vergangenheit, ihre Arbeit in den letzten zehn Jahren opferte – würde sie ihn dann weniger langweilen? Nein, das fühlte sie in ihrem tiefsten Innern.

Wie sie so mit trüben Augen auf das Meer hinausblickte, überkam sie die heiße Sehnsucht, ein geliebtes Wesen fest an ihren Busen zu drücken. Sie war schlank und ebenso zurückhaltend in der Figur wie im Charakter, und doch hatte sie das seltsame Gefühl von – sie wußte selbst nicht, wie sie es bezeichnen sollte – von Busen. Als ob sie lauter Busen wäre. Und an diesem Busen wollte sie ein liebes Haupt spüren, es beschützen, trösten, streicheln, ihm Liebesworte zuflüstern. Frederick und sein Kind, die zu ihr kamen, weil sie unglücklich waren, weil ihnen weh ums Herz war . . . da würden sie ihrer bedürfen.

Aber das Kind war auf ewig verloren – vielleicht kam Frederick doch noch – später –, wenn er alt und erschöpft war.

Das waren Mrs. Arbuthnots Gedanken und Gemütsbewegungen an dem Tag, da sie in San Salvatore zum erstenmal ganz allein war. Um die Teezeit kehrte sie ins Schloß zurück, so niedergeschlagen wie seit vielen Jahren nicht. San Salvatore hatte ihr das sorgfältig zusammengezimmerte Scheinglück genommen und ihr nichts dafür gegeben, höchstens heiße Sehnsucht und quälendes Verlangen – aber das war schlimmer als nichts. Und sie, die zu Hause immer ihr Gleichgewicht bewahrte, niemals gereizt, sondern stets gütig war, konnte trotz ihrer Niedergeschlagenheit die Anmaßung der Mrs. Fisher beim Tee nicht ertragen, als sie sich wie die Herrin des Hauses gebärdete.

Zum Dinner kehrte Lotty zurück, unglaublich viel sommersprossiger als am Morgen. Sie war übervoll von dem Sonnenschein, den sie den ganzen Tag über in sich aufgenommen hatte, schwatzte, lachte, war zuweilen etwas taktlos und unklug und nicht zum Schweigen zu bringen. Lady Caroline, die beim Tee so still gewesen war, wurde lebhafter, Mrs. Fisher war nicht so aufdringlich wie sonst, und so begann Rose ein wenig aufzuleben, denn Lottys gute Laune war ansteckend. Sie beschrieb die Wonnen des Tages, der vielleicht für jeden anderen nichts anderes bedeutet hätte als einen sehr langen Spaziergang im Sonnenschein und belegte Brötchen.

Plötzlich, als sich ihre und Roses Blicke trafen, fragte sie: »Brief abgegangen?«

Rose errötete. Diese Taktlosigkeit . . .

»Was für ein Brief?« fragte Caroline mit Interesse.

»Eine Einladung an ihren Mann«, antwortete Lotty, »hierherzukommen.«

Mrs. Fisher blickte auf. Schon wieder einer? Sollte denn das kein Ende nehmen? Da war also Mrs. Arbuthnot auch keine Witwe? Doch war anzunehmen, daß ihr Gatte ein anständiger, achtbarer Mann mit einem anständigen, achtbaren Beruf war. Das erwartete sie von Wilkins nicht, so wenig, daß sie sich enthalten hatte zu fragen, was seine Beschäftigung sei.

»Ist er abgegangen?« wiederholte Lotty noch einmal, als Rose ihr keine Antwort gegeben hatte.

»Nein«, sagte Rose.

»Na, also dann morgen«, erwiderte Lotty.

»Wer ist Ihr Gatte?« fragte Mrs. Fisher, indem sie aufmerksam eine Nuß in den Nußknacker tat.

»Wer soll er sein?« fragte Rose, durch die Frage gereizt, »als Mr. Arbuthnot?«

»Ich meine natürlich, was ist Mr. Arbuthnot?«

Darauf antwortete Rose nach einer ganz kleinen Pause mit schmerzlichem Erröten: »Mein Mann.«

Mrs. Fisher war natürlich empört. Sie hätte nie geglaubt, daß auch diese Person mit dem sittsam gescheitelten Haar und der sanften Stimme so unverschämt sein könnte.

14

In dieser ersten Woche begann die Glyzine zu welken, und die Blüten des Judasbaumes und der Pfirsichbäumchen fielen ab, so daß der Boden wie ein rosafarbener Teppich aussah. Dann blühten die gefüllten Banksiarosen, und die großen Sommerrosen auf den Mauern und Spalieren protzten mit ihrer Pracht. Die gelbe Fortunarose war eine von ihnen, eine sehr schöne Rosenart. Die Tamariske und der Seidelbast waren ganz erblüht, die Lilien ragten hoch empor. Zum Ende der Woche gaben die Feigenbäume bereits Schatten, die Pflaumenblüten unter den Olivenbäumen entfalteten sich, die bescheidenen Weigelien erschienen in ihrem frischen, rosa Gewand, und auf den Felsen machten sich ganze Mengen von dickblättrigen, sternförmigen Blumen breit, von denen manche in lebhaftem Purpur, andere in hellem Zitronengelb prangten.

Am Ende der Woche kam Dr. Wilkins an, wie seine Frau es vorausgesehen hatte. Es waren Anzeichen vorhanden, daß er den Vorschlag seiner Frau mit großem Interesse aufgenommen hatte, denn er hatte ihr Schreiben nicht mit einem Brief, sondern mit einer Depesche beantwortet.

Das deutete doch auf Sehnsucht hin, dachte Caroline, auf den entschiedenen Wunsch, wieder mit seiner Frau vereint zu sein; wenn sie das glückliche Gesicht Lottys sah und ihre Bemühungen, daß Mellersh nur ja seinen Urlaub genieße, sagte sie sich, daß Mellersh doch ein merkwürdiger Narr wäre, wenn er seine Zeit damit verschwenden würde, sich um andere Frauen zu kümmern.

Wenn er nicht sehr nett zu ihr ist, dachte Caroline, dann führe ich ihn auf die Zinnen und befördere ihn über die Zinnen hinab.

Am Ende der Woche hatte sie nämlich mit Lotty Freundschaft geschlossen, und sie nannten einander beim Vornamen.

Lotty war Caroline von Anfang an zugetan gewesen, aber diese hatte sich dagegen gesträubt, immer wieder sich selbst zur Vorsicht ermahnt. Wie schwer war es aber, gegen Mrs. Wilkins vorsichtig zu sein! Die besaß keine Spur von Zurückhaltung, sondern war so mitteilsam und gesprächig, daß Caroline, fast noch bevor es ihr zum Bewußtsein kam, ihrem Beispiel folgte. Und wenn Caroline sich einmal gehenließ, dann gab es keinen offenherzigeren Menschen als sie.

Eine Schwierigkeit hatte man bei Lotty: Sie war immer anderswo, man konnte ihrer nicht habhaft werden, sie nicht festhalten. Wenn Caroline sich erinnerte, wie sie immer gefürchtet hatte, Lotty würde sie mit Beschlag belegen, so kam ihr diese Angst jetzt geradezu phantastisch vor. Man bekam sie eigentlich nur beim Diner und nachher wirklich zu Gesicht. Den ganzen Tag war sie unsichtbar und kam erst am späten Nachmittag heim, ein Anblick für Götter: immer mehr Sommersprossen im Gesicht, das Haar voll von Mooshälmchen. Vielleicht wollte sie die Zeit ausnützen, bevor Mellersh ankam und nachher nett, in ihre schönsten Kleider gehüllt, mit ihm spazierengehen.

Caroline beobachtete sie, wider Willen gefesselt: Es schien so merkwürdig, daß jemand mit so wenig so glücklich sein konnte. San Salvatore war ja wunderschön und das Wetter himmlisch, aber Caroline genügten Landschaft und Wetter nicht, wie konnten sie also Lotty genügen, die bald wieder fort mußte, um ihr Leben in Hampstead wieder aufzunehmen? Und doch war es offenbar, daß sie in ihrer schlichten Art vollkommen glücklich war.

Sie war tatsächlich sehr glücklich. Die Angst, ob sie auch in Gesellschaft von Mellersh, wenn sie derselben ununterbrochen teilhaftig war, gefaßt und heiter sein würde, war nach einigen Tagen geschwunden, und sie fühlte, daß nichts sie erschüttern würde, sie war auf alles gefaßt. Sie stand mit festen Füßen, tief eingewurzelt, veredelt in ihrem Himmel. Was immer Mellersh sagen oder tun würde, sie war fest entschlossen, nicht um einen Zollbreit sich aus diesem Himmel fortzurühren; nicht einen Augenblick wollte sie ihn verlassen und übellaunig sein. Im Gegenteil, sie wollte Mellersh zu sich in diesen Himmel emporziehen, nach ein, zwei Tagen kam er sicher ganz von selbst hinein und saß da, in Sterne gehüllt . . . Sie lachte in sich hinein, wenn sie sich Mellersh so ausmalte, den angesehenen Familienanwalt mit dem Zylinderhut, im schwarzen Anzug! Aber sie lachte voller Liebe und mütterlichen Stolzes, wie schön er in seinem Sternengewand aussehen würde. »Armer, lieber Mellersh!« murmelte sie zärtlich und fügte hinzu: »Er hat es so nötig, sich tüchtig auszulüften.«

Sie erwartete ihren Mann nicht in Mezzago – im Gegensatz zu der Überzeugung der Mrs. Fisher, daß dies schicklich war; aber was konnte man von Mrs. Fisher anderes erwarten? – sondern sie ging ihm nur bis zu der Stelle in Castagneto entgegen, bei der Beppos Wagen ihn samt seinem Gepäck absetzte. Mrs. Fisher sah der Ankunft Dr. Wilkins mit Mißvergnügen entgegen, denn sie war überzeugt, daß der Mann, der sich hatte entschließen können, Mrs. Wilkins zu heiraten, ein unüberlegter Mensch sein mußte, aber wie immer er auch beschaffen war, ein Gatte sollte immer gebührend empfangen werden. Mr. Fisher hätte nie Grund gehabt, sich darüber zu beklagen. Niemals war *er* während seiner Ehe weggefahren oder angekommen, ohne daß seine Frau ihn auf den Bahnhof begleitete oder dort erwartete. Mr. Fisher wußte ein für allemal, daß seine Frau immer da war. »Immer da sein«, das war die Hauptsache für eine Gattin.

Solche Mühe gab sich Mrs. Wilkins nicht. Sie ging singend den Hügel hinab und nahm ihren Mann auf der Straße in Empfang, wie zufällig, etwa so, wie man eine Stecknadel aufhebt. Die anderen drei, die noch zu Bett waren, denn es war lange noch nicht Aufstehenszeit, hörten sie, wie sie den Pfad hinunterging, Mellersh entgegen, den sie mit dem Frühzug erwartete. Und Caroline lächelte, und Rose seufzte, und Mrs. Fisher läutete und ersuchte Francesca, ihr heute das Frühstück aufs Zimmer zu bringen.

Caroline frühstückte immer im Bett und nahm sich vor, den ganzen Tag zu bleiben, wo sie war. Vielleicht war es heute nicht so nötig wie morgen. Denn heute, sagte sich Caroline, würde Mellersh genug zu tun haben; vor allem würde er ein Bad nehmen wollen, und ein Bad in San Salvatore war keine einfache Sache; wollte man ein heißes Bad haben, so brauchte es lange Zeit und war ein richtiges Erlebnis. Die gesamte Dienerschaft war dabei beschäftigt – Domenico und Giuseppe schmeichelten dem patentierten Ofen so lange, bis er zu brennen anfing, taten dem Feuer Einhalt, wenn es zu heftig brannte, benützten den Blasebalg, wenn es auszugehen drohte, zündeten es von neuem an, wenn es wirklich ausging; Francesca rührte sich nicht vom Hahn weg und mußte beständig das Tröpfeln des Wassers regulieren, denn wenn der Hahn zu stark aufgedreht war, kam sofort kaltes Wasser, und wenn er zu wenig aufgedreht war, dann explodierte der Ofen und überschwemmte das ganze Haus; dann mußten Constanza und Agatha treppauf, treppab laufen und viele Eimer heißen Wassers aus der Küche holen, um wieder gutzumachen, was der Hahn angerichtet hatte.

Dr. Wilkins würde sicher wie alle Männer ein Vollbad haben wollen, das ihn, wie Caroline sich sagte, hübsch lange beschäftigen würde. Dann mußte er auspacken und würde, da er eine Nachtfahrt hinter sich hatte, wahrscheinlich bis zum Abend schlafen.

Caroline gelangte also zu dem Schluß, daß sie heute in ihrem Garten ganz sicher sein würde, stand wie gewöhnlich nach dem Frühstück auf, trödelte, wie gewöhnlich, beim Anziehen und horchte mit gespitzten Ohren auf die Geräusche, als Dr. Wilkins ankam, als sein Gepäck in Lottys Zimmer getragen wurde, als er mit wohlklingender, den gebildeten Mann verratender Stimme seine Frau fragte: »Was soll ich dem Burschen geben?« und gleich darauf: »Kann ich ein heißes Bad haben?« Worauf Lotty fröhlich antwortete, daß er dem Burschen nichts zu geben brauche, weil es der Gärtner sei, und daß er ein heißes Bad haben könne. Gleich darauf wurde Holz herbeigeschleppt, Wasser gebracht, Füße rannten treppauf, treppab, laut schreiende Stimmen ertönten auf dem Treppenflur – kurz, die Vorbereitungen zum Bad wurden getroffen.

Als Caroline mit dem Anziehen fertig war, zögerte sie am Fenster, bis Dr. Wilkins ins Badezimmer gehen würde. Wenn er drin war, wollte sie hinausschlüpfen und in ihrem Garten die Nachforschungen über Zweck und Ziel ihres Lebens wieder aufnehmen. Sie kam ganz hübsch weiter damit. Sie schlummerte nicht mehr so viel und war bereits zu dem Ergebnis gelangt, daß »frivol« wirklich das richtige Wort sei für ihre Vergangenheit. Auch darüber war sie schon mit sich ins reine gekommen, daß die Zukunft düster vor ihr lag.

Da – wieder ertönte die klangvolle Stimme Dr. Wilkins. Die Tür von Lottys Zimmer war geöffnet worden, und er fragte sie nach dem Weg ins Badezimmer.

»Dort, wo die vielen Leute stehen«, antwortete Lottys Stimme – sie klang sehr fröhlich, wie Caroline mit Freude bemerkte.

Nun ging er den Treppenflur entlang, während die Schritte Lottys sich treppabwärts zu wenden schienen. Dann folgte eine kurze Auseinandersetzung vor der Tür des Badezimmers – eigentlich lautes Geschrei von seiten der versammelten Dienerschaft und stumme Entschlossenheit von der anderen Seite, die, wie Caroline vermutete, das Bad für sich allein haben wollte.

Dr. Wilkins verstand kein Italienisch, er beachtete also die gedruckte Gebrauchsanweisung an der Wand nicht, ebensowenig das fettgedruckte ›pericoloso‹. Er schloß den Dienstboten die Tür vor der Nase zu, obwohl Domenico bis zum letzten Augenblick sich hineinzudrängen versuchte, und sperrte sich, wie es sich gehörte, ein. Während er seine einfachen Vorbereitungen traf, um in die Wanne zu steigen, wunderte er sich nicht wenig über das eigentümliche Benehmen dieser Fremden, die offenbar, Männlein und Weiblein, bei ihm bleiben wollten, während er sein Bad nahm. In Finnland war es, wie er gehört hatte, Sitte, daß die Frauen nicht nur bei solchen Gelegenheiten anwesend waren, sondern tatsächlich den badenden Gast eigenhändig wuschen.

Während Dr. Wilkins unparteiisch und kühl die Ansprüche abwog, die diese beiden Länder auf Zivilisation erhoben, stieg er in die Wanne und drehte den Hahn auf. Natürlich drehte er den Hahn auf. Das tut doch jeder Mensch, der ein Bad nehmen will. In der gedruckten Gebrauchsanweisung aber hieß es in rotgedruckten Buchstaben, der Hahn dürfe erst aufgedreht werden, wenn kein Feuer mehr im Badeofen brannte, sonst – da prangte wieder das fettgedruckte Wort ›pericoloso‹ – würde der Ofen explodieren.

Dr. Wilkins stieg also in das Bad, drehte den Hahn auf, und der Ofen – explodierte ganz nach Vorschrift. Glücklicherweise explodierte er nur im Inneren, aber mit einem so entsetzlichen Krach, daß Dr. Wilkins aus dem Bad sprang und zur Tür stürzte – und nur dem Instinkt, der sich infolge jahrelanger Erziehung auch in einem solchen Augenblick regt, war es zu verdanken, daß er ein Handtuch erwischte.

Caroline, die gerade über den Treppenflur ging, um sich in den Garten zu begeben, hörte die Explosion.

Himmel! dachte sie, indem sie sich der Instruktionen an der Wand des Badezimmers erinnerte, das ist Dr. Wilkins.

Und sie lief rasch zum Treppenabsatz, um die Dienerschaft herbeizurufen, im selben Augenblick aber stürzte Dr. Wilkins heraus, der krampfhaft sein Handtuch festhielt, und – sie liefen einander fast in die Arme.

»Das verdammte Bad!« rief Dr. Wilkins aus.

Es war vielleicht das erstemal im Leben, daß er sich so vergaß, aber er war ganz aus dem Häuschen.

Verdammt.

Welch eine Einleitung zu einer Bekanntschaft! Dr. Wilkins, nur unvollkommen von seinem Handtuch bedeckt – man sah die nackten Schultern und nackten Beine – und Lady Caroline Dester! Nur um diese kennenzulernen, hatte er nämlich den Zorn, den er gegen seine Frau empfand, hinuntergeschluckt und war nach San Salvatore gekommen.

Lotty hatte ihm in ihrem Schreiben natürlich mitgeteilt, wer außer ihr und Mrs. Arbuthnot da war, und Dr. Wilkins hatte sofort erkannt, daß eine so günstige Gelegenheit, die Bekanntschaft einer hervorragenden adeligen Familie zu machen, nicht so bald wiederkommen würde. Lotty hatte nur geschrieben: »Es sind noch zwei Damen im Schloß, Mrs. Fisher und Lady Caroline Dester«, aber das genügte. Die Familie der Droitwiches, ihr Reichtum, ihre Beziehungen, ihre geschichtliche Bedeutung, der große Einfluß, den sie besaßen, wenn sie ihn nur ausüben wollten, war ihm wohlbekannt. Sie konnten einen Rechtsanwalt glücklich machen, wenn sie ihn dem Stabe von Rechtsanwälten hinzufügten, den sie bereits beschäftigten. Es gab Leute, die für jeden Zweig ihrer Angelegenheiten einen anderen Advokaten hielten. In Hampstead konnte er noch jahrelang leben, ohne daß eine solche günstige Gelegenheit eintrat.

Als er den Brief seiner Frau erhielt, telegrafierte er und packte seine Koffer. Es galt ja das Geschäft. Er verlor keine Zeit, wenn es sich um ein Geschäft handelte; er gefährdete auch eine gute Aussicht nicht durch Mangel an Höflichkeit. Er begrüßte seine Frau aufs liebenswürdigste, denn er wußte sehr wohl, daß Liebenswürdigkeit unter solchen Umständen Weisheit war. Übrigens fühlte er sich Lotty wohlgeneigt, denn diesmal versprach sie ihm eine Hilfe zu werden. Er küßte sie zärtlich, als er aus Beppos Wagen ausstieg, und bedauerte, daß sie so früh hatte aufstehen müssen; er beklagte sich nicht über den steilen Weg, erzählte vergnügt von seiner Reise, und als sie ihn auf die schöne Aussicht aufmerksam machte, bewunderte er sie gehorsam. Er hatte sich schon genau zurechtgelegt, was er am ersten Tag tun würde: baden, sich rasieren, frische Wäsche und einen anderen Anzug anziehen, ein wenig schlafen, dann den Lunch nehmen und sich Lady Caroline Dester vorstellen lassen.

Und nun hatte sie ihn so gesehen . . . nein, es war zu schrecklich! Nur mit einem Handtuch bekleidet, während das Wasser ihm an den Beinen herabfloß, dazu noch sein empörter Ausruf. Er wußte sofort, als er die Dame erblickte, daß es Lady Caroline sein mußte. Und noch nie hatte er in Gegenwart eines Klienten oder einer Dame so geflucht. Und das Handtuch – warum war er nur hergekommen? Warum war er nicht in Hampstead geblieben? Es war ganz unmöglich, das in Vergessenheit zu bringen . . .

Aber Dr. Wilkins hatte nicht mit Caroline gerechnet. Als sie ihn erblickte, kostete es sie ungeheure Anstrengung, nicht in herzliches Lachen auszubrechen, aber als ihr dies endlich gelungen und ihr Gesicht wieder ernst war, sagte sie so gesetzt, als ob er alle seine Kleider angehabt hätte: »Guten Morgen.«

Welch vollendeter Takt. Dr. Wilkins hätte anbetend vor ihr

niedersinken mögen. Wie wundervoll, nichts zu sehen. Da zeigte sich das blaue Blut.

Von Dankbarkeit überwältigt, ergriff er die dargebotene Hand und sagte ebenfalls: »Guten Morgen.«

Die Wiederholung dieses alltäglichen Grußes schien auf zauberhafte Weise die Situation zu einer normalen zu gestalten. Er war so erleichtert, und das Händeschütteln, die Begrüßung, erschienen ihm plötzlich so natürlich, daß er ganz vergaß, nur mit einem Handtuch bekleidet zu sein, und so kehrten seine berufsmäßigen Manieren wieder. Er vergaß ganz, wie er aussah, aber er vergaß nicht, daß dies Lady Caroline Dester sei, die Dame, um derentwillen er die lange Reise nach Italien unternommen hatte. Er vergaß aber auch nicht, daß er ihr den Fluch sozusagen ins Gesicht geschleudert hatte und daß er sie um Entschuldigung bitten müsse.

»Ich habe mich leider zu einem unverzeihlichen Ausruf hinreißen lassen«, begann er so ernst und feierlich, als hätte er seine Kleider an.

»Den ich sehr angemessen gefunden habe«, erwiderte Caroline, die an solche Ausrufe gewöhnt war.

Diese Antwort gewährte Dr. Wilkins unbeschreibliche Erleichterung. Sie hatte es ihm also nicht übel genommen. Ja, das blaue Blut. Nur solches konnte sich zu solch edler, verständnisvoller Denkweise erheben.

»Ich spreche mit Lady Caroline Dester, nicht wahr?« fragte er, und seine Stimme klang noch wohllautender, kultivierter als gewöhnlich, denn er empfand unendliches Vergnügen, tiefe Erleichterung und die große Freude des Sünders, dem nach der Beichte Verzeihung und Begnadigung gewährt wird.

»Jawohl«, antwortete Caroline.

Aber jetzt konnte sie ein Lächeln nicht mehr unterdrücken, nicht um die Welt hätte sie es unterdrücken können. Sie hatte wirklich nicht die Absicht, Dr. Wilkins auszulachen, aber er sah aus – – und dazu noch diese Stimme, und wie er das Handtuch und die nackten Beine ganz zu vergessen schien . . .

»Gestatten Sie, daß ich mich vorstelle«, sagte Dr. Wilkins so förmlich, als befände er sich im Salon, »mein Name ist Mellersh Wilkins.«

Und er streckte bei diesen Worten wieder die Hand aus.

»Ich habe es gleich vermutet«, erwiderte Caroline, indem sie zum zweitenmal seine Hand ergriff und zum zweitenmal ein Lächeln nicht unterdrücken konnte.

Dr. Wilkins wollte Lady Caroline nun den Tribut zollen, den er im Eisenbahnwagen vorbereitet hatte, als die Dienerschaft die Treppe heraufgestürzt kam und gleichzeitig Mrs. Fisher in der Türöffnung ihres Zimmers erschien.

Die Dienstboten wußten sofort, was geschehen war, und rannten direkt in das Badezimmer, um die Überschwemmung zu verhüten, beachteten also die Gestalt mit dem Handtuch nicht, Mrs. Fisher aber blieb wie angewurzelt auf der Schwelle stehen.

Jeder wäre wie angewurzelt stehengeblieben bei dem Anblick. Lady Caroline, die jemand die Hand drückte, der offenbar, wenn er Kleider angehabt hätte, der Gatte der Mrs. Wilkins gewesen wäre, und beide in der Unterhaltung begriffen, gerade als ob ––

Da erblickte Caroline auch Mrs. Fisher, der sie sich sofort zuwendete.

»Gestatten Sie mir, Ihnen Dr. Mellersh Wilkins vorzustellen«, sagte sie anmutig, »der soeben angekommen ist. Dies«, fügte sie, zu Dr. Wilkins gewendet, hinzu, »ist Mrs. Fisher.«

Und Dr. Wilkins, der alles war, nur nicht unhöflich, reagierte sofort auf die herkömmliche Formel. Zuerst verbeugte er sich vor der ältlichen Dame auf der Türschwelle, dann ging er quer über den Flur zu ihr hinüber – seine nassen Füße hinterließen unterwegs Fußspuren –, und schließlich streckte er ihr höflich die Hand entgegen.

»Es ist mir ein Vergnügen«, sagte Dr. Wilkins in seiner sorgfältig modulierten Stimme, »eine Freundin meiner Frau kennenzulernen.«

Caroline verduftete in den Garten.

15

Die Episode auf dem Treppenflur hatte die merkwürdige Wirkung, daß Mrs. Fisher und Lady Caroline am Abend beim Dinner die Empfindung hatten, als bestünde zwischen ihnen und Dr. Wilkins ein geheimes Einverständnis. Das Eis war gebrochen, sie begegneten ihm wie nachsichtige, vertraute Freundinnen, fast wie Kindermädchen ihrem Schützling – wie Leute Kindern oder Patienten begegnen, bei deren Bad sie assistiert haben. Auch die Beine des Dr. Wilkins waren ihnen ja wohlbekannt.

Was Mrs. Fisher ihm am Morgen in ihrem ersten Entsetzen sagte, wird die Welt nie erfahren, aber was Dr. Wilkins ihr erwiderte, als er durch sie an seinen Zustand erinnert wurde, war eine so zeitgemäße Entschuldigung, trotz der Verlegenheit, in der er sich befand, daß er ihr zum Schluß leid tat und sie vollständig versöhnte. Schließlich war es ein Unfall und niemandes Schuld. Und als sie ihn bei Tisch wiedersah, angezogen, geschniegelt und gebügelt, in tadelloser Wäsche und mit glattgestrichenem Haar, da überkam sie die eigentümliche Empfindung, als bestünde zwischen ihr und ihm ein geheimes Einverständnis. Dazu kam noch etwas wie persönlicher Stolz über seine Erscheinung und über alles, was er sagte.

Mrs. Fisher hegte nicht den allergeringsten Zweifel darüber, daß ein Mann der Gesellschaft einer Frau unendlich vorzuziehen sei. Er sprach, wie Männer sprechen, von interessanten Dingen, und so artig er auch gegen Lady Caroline war, so zeigte er doch keine Neigung, in Ziererei und Blödsinn zu zerfließen, so oft er sie anredete. Er war gegen Mrs. Fisher genauso höflich, und als – zum ersten Male an diesem Tisch! – die Politik aufs Tapet gebracht wurde, hörte er ihre Ansichten mit gehörigem Ernst und der Aufmerksamkeit an, die sie verdienten. Kurz, es war eine richtige Unterhaltung, und er aß auch Nüsse sehr gern. Wie er Mrs. Wilkins hatte heiraten können, war ihr ein Rätsel.

Lotty machte große Augen. Sie hatte geglaubt, Mellersh würde mindestens zwei Tage brauchen, um dieses Stadium zu erreichen, aber die Magie des Zauberschlosses San Salvatore hatte augenblicklich seine Wirkung getan. Er war nicht nur bei Tisch so liebenswürdig – sie hatte ihn bei Tisch oft mit anderen Leuten liebenswürdig gesehen –, sondern auch mit ihr, unter vier Augen. So liebenswürdig, daß er ihr Komplimente über ihr Aussehen machte, als sie sich das Haar bürstete, und er hatte sie – geküßt! Er hatte sie geküßt, und zwar war es weder beim Morgengruß noch beim Gutenachtgruß gewesen.

Sie wollte es also aufschieben, ihm das Geständnis über ihren Sparpfennig und über Rose zu machen, die sie nicht eingeladen hatte. Morgen war Zeit genug dazu. Es wäre schade gewesen, sich den Tag zu verderben.

Ihr Gesicht sprühte vor Entzücken über die Wirkung des Zauberschlosses. Selbst die Katastrophe im Badezimmer, die sie sofort vernommen hatte, als sie aus dem Garten zurückkehrte, hatte dem nichts anhaben können. Sie plauderte und lachte heiter, ohne daß sie auch nur eine Spur von Angst vor ihm empfand, und als sie, entzückt darüber, daß er aussah »wie aus der Schachtel genommen«, bemerkte, er sehe so goldrein aus, daß man, wie es im Volksmund hieß, »von ihm essen könnte«. Caroline lachte und Mellersh ebenfalls. Zu Hause wäre ihm diese Bemerkung nicht recht gewesen – wenn sie zu Hause den Mut dazu gehabt hätte.

Es war ein gelungener Abend. Caroline sah Mellersh, so oft sie ihn anblickte, immer in seinem Handtuch, triefend von Wasser. Mrs. Fisher war einfach entzückt von ihm. Dr. Wilkins fand Mrs. Arbuthnot sehr zurückhaltend, viel zurückhaltender als die anderen drei Damen. Er hatte sie vor Tisch einen Augenblick im Salon gesprochen und ihr in geziemenden Ausdrücken für ihre Liebenswürdigkeit gedankt, ihn als Hausgenossen aufzunehmen, und da war sie scheu zurückgewichen. Sie war errötet und hatte etwas gemurmelt, wie um sich zu entschuldigen, und da waren die anderen schon hereingekommen. War sie so schüchtern? Wahrscheinlich. Sie schien ihm eine sehr würdevolle, ruhige Hausfrau zu sein, und er bewunderte es, wie sie auf ihr Recht, am oberen Tischende zu sitzen, verzichtete, wahrscheinlich aus Artigkeit gegen die viel ältere Mrs. Fisher.

Lady Caroline entsprach allen seinen Erwartungen, ja, sie übertraf sie noch; sie hatte seine Reden, die er geschickt zwischen die Gänge einzuflechten verstand, aufs liebenswürdigste aufgenommen. Mrs. Fisher war bis aufs i-Tüpferl die alte Dame, der er sein Leben lang zu begegnen gehofft hatte, aber in seiner Eigenschaft als Rechtsanwalt; Lotty hatte sich nicht nur ungeheuer zu ihrem Vorteil verändert, sondern war offenbar *au mieux** mit Lady Caroline. Kurz, er war heute so guter Laune, daß er vor dem Einschlafen seiner Frau ins Ohr kniff. Sie war sehr erstaunt. Diese Zärtlichkeiten . . . Aber auch der nächste Morgen verging, ohne daß in seinem Wesen ein Rückfall eintrat, und er hielt sich den ganzen Tag über auf diesem hohen Niveau, obwohl es der erste Tag der zweiten Woche, also Zahltag war.

Dieser Umstand beschleunigte Lottys Beichte, obwohl sie geneigt war, sie noch ein wenig hinauszuschieben. Sie fürchtete sich nicht, sie war geradezu vermessen, aber Mellersh war in so wundervoller Laune – warum sollte sie es riskieren, sie zu trüben? Als aber nach dem Frühstück Constanza mit einem Stoß schmutziger Zettel erschien, die mit Bleistift geschrieben und ganz mit Zahlen bedeckt waren – sie hatte zuerst an die Tür Mrs. Fishers geklopft, war aber von ihr fortgeschickt worden; dann war sie zu Lady Caroline gegangen, wo sie die gleiche Behandlung erfuhr; darauf zu Mrs. Arbuthnot, aber die war ausgegangen –, so daß sie Lotty, die Mellersh das Schloß zeigen wollte, den Weg verlegte, auf die Zettel in ihrer Hand wies, sehr laut und schnell sprach, dabei die Achseln zuckte und immer wieder auf die Zettel tippte; da erinnerte sich Lotty, daß die erste Woche vorübergegangen war, ohne daß jemand etwas bezahlt hatte und daß die Rechnungen nun beglichen werden mußten.

»Wünscht diese gute Frau etwas?« fragte Mellersh mit honigsüßer Stimme.

»Jawohl, Geld«, antwortete Lotty.

»Geld?«

»Es sind die Rechnungen für den Haushalt.«

* au mieux: ganz besonders vertraut (Anm. d. Ü.)

»Ja, damit hast du doch nichts zu tun«, erwiderte Mellersh gelassen.

»O doch«, lautete die Antwort.

Und so beichtete sie viel früher, als sie beabsichtigt hatte.

Es war einfach wunderbar, wie Mellersh das Geständnis aufnahm. Als wenn er bezüglich des Sparpfennigs nie eine andere Absicht gehegt hätte, als ihn auf San Salvatore zu verschwenden. Während er in Hampstead ein Kreuzverhör mit Lotty angestellt hätte, hörte er sie hier ruhig an, auch, daß sie ihn hintergangen hatte.

Sie schloß mit den Worten: »Du hast ganz recht, lieber Mellersh, wenn du böse bist, aber ich hoffe, du wirst es nicht sein und mir verzeihen.«

Er aber erwiderte nur: »Was kann zuträglicher sein als ein solcher Aufenthalt in diesem Schloß?«

Darauf zog sie ihren Arm durch den seinen und drückte ihn fest und sagte: »Mellersh, du bist wirklich ein lieber Schatz!« und errötete vor Stolz.

Daß er sich so rasch der Atmosphäre, die in diesem Zauberschloß herrschte, anpassen, daß er so herzensgut sein konnte, bewies doch schlagend, welchen Sinn er für alles Gute und Schöne hatte. Er gehörte von Haus aus an diesen himmlisch-friedlichen Ort, er war – wie falsch sie ihn doch beurteilt hatte! – ein Kind des Lichts. Wenn sie bedachte, daß er die Märchen, die sie ihm vor ihrer Abreise aufgebunden hatte, nicht einmal bekrittelt, daß er sie ihr gar nicht übel genommen hatte – es war einfach wundervoll. Sie drückte in dankbarer Anerkennung seinen Arm fest an sich; Mellersh erwiderte zwar nicht durch einen Gegendruck darauf, aber er zog den Arm auch nicht zurück – er hatte eine kühle Natur und nur selten das wirkliche Bedürfnis, sie an die Brust zu ziehen.

Constanza, die bemerkte, daß das Ehepaar Wilkins ihr nicht zuhörte, war inzwischen zu Mrs. Fisher zurückgegangen, die wenigstens Italienisch verstand. Sie war gerade im Begriff, ihre Toilette zu vollenden, indem sie einen Hut mit Schleier aufsetzte, eine Federboa umtat und Handschuhe anzog, um zum erstenmal in den tiefer gelegenen Garten zu gehen. Constanza erklärte ihr nun, falls sie kein Geld bekäme, um die Rechnungen der abgelaufenen Woche zu bezahlen, würden alle Ladenbesitzer in Castagneto den Kredit für die folgende Woche verweigern. Constanza, die auch gern ihre Verwandten bezahlt hätte, fügte hinzu, daß die Stunde des collazione bald da sein würde, und wie sollte sie ein collazione auf den Tisch setzen, wenn sie weder Fleisch noch Fisch, weder Eier noch – –

Mrs. Fisher nahm ihr die Rechnungen aus der Hand und sah nach, wieviel die ganze Summe betrug, aber sie war so erstaunt von ihrer Höhe, so entsetzt über die Verschwendung, von der sie Zeugnis ablegte, daß sie sich an ihren Schreibtisch setzte, um alles gründlich durchzusehen.

Constanza hatte eine schlechte halbe Stunde. Sie hätte nie gedacht, daß Engländer so knauserig sein könnten. La Vecchia, wie Mrs. Fisher in der Küche genannt wurde, wußte so viel Italienisch und ging hartnäckig – sie sollte sich wirklich schämen, dachte Constanza, ein solches Benehmen war unerhört von seiten der vornehmen Engländer – von einem Posten zum anderen, verlangte Aufklärung und ließ nicht locker, bis sie sie erhielt.

Aber Constanza wußte keine Erklärungen: Sie hatte eine herrliche Woche hinter sich, in der sie in zügelloser Freiheit hatte schalten und walten können.

Constanza wußte keine Erklärungen und begann zu weinen. Es war schrecklich, wenn sie vielleicht fortab unter Aufsicht, beargwohnt, würde kochen müssen; und was würden ihre Verwandten sagen, wenn sie erfuhren, daß die Bestellungen, die sie erhielten, nun herabgemindert werden sollten? Sie würden sagen, daß sie gar keinen Einfluß habe, sie würden sie verachten.

Constanza weinte, aber Mrs. Fisher blieb ungerührt. In langsamem, ausgezeichneten Italienisch, in der Betonung, wie man die Verse des Inferno vorträgt, teilte sie Constanza mit, daß sie erst am Ende der zweiten Woche die Rechnungen bezahlen würde, aber nur, wenn das Essen genau so gut sei wie in der ersten Woche und – nur den vierten Teil koste.

Constanza erhob die Arme gegen den Himmel.

Dann, fuhr Mrs. Fisher ungerührt fort, würde sie Ende der Woche alles bezahlen. Sonst – sie hielt inne, denn was sie sonst tun würde, wußte sie selbst noch nicht. Aber sie hielt inne und sah so unerbittlich, majestätisch und drohend aus, daß Constanza ganz verängstigt war.

Mrs. Fisher entließ sie mit einer Handbewegung und begab sich auf die Suche nach Lady Caroline, um bei ihr Klage zu führen. Sie war der Ansicht gewesen, daß Lady Caroline die Mahlzeiten anordne und infolgedessen auch für die Kosten verantwortlich sei, aber wie es schien, hatte die Köchin nach eigenem Gutdünken gewirtschaftet, was einfach unerhört war.

Caroline war nicht in ihrem Schlafzimmer; Mrs. Fisher vermutete, daß sie doch drin war und nur so tat, als hätte sie das Anklopfen nicht gehört, sie öffnete also die Tür. Es war leer, duftete aber nach ihrer Persönlichkeit wie nach Blumen.

»Parfüm«, sagte Mrs. Fisher, die Nase rümpfend, und schloß die Tür wieder.

Sie stieg die Treppe hinab, um Lady Caroline zu suchen, und begegnete in der Halle Dr. Wilkins, der den Hut aufhatte und sich eine Zigarre anzündete. Soviel Nachsicht Mrs. Fisher auch für Dr. Wilkins empfand, ja, so geheimnisvoll sie sich auch nach dem Ereignis vor der Badezimmertür zu ihm hingezogen fühlte, eine Zigarre durfte sie doch nicht im Haus dulden. Draußen hatte sie nichts dagegen einzuwenden, aber draußen war so viel Platz, daß keine Notwendigkeit vorlag, sich das im Haus gefallen zu lassen. Selbst ihr Gatte, der von Natur sehr hartnäckig an seinen Gewohnheiten haftete, hatte diese gleich nach der Hochzeit aufgeben müssen.

Dr. Wilkins riß sofort den Hut vom Kopf und warf die Zigarre fort. Er warf sie in den großen Kübel, in dem Aronlilien blühten und in dem er Wasser vermutete. Mrs. Fisher wußte sehr wohl, welchen Wert Herren ihren eben angerauchten Zigarren beilegen, und diese prompte und großartige *amende honorable** mußte einen tiefen Eindruck auf sie machen.

* amende honorable: (hier:) Zugeständnis (Anm. d. Ü.)

Aber die Zigarre erreichte das Wasser nicht, sondern fiel in die Lilien und rauchte sich dort selber weiter.

»Mein schönes Fräulein, darf ich's wagen – –«, begann er und näherte sich Mrs. Fisher, aber er hielt noch rechtzeitig inne.

War es die gute Morgenlaune, die ihn verleitete, Mrs. Fisher so anzusprechen? Wie seltsam. Er hatte große Hochachtung vor ihr und hätte sie um nichts in der Welt so leichtfertig angesprochen. Er wollte sich gut mit ihr stellen. Sie war eine Dame von Begabung und, wie er glaubte, auch von Vermögen. Beim Frühstück waren sie sehr liebenswürdig miteinander gewesen, und er war ganz verdutzt, als er merkte, wie intim befreundet sie offenbar mit berühmten Männern gewesen war. Natürlich mit Leuten aus der Zeit der Königin Viktoria, aber es tat einem so wohl, von ihnen erzählen zu hören, nach den Unterhaltungen bei seinem Schwager in Hampstead Heath. Er hatte die Empfindung, daß sie famos miteinander auskamen. Sie zeigte schon alle Symptome, wie sie eine zukünftige Klientin aufweist. Nicht um die Welt würde er sie beleidigen. Es lief ihm kalt über den Rücken, als er merkte, daß er der Gefahr mit knapper Not entronnen war. Sie hatte glücklicherweise nichts gehört.

»Sie gehen aus, gnädige Frau?« sagte er artig, bereit, sie zu begleiten, wenn sie es ihm gestatten sollte.

»Ich will Lady Caroline suchen«, erwiderte sie, indem sie zur Glastür ging, die in den höchstgelegenen Garten führte.

»Eine angenehme Aufgabe«, bemerkte Dr. Wilkins. »Darf ich Sie begleiten? Gestatten Sie«, und er öffnete ihr die Tür.

»Sie sitzt gewöhnlich in der Ecke dort druben hinter den Büschen«, sagte Mrs. Fisher. »Ich bin nicht ganz sicher, ob die Aufgabe eine angenehme ist. Sie hat nämlich die Rechnungen furchtbar anwachsen lassen und verdient tüchtige Schelte.«

»Lady Caroline?« fragte Dr. Wilkins, der nicht imstande war, ihr zu folgen. »Was hat sie mit den Rechnungen zu tun?«

»Die Leitung des Haushalts wurde ihr überlassen, und da wir alle zu gleichen Teilen bezahlen, so hätte es für sie eine Ehrensache sein müssen – –«

»Aber – Lady Caroline soll hier den Haushalt führen? Wenn

meine Frau mit dabei ist? Verzeihen Sie, gnädige Frau, aber ich bin sprachlos vor Erstaunen. Wissen Sie nicht, daß sie die Tochter der Droitwiches ist?«

»So?« versetzte Mrs. Fisher, indem sie sich schwer auf ihren Stock stützte, so daß die Kiesel knirschten. »Nun verstehe ich. Die Mißwirtschaft, die unter diesem Droitwich in seiner Abteilung während des Krieges eingerissen ist, war ein nationaler Skandal. Es war nämlich unrechtmäßige Aneignung öffentlicher Gelder.«

»Aber gnädige Frau, das ist ganz unmöglich«, begann Dr. Wilkins, »daß eine Tochter der Droitwiches – –«

»Der Name tut nichts zur Sache«, unterbrach ihn Mrs. Fisher. »Wenn man eine Pflicht übernimmt, muß man sie auch erfüllen. Ich habe nicht die Absicht, mein Geld aus dem Fenster hinauszuwerfen, auch nicht für die Droitwiches.«

Eine eigensinnige alte Dame. Es war vielleicht nicht so leicht, mit ihr auszukommen, wie er gehofft hatte. Aber wie reich mußte sie sein. Nur das Bewußtsein großen Reichtums konnte es erklären, daß sie sich aus den Droitwiches nichts machte. Als er Lotty darüber ausholte, in welchen Verhältnissen Mrs. Fisher wohl sei, hatte sie ihr Haus als ein Mausoleum bezeichnet, in dem viele Goldfische herumschwammen. Er war jetzt fest davon überzeugt, daß sie mehr als wohlhabend sein müßte.

Aber er hatte nicht mit Caroline gerechnet. Was sie auch empfinden mochte, als sie Dr. Wilkins am frühen Morgen in ihrem stillen Winkel erblickte, in ihrem Gesicht war nichts anderes zu lesen als engelhafte Güte. Sie entfernte ihre Füße sofort von der Brüstung, als Mrs. Fisher sich darauf setzte, und hörte ernst zu, als sie damit begann, daß sie kein Geld zum Hinauswerfen habe; dann zog sie eines ihrer Sofakissen hervor und bot es ihr an.

»Setzen Sie sich darauf«, sagte sie, indem sie es ihr reichte, »Sie werden es so behaglicher haben.«

»Danke«, sagte Mrs. Fisher, die unterbrochen worden war und den Faden nicht so rasch wiederfand.

Dr. Wilkins hatte das Kissen ergriffen und legte es auf die steinerne Brüstung, von der Mrs. Fisher sich ein klein wenig erhoben hatte.

Wieder mußte Mrs. Fisher danken. Das brachte sie aus dem Konzept. Und Lady Caroline sagte kein Wort zu ihrer Verteidigung, sie hörte nur mit einem wahren Engelsgesicht zu.

Dr. Wilkins hatte die Empfindung, daß es Mrs. Fisher schwerfallen würde, eine Dester, die so aussah und in so köstlicher Weise schwieg, auszuzanken. Er freute sich, daß es ihr allmählich auch so vorkam, denn ihr strenger Ton ließ nach, und sie schloß verlegen: »Sie hätten mir sagen sollen, daß Sie sich nicht darum kümmerten.«

»Ich hatte keine Ahnung, daß Sie es voraussetzten«, antwortete die wundervolle Stimme.

»Nun möchte ich gern wissen, was Sie die übrige Zeit hier tun wollen«, sagte Mrs. Fisher.

»Nichts«, erwiderte Caroline lächelnd.

»Nichts? Wollen Sie damit sagen – –«

»Wenn die Damen mir einen Vorschlag gestatten wollen«, warf Dr. Wilkins in liebeswürdig-berufsmäßigem Ton ein, »würde ich Ihnen zunächst den Rat geben, sich eine köstliche Urlaubszeit nicht mit Haushaltssorgen zu verderben.«

»Ganz richtig. Das will ich eben vermeiden«, sagte Mrs. Fisher.

»Wie vernünftig das ist, gnädige Frau!« rief Dr. Wilkins aus. »Warum dann nicht mit der Köchin – nebenbei gesagt, eine ganz vorzügliche Köchin – ausmachen, daß sie soundsoviel *per diem* bekommt und ebenso gutes Essen liefern muß wie bisher? Das kann man doch leicht ausrechnen, indem man die Kosten in einem mäßigen Hotel zugrunde legt und dann in die Hälfte oder vielleicht gar Viertel teilt.«

»Und was soll mit den entsetzlichen Rechnungen geschehen, die sie mir für die erste Woche vorgelegt hat?« fragte Mrs. Fisher.

»Die werde ich dem Zauberschloß San Salvatore zum Geschenk machen«, erbot sich Caroline, der der Gedanke unangenehm war, Lottys Sparpfennig könnte dadurch über ihre Erwartung vermindert werden.

Tiefes Schweigen. Mrs. Fisher war der Boden unter den Füßen entzogen. Endlich sagte sie: »Wenn Sie Ihr Geld zum Fenster hinauswerfen wollen – –«

Sie fühlte eine ungeheure Erleichterung, während Dr. Wilkins in Nachdenken verfiel, wie köstlich doch die Eigenschaften der Blaublütigen sind.

Dr. Wilkins sprach also Lady Caroline im Namen seiner Frau den Dank aus und fügte – in leichtem Ton, denn nur so muß man Geschenke annehmen, will man nicht den Geber in Verlegenheit bringen – hinzu: daß sie also eigentlich in der letzten Woche die Schloßherrin gewesen sei. Und zu Mrs. Fisher gewendet, betonte er nachdrücklich, daß nun sie sowohl als auch seine Frau Lady Caroline den üblichen Dankbrief für die gewährte Gastfreundschaft schreiben müßten.

Caroline lächelte und reichte Dr. Wilkins ihre Zigarettendose. Mrs. Fisher konnte nicht anders, sie war besänftigt.

Als sie aufstand, da die Angelegenheit, die sie hergeführt hatte, erledigt war, sagte sie, sie wolle jetzt einen kleinen Spaziergang vor dem Lunch machen. Und da bat Dr. Wilkins um die Erlaubnis, sie zu begleiten. Er blieb also nicht bei Lady Caroline, wie Mrs. Fisher erwartet hätte und wie die meisten Männer es leider getan hätten – ein Beweis, daß er eine gediegene Unterhaltung einem schönen Gesicht vorzog. Welch ein vernünftiger Mann, welch ein guter Kamerad! Ein gescheiter, belesener Mann. Ein Weltmann. *Ein Mann* – nehmt alles nur in allem. Sie war so froh, daß sie neulich nicht an Kate Lumley geschrieben hatte. Was sollte sie mit Kate anfangen?

Aber Dr. Wilkins hatte Mrs. Fisher nicht wegen ihrer Unterhaltung begleitet. Als sie sich erhob, mußte er natürlich auch aufstehen und hatte nur die Absicht, sich vor ihr zu verbeugen, bis sie den Schlupfwinkel Lady Carolines verlassen hatte. In demselben Augenblick hatte jedoch Lady Caroline die Füße wieder auf die Brüstung, den Kopf seitwärts auf das Kissen gelegt und die Augen geschlossen.

Die Tochter der Droitwiches wollte also offenbar schlafen, und er durfte sie durch sein Bleiben nicht daran hindern.

16

Und so war alles in schönster Harmonie, die durch die Gegenwart des Dr. Wilkins noch erhöht, anstatt, wie drei der Hausgenossinnen befürchtet hatten – Lotty wurde nur durch den glühenden Glauben an die Wirkung des Zauberschlosses vor dieser Furcht bewahrt –, gestört worden war. Er paßte nach San Salvatore. Er hatte sich fest vorgenommen zu gefallen, und er gefiel. Er war höchst liebenswürdig gegen seine Frau – nicht nur vor den anderen, woran sie gewohnt war, sondern auch unter vier Augen, und das wäre er bestimmt nicht so gewesen, wenn er sich's nicht fest vorgenommen hätte. Aber er wollte liebenswürdig zu ihr sein. Er war ihr so dankbar, so zufrieden mit ihr, daß sie ihn mit Lady Caroline bekannt gemacht hatte, so daß er sie wirklich gern hatte. Er war auch stolz auf sie, denn er sagte sich, daß doch viel mehr an ihr sein müsse, als er angenommen hatte, wenn Lady Caroline sie so gern hatte, so intim mit ihr war. Und je mehr er sie so behandelte, als ob sie wirklich reizend wäre, desto mehr trat sie aus sich heraus, desto reizender wurde sie in der Tat, und desto liebenswürdiger wurde auch er.

Mellersh verzärtelte förmlich seine Frau. Er war eine kühle Natur und hatte sie infolgedessen nie verzärtelt, aber das war, sagte sich Lotty, der Einfluß von San Salvatore, der ihn so veränderte. In der zweiten Woche kniff er sie in beide Ohren, und Lotty wunderte sich nicht wenig über das rasche Anwachsen seiner Zärtlichkeit und fragte sich im stillen, was er wohl in der dritten Woche tun würde, wenn ihr Vorrat an Ohren erschöpft war.

Auch in bezug auf den Waschtisch war er so nett und hatte offenbar den ehrlichen Wunsch, in dem kleinen Schlafzimmer nicht zuviel Raum für sich in Anspruch zu nehmen. Lotty revanchierte sich, indem sie sich noch mehr bemühte, ihm nicht im Wege zu sein, und so wurde das Zimmer der Schauplatz so manches liebevollen *combat de générosité**, nach welchem eines vom anderen stets noch entzückender war als vorher. Er nahm kein

* combat de générosité: Wettstreit (Anm. d. Ü.)

Bad mehr im Badezimmer, obgleich alles wieder repariert und für ihn bereit war, sondern ging jeden Morgen an den Strand und badete, obwohl das Wasser so früh recht frisch war, im Meer. Vor dem Frühstück rieb er sich eifrig die Hände und war, wie er scherzend Mrs. Fisher mitteilte, zu allem bereit.

Lottys Glaube an den unwiderstehlichen Einfluß der Atmosphäre des Zauberschlosses war also gerechtfertigt, denn da Dr. Wilkins, den Rose als einen »Mann des Zornes« kannte und den Caroline sich unwiderstehlich vorgestellt hatte, offenbar ein ganz anderer geworden war, begannen auch Rose und Caroline dem Gedanken Raum zu geben, daß San Salvatore wirklich einen läuternden Einfluß auf den Charakter habe. Sie waren dem Gedanken um so zugänglicher, als sie beide spürten, daß auch in ihrem Innern etwas vorging. Caroline mußte öfter an ihre Eltern und Verwandten denken, und es ging ihr ein Licht darüber auf, welche Wolhltaten das Schicksal – oder war es die Vorsehung? – ihr beschieden hatte, und wie wenig sie sie genützt hatte, indem sie sich nicht glücklich fühlte in ihrem Besitz. Die Sehnsucht in Rosens Brust hatte doch ein Ziel, denn sie war zu dem Schluß gekommen, daß eine passive Sehnsucht gar keinen Sinn habe und daß sie sie entweder zum Schweigen bringen oder ihr eine Möglichkeit – eine entfernte freilich, aber immerhin eine Möglichkeit – der Erfüllung geben müsse, indem sie an Frederick schrieb und ihn einlud, nach San Salvatore zu kommen.

Wenn Dr. Wilkins sich so verändert hatte, warum sollte es Frederick nicht möglich sein? Wie wundervoll wäre es doch, wenn das Zauberschloß auch bei ihm seine Wirkung nicht versagte, so daß sie einander wieder verstehen, wieder Freunde werden könnten. Rose – so sehr hatte sich ihr Wesen entspannt und erweicht – begann sich bereits Vorwürfe darüber zu machen, daß sie in bezug auf Fredericks Bücher zu halsstarrig und engherzig gewesen und daß es eine Torheit, vielleicht sogar ein Unrecht war, wie sie sich so ausschließlich von der Armenpflege hatte in Anspruch nehmen lassen. Hatte Lotty nicht recht gehabt, als sie neulich behauptete, nur auf die Liebe käme es an? Aber war es denkbar, daß die verscheuchte Liebe zurückkehrte? In dieser Schönheit, in dieser Atmosphäre des Glücks, die Lotty und das Zauberschloß um sich verbreiteten wie ein göttliches Gift – vielleicht.

Jawohl, sie wollte ihm schreiben. Sie mußte ihm schreiben, denn dann hatte sie doch die Hoffnung, daß er kam. Und wenn sie erst in dieser Herrlichkeit beisammen waren, in dieser weichen, holden Umgebung, dann wurde es ihr sicher auch leichter, ihm alles zu sagen und zu erklären, ihn zu bitten, ihr gemeinsames Leben in Zukunft doch anders zu gestalten, anstatt in der öden, ach, so eisigen Entfremdung zu verharren, in der Wesenlosigkeit des Glaubens, der Freudlosigkeit der guten Werke. Eine einzige Menschenseele, die zu einem gehört, zu der man sprechen, die man lieben, für die man sich interessieren kann, ist wertvoller als alle Reden auf Rednerbühnen und als alle Schmeicheleien von den Vereinsvorsitzenden der ganzen Welt.

Rasch stand sie auf. Jawohl, sie wollte ihm schreiben. Und zwar sofort. Aber wenn er – –

Sie hielt inne. Wenn er ihr nicht antwortete? Wenn er ihr nicht einmal antwortete?

Sie setzte sich wieder hin und überlegte von neuem.

In solcher Unschlüssigkeit brachte Rose den größten Teil der zweiten Woche zu.

Auch Mrs. Fisher war in der zweiten Woche sehr unruhig. Die Unruhe wuchs in solchem Maße, daß sie geradesogut keinen eigenen Salon hätte haben müssen, denn sie konnte nicht länger darin verweilen, nicht zehn Minuten hintereinander brachte sie die Geduld auf, sitzen zu bleiben. Mit dem Fortschreiten der Tage stellte sich ein eigentümliches Gefühl ein; als ob ein jugendlicher Trieb sich regte, voll Saft und Kraft. Sie kannte das Gefühl, denn sie hatte es in ihrer Jugend oft empfunden, besonders, wenn der Lenz sich verfrüht und überstürzt einstellte, wenn der Flieder in einer einzigen Nacht aufblühte; aber es war doch merkwürdig, daß es sich nach fünfzig Jahren wieder einstellte. Es bedrückte sie. Gern hätte sie mit jemandem darüber gesprochen, aber sie schämte sich. Das war in ihrem Alter doch ein ganz lächerliches Gefühl. Und doch hatte sie immer öfter und jeden Tag heftiger die unziemliche Empfindung, als ob sie plötzlich zu knospen und zu keimen anfinge.

Mrs. Fisher war ganz aus dem Häuschen. Zu den Dingen, die sie nicht ausstehen konnte, gehörte die Einbildung der älteren Leute, daß sie noch fühlten wie junge und sich demgemäß betragen dürften. Natürlich bildeten sie es sich nur ein, täuschten sie sich selbst, aber wie beklagenswert waren die Folgen! Sie selbst war alt geworden, wie es sich gehörte: stetig und standhaft. Ohne Unterbrechungen, ohne verspätete Verjüngungserscheinungen, ohne krampfhafte Rückfälle. Wenn sie nach so vielen Jahren sich zu einem ungebührlichen Ausbruch der Gefühle verleiten ließe – welch eine Demütigung!

In dieser zweiten Woche ihres Aufenthalts in San Salvatore war sie froh, daß Kate Lumley nicht da war. Es wäre höchst unangenehm, falls in ihrem Wesen doch eine Veränderung eintreten sollte, Kate hier zu haben, die alles mit ansehen würde. Kate kannte sie, seit sie auf der Welt war, vor ihr konnte sie sich unmöglich gehenlassen – stirnrunzelnd sah sie auf das Buch, auf das sie angestrengt ihre Gedanken zu konzentrieren suchte; woher kam nun wieder dieser Ausdruck? – wie vor Fremden. Alte Freundinnen, dachte Mrs. Fisher – sie hielt die Augen auf das Buch in ihrer Hand gerichtet und redete sich ein, daß sie darin läse – stellen immer Vergleiche an zwischen einst und jetzt. Sie sind von der Entwicklung überrascht, sie denken immer an das, was war, und sie erwarten vom fünfzigsten Lebensjahr bis zum Ende aller Tage vollständige Regungslosigkeit.

Das, dachte Mrs. Fisher, indem sie mit den Augen Zeile um Zeile des Buches herunterlas, ohne daß ihr auch nur ein einziges Wort davon ins Bewußtsein gelangte, ist sehr töricht von den Freunden. Es verdammt einen zu vorzeitigem Tode. Man soll sich immerfort – natürlich mit Würde – weiterentwickeln, wie alt man auch wird. Sich entwickeln, sich verändern, reifen, sich vervollkommnen, heißt: leben. Was sie so aus dem Geleise brachte, war die Angst vor der Rückkehr zur Unreife – und sie befürchtete, daß ihr dies bevorstehen könnte.

Der Gedanke verursachte ihr natürlich großes Unbehagen, und sie konnte nur in beständiger Bewegung Ablenkung finden. In ihrer Ruhelosigkeit vermochte sie sich nicht länger auf ihre Zinnen zu beschränken und wanderte häufiger ganz ziellos in den höchstgelegenen Garten. Caroline verwunderte sich nicht wenig darüber, um so mehr, als Mrs. Fisher nichts weiter unternahm, als einige Minuten die Aussicht zu betrachten und ein paar verwelkte Blätter von den Rosenstöcken zu entfernen – dann ging sie wieder.

Die Unterhaltung mit Dr. Wilkins gewährte ihr vorübergehende Erleichterung, aber so oft er sich ihr auch anschloß, immer war er doch nicht da, denn er verteilte seine Aufmerksamkeit mit kluger Überlegung unter alle drei Damen. Das Übermaß von Licht und Farbe war es wohl in San Salvatore, was jeden anderen Ort schwarz und düster erscheinen ließ: Vor ihrem geistigen Auge stieg die Prince of Wales Terrace finster und drohend auf. Bald mußte sie in die lichtlose, enge Straße und in das ebenso lichtlose, enge Haus zurückkehren, in dem nichts Lebendiges, nichts Jugendliches vorhanden war. Außer den Goldfischen waren nur die Dienstmädchen dort, alte, verstaubte Geschöpfe.

Alte, verstaubte Geschöpfe. Mrs Fisher hielt inne – wo hatte sie nur wieder diesen Ausdruck her? Vielleicht von Mrs. Wilkins? Das wäre abscheulich.

Wie richtig war doch, was Ruskin sagte, daß böses Beispiel gute Sitten verderbe. Aber hatte Ruskin es gesagt? Bei näherer Überlegung war sie dessen nicht ganz sicher, aber er hätte es ganz gut gesagt haben können. Das bloße Anhören der Reden Mrs. Wilkins bei Tisch – sie vermied es, ihr zuzuhören, so gut sie konnte –, dieser ordinären, unzarten, zynischen Reden, die leider immer von Lady Caroline belacht wurden, hatte bereits einen üblen Einfluß auf ihre Denkweise. Es wäre doch schrecklich, wenn sich dieser Einfluß am Ende gar auch auf ihre Redeweise erstreckt!

Wieder hatte Mrs. Fisher das lebhafte Bedürfnis, mit einem verständnisvollen Wesen sich aussprechen zu dürfen. Aber außer Mrs. Wilkins war niemand da, der sie verstehen könnte. Nur sie würde ihren Gemütszustand sofort begreifen. Aber sich an sie zu wenden, war ganz unmöglich. Es wäre genauso verächtlich, als bäte man die Mikrobe, die einen angesteckt hatte, um Schutz gegen die von ihr hervorgerufene Krankheit.

Sie ertrug also schweigend, was sie bedrückte, setzte aber ihre Wanderungen in den Garten Carolines, von Unruhe getrieben, fort, so daß Caroline in Erstaunen geriet. Auch Dr. Wilkins mußte etwas bemerkt haben, denn er fragte Lady Caroline einmal, als er ihr die Kissen in ihrem Liegesessel zurechtschob – er hatte sich die Erlaubnis dazu von Lady Caroline ein für allemal erbeten –, ob Mrs. Fisher etwas fehle.

»Ich weiß es nicht«, antwortete Caroline.

»Es ist doch nicht anzunehmen, daß sie etwas bedrückt?«

»Das will ich meinen«, versetzte Caroline.

»Wenn es aber doch der Fall ist, und ihre Ruhelosigkeit scheint ja darauf hinzudeuten – so würde mich nichts mehr freuen, als ihr mit meinem Rat beizustehen.«

»Ich bin überzeugt, Sie würden sehr gütig gegen sie sein.«

»Sie hat ja natürlich einen juristischen Ratgeber, aber der ist nicht an Ort und Stelle. Ich aber bin es. Und *ein* Rechtsanwalt zur Stelle ist soviel wert wie zwei – sagen wir in London.«

»Sie sollten sie vielleicht fragen, Herr Doktor.«

»Ob sie Beistand braucht? Würden Sie mir dazu raten? Wäre es nicht ein wenig, ein ganz klein wenig heikel, eine solche Frage zu berühren?«

»Vielleicht wird sie es Ihnen von selber sagen, wenn Sie zu ihr gehen und mit ihr plaudern. Sie muß sich wohl sehr einsam fühlen.«

»Sie sind der Zartsinn und die Aufmerksamkeit in Person«, erklärte Dr. Wilkins.

Zum erstenmal im Leben wünschte er sich, ein Ausländer zu sein, um ehrerbietig Lady Caroline die Hand küssen zu dürfen, bevor er sich gehorsam zurückzog und Mrs. Fisher die Einsamkeit erleichterte. Es war wundervoll, auf wie vielerlei Auskunftsmittel Caroline verfiel, um einen Abgang für Dr. Wilkins zu bewerkstelligen. Jeden Morgen fand sie ein neues, und jedesmal entfernte er sich vergnügt, nachdem sie ihm gestattet hatte, ihr die Kissen im Lehnstuhl zurechtzurücken. Das aber erlaubte sie ihm gern, denn sie hatte sich in den ersten fünf Minuten des allerersten Abends überzeugt, daß ihre Angst, er würde sie belästigen und bewundernd anstarren, völlig grundlos war. Er war die personifizierte Ehrerbietung. Mit den Augenwimpern konnte sie jeden seiner Schritte in bezug auf sich dirigieren. Seine einzige Sorge war, ihr zu gehorchen. Sie hatte sich vorgenommen, ihn zu mögen, falls er ihr nur den einen Gefallen erwiese, sie nicht zu bewundern, und nun mochte sie ihn sehr. Zwar gefiel er ihr am besten, wenn er nicht anwesend war, aber sie war nun einmal so beschaffen, daß sie alle Leute gern hatte, wenn sie nicht da waren. Von diesem Standpunkt betrachtet, war Dr. Wilkins einfach ideal, einzig, unschätzbar. So oft sie an ihn dachte, so oft sich ihr diejenigen seiner Eigenschaften aufdrängten, die sie langweilten, sagte sie sich doch immer wieder: »Aber er ist doch ein Juwel.«

Und in der Tat war es Dr. Wilkins' einziges Bestreben während seines Aufenthaltes in dem Zauberschloß, ein »Juwel« zu sein. Die drei Damen, die nicht seine Gattin waren, mußten ihn unter allen Umständen liebgewinnen, ihm vertrauen. Wenn sie dann in eine unangenehme Lage gerieten – mußten sie sich erinnern, wie verläßlich und mitfühlend er war, und sich um Rat an ihn wenden. Damen, die von einer Sorge bedrückt wurden, waren seine Spezialität. Lady Caroline war augenblicklich nicht in dieser Lage, aber bei so viel Schönheit konnten ihr Schwierigkeiten nicht ganz erspart bleiben. Früher war er nicht zur Hand gewesen, in Zukunft hoffte er es zu sein. Auch das Benehmen der Mrs. Fisher schien ihm vielversprechend.

Bei der dritten im Bunde, Mrs. Arbuthnot, hatte er bis jetzt wenig Fortschritte gemacht, denn sie war sehr still und scheu. Aber wies nicht gerade diese Scheu, den anderen zu begegnen, diese Neigung zum Alleinsein darauf hin, daß auch sie Sorgen hatte? Arbuthnot war, wie er von Lotty gehört hatte, ein Beamter des Britischen Museums. Wenn er avancierte, konnte es schon der Mühe wert sein, ihn zum Klienten zu haben.

Seine Lotty war wirklich reizend. Der günstige Eindruck, den sie vor der Hochzeit auf ihn gemacht hatte, wurde durch die Zuneigung, ja, durch die Bewunderung, die Lady Caroline ihr bewies, nun erst recht bestätigt. Lady Caroline Dester konnte sich unmöglich täuschen. Ihre Kenntnis der Welt, ihr beständiger Verkehr mit den Besten dieser Erde ließen keinen Irrtum aufkommen. Lotty war offenbar – wofür er sie ja vor der Hochzeit auch gehalten hatte – ein wertvoller Mensch. Das bewies sie schon dadurch, daß sie ihm die Bekanntschaft mit Lady Caroline und Mrs. Fisher vermittelt hatte. Ein Mann von seinem Beruf konnte von einer anziehenden, gescheiten Frau schon sehr unterstützt werden. Warum war sie nicht schon früher so reizend gewesen?

Auch er begann zu glauben, daß, wie Lotty ihm von allem Anfang an versichert hatte, etwas ganz Eigentümliches an der Atmosphäre von San Salvatore war. Dieses Zauberschloß war der Entwicklung günstig, es erweckte schlummernde Eigenschaften zum Leben. Er war entzückt von seiner Frau, hoch zufrieden mit den Fortschritten, die er bei Lady Caroline und Mrs. Fisher machte, und hoffnungsvoll in bezug auf die dritte Klientin in spe, die zurückhaltende Mrs. Arbuthnot. Ein wohliges Gefühl überkam ihn, er konnte sich nicht erinnern, jemals einen so angenehmen Urlaub verbracht zu haben.

Er machte sich nicht einmal darüber Sorgen, was der Aufenthalt hier kosten würde, und hatte sich vorgenommen, nicht nur seinen, sondern auch den seiner Frau zu bezahlen und Lotty zum Schluß damit zu überraschen, daß er ihr ihren Sparpfennig unvermindert übergab; der bloße Gedanke, wie glücklich er sie mit dieser Überraschung machen würde, erhöhte seine Herzlichkeit gegen sie.

Inzwischen verging von den schönen goldenen Tagen der zweiten Woche einer nach dem anderen, jeder neue so herrlich wie der letzte, und jeder Lufthauch wehte den Duft der blühenden Bohnenfelder auf dem Hügelabhang hinter dem Dorf nach San Salvatore herüber. Im Garten verschwand in dieser zweiten Woche die von den Dichtern viel besungene Narzisse aus dem hohen Gras am Rande des Zickzackpfades, und die wilde Schwertlilie trat schlank und rosenfarben an ihre Stelle; weiße

Nelken blühten in den Rabatten und erfüllten den Garten mit ihrem räuchrig-süßen Duft, und von einem Busch, den niemand beachtet hatte, brachen plötzlich die Blütenknospen auf, daß es eine Pracht und ein Duft sondergleichen war. Es war ein dunkelvioletter Fliederbusch. Es war unglaublich, was das für ein Durcheinander von Frühling und Sommer war, nur wer in diesen Gärten lebte, hielt das für möglich. Alles schien auf einmal zu blühen, in dem einen Monat wimmelte es von Blumen, die sich in England knauserig auf sechs verteilten.

17

Am ersten Tag der dritten Woche schrieb Rose an Frederick. Damit sie nicht wieder unschlüssig werde, übergab sie Domenico den Brief für die Post. Wenn sie nämlich nicht jetzt schrieb, so blieb keine Zeit mehr dafür übrig: der halbe Monat in San Salvatore war vorüber. Selbst wenn Frederick sofort nach Erhalt des Briefes aufbrach – was natürlich nicht gut möglich war, denn er mußte doch packen, sich einen Paß besorgen, und schließlich hatte er es wahrscheinlich nicht so eilig –, mußten fünf Tage verstreichen, bevor er hier eintreffen konnte. Nachdem sie den Brief zur Post befördert hatte, bereute sie es schon. Er wird nicht kommen. Er wird sich nicht einmal die Mühe nehmen, den Brief zu beantworten. Er wird irgendeinen Grund vorschützen, zum Beispiel, daß er viel zuviel zu tun habe, um eine Reise unternehmen zu können. Und was wird sie davon haben, daß sie ihm geschrieben hat? Sie wird nur noch unglücklicher sein als bisher.

Zu Hause, in Hampstead, wo sie so in Anspruch genommen und beschäftigt war, hatte sie es zuwege gebracht, Frederick zu verwinden; in der letzten Zeit hatte sie bereits mit jener sanften Schwermut seiner gedacht, wie man eines geliebten Toten gedenkt. Und jetzt hatte sie der Müßiggang in diesem Zauberschloß in den unglückseligen Zustand zurückversetzt, aus dem sie sich vor vielen Jahren gerettet hatte. Selbst wenn Frederick wirklich käme, würde sie ihn nur langweilen. War ihr nicht wie ein Blitz kurz nach ihrer Ankunft in San Salvatore die Erleuchtung gekommen, daß er sich bei ihr langweilte und sich deshalb von ihr fernhielt? Und würde sie ihn nach dieser langen Entfremdung jetzt nicht auch langweilen und wie auf den Mund gefallen hilflos vor ihm stehen? Welch eine unmögliche Situation!

Tausendmal am Tag bedauerte Rose, Frederick geschrieben zu haben. Lotty, die sie jeden Abend fragte, ob sie den Brief an Frederick geschrieben habe, war ganz entzückt, als die Antwort endlich »Ja« lautete, und umarmte sie vor Freude.

»Jetzt werden wir erst vollkommen glücklich sein!« rief Lotty begeistert aus.

Rose war nicht so sehr davon überzeugt, und ihr Gesicht sah immer mehr danach aus, als hätte sie etwas auf dem Herzen.

Dr. Wilkins, der gern gewußt hätte, was es war, und der, den Panamahut auf dem Kopf, in der Sonne spazierenging, richtete es so ein, daß er sie zufällig traf.

»Ich wußte nicht« sagte er, höflich den Hut lüftend, »daß dies auch Ihr Lieblingsplätzchen ist.«

Und er setzte sich neben sie.

Nachmittags wählte sie einen anderen Platz. Aber kaum war sie eine halbe Stunde dort, so erschien Dr. Wilkins, seinen Spazierstock schwingend.

»Die Vorsehung hat beschlossen, daß wir uns treffen«, sagte er liebenswürdig.

Und er setzte sich neben sie.

Mrs. Arbuthnot sagte sich, daß Dr. Wilkins wirklich sehr gütig sei und daß sie ihn in Hampstead sicher falsch beurteilt hätte. Jetzt zeigte er erst sein wahres Gesicht, das von der wohltuenden Sonne in San Salvatore ganz braun geworden war.

Am folgenden Morgen begab sie sich, um nur ja allein bleiben zu können, in den Garten, während Dr. Wilkins sich beim Frühstück noch mit Mrs. Fisher unterhielt; sie ging an den Strand, zu den Felsen, wo sie am ersten Tag mit Lotty gewesen war. Jetzt mußte Frederick ihren Brief bereits haben; wenn er so wäre wie Dr. Wilkins, könnte sie heute bereits ein Telegramm von ihm haben.

Sie versuchte, diese lächerliche Hoffnung zum Schweigen zu bringen, indem sie selbst darüber spottete. Und doch – Dr. Wilkins hatte vor seiner Ankunft telegrafiert, warum nicht auch Frederick? Lotty hatte damals auch kein Telegramm erwartet, und als sie zum Lunch nach Hause kam, war es da. Ach, wie wundervoll wäre es, wenn sie zum Lunch nach Hause käme und auch eines vorfände ...

Den ganzen Vormittag saß sie unter der Fichte am Strand. Niemand kam in ihre Nähe. Langsam gingen die Stunden dahin. Aber sie wollte nicht vor dem Lunch heimkehren, sie wollte dem Telegramm Zeit geben ...

An diesem Morgen hatte sich Caroline von Lotty überreden lassen, sie auf einen Ausflug zu begleiten; sie wollten bis zum Abend wegbleiben und hatten sich belegte Brötchen mitgenommen. Dr. Wilkins wollte die Damen begleiten, blieb aber auf Lady Carolines Rat bei Mrs. Fisher, um sie in ihrer Einsamkeit aufzuheitern.

Er verließ sie gegen elf Uhr, um nach Mrs. Arbuthnot Umschau zu halten und seine Muße zwei einsamen Damen zu widmen. Aber er kehrte bald wieder erhitzt zurück, denn diesmal war es Mrs. Arbuthnot gelungen, sich zu verstecken.

Auch ein Telegramm an sie war eingetroffen – schade, daß er nicht wußte, wo sie sich befand.

»Sollten wir das Telegramm nicht öffnen?« fragte Dr. Wilkins Mrs. Fisher.

»O nein«, anwortete diese.

»Vielleicht erfordert es eine Antwort?«

»Ich bin nicht dafür, daß man unberufenerweise die Korrespondenz anderer Leute anrührt.«

»Unberufenerweise, gnädige Frau – –«

Dr. Wilkins war ganz entsetzt. Welch ein Ausdruck. Unberufenerweise. Er hatte die größte Hochachtung vor Mrs. Fisher, aber sie war zuweilen doch etwas schwierig zu behandeln.

»Armes Geschöpf«, sagte Lotty, als ihr Mann sie fragte, ob sie ihm vielleicht darüber Aufklärung geben könnte, »sie braucht Liebe.«

»Liebe?« wiederholte Dr. Wilkins ganz entsetzt, »aber liebes Kind, das ist doch nicht dein Ernst. Bei ihrem Alter – –«

»Irgendeine Liebe, Mellersh.«

Mellersh hatte seine Frau auch gefragt, was wohl Mrs. Arbuthnot fehle.

»Sie sehnt sich nach ihrem Mann«, sagte Lotty.

»Ah!« versetzte Mellersh, dem die Scheu und die Schwermut der sittsamen jungen Frau nun in einem anderen Licht erschien. »Das ist ja in Ordnung.«

Und Lotty sagte lächelnd: »Es ist nun schon einmal so.«

Und Mellersh sagte, ebenfalls lächelnd: »Ist es wirklich so?«

Und Lotty sagte lächelnd: »Natürlich.«

Und Mellersh, der sich sehr über ihre Antwort zu freuen schien, kniff sie ins Ohr, obwohl es noch früh war, um eine Zeit, da eheliche Zärtlichkeiten selten sind.

Gegen halb zwölf kam Rose langsam durch die Pergola herauf. Zu beiden Seiten der alten Steintreppen blühten die Kamelien; das Immergrün, das sich fast wie ein Bächlein die Treppe hinab ergossen hatte, war verblüht, und jetzt standen blühende Büsche mit unbeschreiblichen Rosen da: rosa und weiß, rot und gestreift – Rose nahm eine und die andere in die Hand und roch daran, um nicht gar zu rasch ihre Enttäuschung zu erfahren. Solange sie sich nicht selbst überzeugt hatte, daß der Tisch in der Halle leer war, bis auf die Blumenvase in der Mitte, solange konnte sie noch hoffen, daß das Telegramm dort lag und auf sie wartete. Aber Kamelien riechen nicht, und Dr. Wilkins, der in der Türöffnung stand, machte sie darauf aufmerksam.

Sie fuhr zusammen, als sie seine Stimme hörte, und blickte auf.

»Es ist ein Telegramm für Sie angekommen, gnädige Frau«, sagte Dr. Wilkins.

Sie starrte ihn mit offenem Mund an.

»Ich habe Sie überall gesucht, konnte Sie aber nirgends – –«

Natürlich. Sie hatte es ja gewußt. Sie hatte es die ganze Zeit gewußt. In einem Augenblick war sie verwandelt, jung, sonnig, glühend vor Erwartung. Sie flog die Treppe hinauf, rot wie die Kamelie, die sie soeben in der Hand gehalten hatte, ergriff das

Telegramm und riß es auf, bevor Dr. Wilkins seinen Satz vollenden konnte. Wenn das wirklich möglich war – dann war ja auch noch etwas anderes möglich – sie und Frederick – konnten wieder – endlich – –

»Keine schlechte Nachricht, hoffe ich?« sagte Dr. Wilkins, der ihr gefolgt war.

Aber als sie das Telegramm gelesen hatte, starrte sie noch immer darauf, während ihr Gesicht langsam kreideweiß wurde. Es war ein merkwürdiger Anblick, wie ihr Gesicht langsam ganz weiß wurde.

Sie wendete sich um und sah Dr. Wilkins an, als versuchte sie, sich seiner zu erinnern.

»O nein,im Gegenteil – –«

Sie brachte ein mattes Lächeln zuwege.

»Ich bekomme Besuch«, fuhr sie fort und reichte ihm das Telegramm. Als er es genommen hatte, ging sie in das Speisezimmer und murmelte etwas vom Lunch, der ja wohl bald serviert werden würde.

Dr. Wilkins las das Telegramm. Es kam aus Mezzago und lautete:

»Bin unterwegs nach Rom. Darf ich Sie am Nachmittag in San Salvatore begrüßen? Thomas Briggs.«

Warum war Mrs. Arbuthnot beim Lesen dieses Telegramms so blaß geworden? Es war so auffallend gewesen, daß Dr. Wilkins überzeugt war, es sei ihr etwas Schweres zugestoßen.

»Wer ist Thomas Briggs?« fragte er, indem er ihr in das Speisezimmer nachging.

Sie sah ihn zerstreut an.

»Wer ist – –«, wiederholte sie, indem sie sich bemühte, ihre Gedanken zu sammeln.

»Thomas Briggs.«

»Ach ja. Das ist der Besitzer. Das ist sein Haus. Er ist sehr nett. Er kommt heute nachmittag her.«

Thomas Briggs war bereits unterwegs. Er befand sich in einem Wagen auf der Landstraße zwischen Mezzago und Castagneto. Er hoffte, die brünette Dame mit den dunklen Augen würde verstehen, daß er nicht gekommen war, um zu sehen, ob sein Haus noch da sei, sondern einzig und allein, um sie wiederzusehen. Er hatte zwar die Empfindung, daß es nicht taktvoll ist, wenn ein Hausherr sich bei seinem Mieter eindrängt, aber – er hatte so oft an sie gedacht. Rose Arbuthnot. Wie hübsch der Name war. Und wie hübsch sie selbst war – so sanft, so mild, so mütterlich im besten Sinne des Wortes. »Im besten Sinne« bedeutete, daß sie nicht seine Mutter war und es auch nicht hätte sein können, denn Eltern konnten doch unmöglich jünger sein als ihr Kind. Und dann war er ganz in der Nähe von San Salvatore; es wäre lächerlich, wenn er nicht hinkäme und sich überzeugte, ob sie sich auch wohl fühlte. Hatte sie auf der Treppe ihr Porträt entdeckt? Ob es ihr auch so gut gefiel wie ihm? Er wollte es ihr erklären. Wenn sie nicht malte – und sie hatte nichts davon erwähnt –, so hatte sie vielleicht nicht bemerkt, wie wundervoll die Augenbrauen geformt waren und wie das Grübchen in der Wange – –

Er befahl dem Kutscher, in Castagneto auf ihn zu warten, und schritt über die Piazza, von Kindern und Hunden begrüßt, die ihn alle kannten und plötzlich wie die wilde Jagd erschienen waren, man wußte nicht woher.

Rasch stieg der junge Mann – er mochte dreißig Jahre alt sein und machte einen überaus rührigen Eindruck – den Zickzackpfad hinauf, zog an der alten Glockenkette und wartete geziemend, bis man ihn eintreten ließ.

Wie Francesca ihn erblickte, geriet alles an ihr in Bewegung, was nur beweglich war: Augenbrauen, Augenlider, Arme, Hände, die Zunge. Mit einem Wortschwall versicherte sie ihm, daß alles in bester Ordnung sei und sie ihre Pflicht tue.

»Natürlich, natürlich«, unterbrach er sie, »niemand zweifelt daran.«

Und er trug ihr auf, ihrer Gnädigen die Visitenkarte zu übergeben.

»Welcher?« fragte Francesca.

»Welcher?«

»Es sind vier«, antwortete Francesca.

Sie witterte sofort, daß irgendein Versehen von den Mietern begangen worden sein mußte, denn Mr. Briggs sah sehr überrascht aus. Sie war aber sehr erfreut, denn das Leben war gar zu monoton, und so ein Versehen war doch eine kleine Abwechslung.

»Vier?« wiederholte er erstaunt. »Na, also dann überreichen Sie die Karte allen vieren.«

Der Kaffee wurde im höchstgelegenen Garten im Schatten der Regenschirmtanne serviert, aber nur Mrs. Fisher und Dr. Wilkins tranken ihn, denn Mrs. Arbuthnot, die beim Lunch nichts gegessen und sich vollkommen schweigend verhalten hatte, war unmittelbar danach verschwunden.

Während sich Francesca mit der Visitenkarte in den Garten begab, stand Mr. Briggs auf der Treppe und betrachtete prüfend die Madonna des altitalienischen Meisters – Name unbekannt –, die er in Orvieto aufgestöbert hatte. Sie hatte eine ganz merkwürdige Ähnlichkeit mit Mrs. Arbuthnot. Diese hatte damals natürlich einen Hut aufgehabt, als sie ihn in London aufsuchte, aber er war überzeugt, daß ihr Haar genauso von der Stirn zurückgestrichen war wie das der Madonna. Auch der Ausdruck in den Augen war genauso ernst und holdselig. Er freute sich bei dem Gedanken, daß ihr Porträt immer in seinem Besitz bleiben würde.

Er blickte auf, als er Schritte hörte, und da war sie; ganz wie er sich sie vorgestellt hatte, kam sie die Treppe herab, in Weiß gekleidet.

Er beobachtete sie mit lebhaftem Interesse, wie sie herabstieg – bald würde sie auf gleicher Höhe mit ihrem Porträt sein.

»Es ist wirklich ganz wunderbar«, sagte er.

Rose begrüßte ihn, entschlossen, ihn nur mit kühler Freundlichkeit aufzunehmen.

Sie hieß ihn nicht willkommen. In ihrem Herzen waren die Worte des Telegramms schmerzlich eingegraben. Er war anstatt Fredericks hergekommen, nahm seinen Platz ein.

»Bitte, gnädige Frau, stehen Sie einen Augenblick still – –«

Sie gehorchte automatisch.

»Jawohl – es ist ganz erstaunlich. Möchten Sie die Güte haben, den Hut abzunehmen, gnädige Frau?«

Rose war sehr überrascht, nahm aber den Hut ab.

»Jawohl – ich hab' mir's gleich gedacht – ich wollte mich nur davon überzeugen. Sehen Sie, bitte – haben Sie bemerkt – –«

Und er machte sonderbare Bewegungen mit der Hand zu dem Porträt, maß es und blickte immer wieder auf sie.

Roses Erstaunen verwandelte sich in Heiterkeit, sie konnte ein Lächeln nicht unterdrücken.

»Sind Sie hergekommen, um mich mit dem Porträt zu vergleichen?« fragte sie ihn.

»Sie sehen doch die merkwürdige Ähnlichkeit, gnädige Frau – –«

»Ich wußte nicht, daß ich so feierlich aussehe.«

»Jetzt freilich nicht, vor einer Minute wohl. Genau so. Ach ja – – guten Tag, gnädige Frau«, sagte er plötzlich, indem er jetzt erst ihre Hand wahrnahm, die sie ihm zur Begrüßung gereicht hatte.

Und er lachte und schüttelte sie herzlich, indem er bis zu den blonden Haarwurzeln errötete.

Francesca kehrte zurück.

»Signora Fisher«, meldete sie, »wird sich freuen, *ihn* zu sehen.«

»Wer ist Signora Fisher?« fragte er Rose.

»Eine von den vieren, die in Ihrem Hause wohnen.«

»Sie sind Ihrer vier?«

»Jawohl. Für mich und meine Freundin wäre es zu teuer gewesen.«

»Wissen Sie, gnädige Frau«, begann er verwirrt, denn am liebsten hätte er Rose Arbuthnot – welch ein hübscher Name! – gewünscht, daß ihr gar nichts zu teuer wäre und daß sie als sein Gast in San Salvatore bliebe, solange es ihr gefiele.

»Mrs. Fisher nimmt ihren Kaffee im oberen Garten«, sagte Rose, »ich will Sie ihr gern vorstellen.«

»Ich habe kein Verlangen danach. Sie haben Ihren Hut auf, waren also im Begriff, einen Spaziergang zu machen. Darf ich Sie nicht begleiten? Ich würde mich unendlich freuen, mir in Ihrer Begleitung alles anzusehen.«

»Aber Mrs. Fisher wartet auf Sie.«

»Wird die sich nicht halten?«

»Ich denke schon«, antwortete Rose mit dem Lächeln, das Briggs damals in London so reizend gefunden hatte, »bis zum Tee vielleicht.«

»Sprechen Sie Italienisch?«

»Nein«, sagte Rose, »warum fragen Sie?«

Daraufhin wendete er sich an Francesca und trug ihr in geläufigem Italienisch auf, der Signora im oberen Garten zu melden, daß er seine alte Freundin Signora Arbuthnot getroffen habe und mit ihr einen Spaziergang mache, so daß er sich erst nachher erlauben werde, ihr seine Aufwartung zu machen.

»Laden Sie mich zum Tee ein, gnädige Frau?« fragte er Rose, als Francesca sich entfernt hatte.

»Natürlich. Es ist ja Ihr Haus.«

»O nein, das Ihre.«

»Bis zum übernächsten Montag«, lächelte sie.

»Kommen Sie und zeigen Sie mir alle schönen Ausblicke«, bat er sie lebhaft, und es war selbst der demütig-bescheidenen Rose klar, daß sie Mr. Briggs nicht langweilig erschien.

18

Sie machten einen sehr angenehmen Spaziergang, ruhten sehr oft auf warmen, von Thymian duftenden Plätzchen aus, und wenn irgend etwas Rose hätte helfen können, sich von der bitteren Enttäuschung zu erholen, so wäre es die Gesellschaft und die Unterhaltung des Mr. Briggs gewesen.

Briggs war ein Mann, der nichts verheimlichen konnte und keine Zeit verlor. Sie waren lange noch nicht beim Leuchtturm angelangt – Briggs hatte sie gebeten, mit ihm den Leuchtturm zu besichtigen, weil dorthin ein Pfad führte, auf dem zwei Personen bequem nebeneinander gehen konnten –, als er ihr bereits mitgeteilt hatte, welchen Eindruck sie in London auf ihn gemacht hatte.

Nun ist das Bewußtsein, Eindruck gemacht zu haben, selbst der züchtigsten Frau eine Freude, besonders wenn er nichts mit Charakter oder Verdienst, sondern nur mit der äußeren Erscheinung zu tun hat, und so war auch Rose erfreut. Und wenn sie erfreut war, lächelte sie. Und wenn sie lächelte, war sie noch reizender als sonst. Da kam Farbe in ihre Wangen, Licht in ihre Augen. Und sie machte Bemerkungen, die wirklich interessant und ergötzlich waren. Und sie mußte dabei denken, wenn Frederick jetzt zuhörte, würde er sie vielleicht doch nicht für so heillos langweilig halten.

Und in der Tat, Mr. Briggs legte ein ganz außerordentliches Interesse für sie an den Tag. Er wollte alles wissen, was sie vom Augenblick ihrer Ankunft an getan hatte. Er fragte sie, ob sie das und jenes im Hause gesehen hatte, was ihr am besten darin gefiel, welches Zimmer sie bewohnte, ob sie sich behaglich drin fühle, ob Francesca sich anständig benehme, ob Domenico sich um sie kümmere, ob sie sich gern im gelben Salon aufhalte, der so viel Sonne hatte und den Ausblick nach Genua bot.

Rose schämte sich, wie wenig ihr im Haus aufgefallen war, wie wenig sie die Dinge beachtet hatte, die er als schön und selten bezeichnete. Ganz überwältigt von ihren Gedanken an Frederick schien sie wie eine Blinde im Schloß gelebt zu haben – und nun war die Hälfte der Zeit vorüber –, und was hatte sie davon gehabt? Sie hätte ebensogut in Hampstead Heath sitzen und sich dort nach Frederick sehnen können. Nein, doch nicht. Denn sie war sich trotz ihrer Sehnsucht immer der Schönheit ihrer Umgebung bewußt gewesen, ja, es war gerade diese Herrlichkeit gewesen, die sie zuerst mit dem Wunsch erfüllt hatte, sie mit Frederick zu teilen.

Mr. Briggs war viel zu lebendig, als daß er ihr jetzt Muße gegeben hätte, Frederick ihre Aufmerksamkeit zu schenken. Sie lobte in ihrer Antwort auf seine Fragen die Dienerschaft, pries den gelben Salon – natürlich ohne ihm mitzuteilen, daß sie ihn nur ein einzigesmal betreten hatte und dann mit Schimpf und Schande hinausgewiesen worden war –; gestand ihm, daß sie nur wenig von Kunst und Raritäten verstand, erzählte ihm, daß sie jeden

Tag seit ihrer Ankunft im Freien verbracht habe, weil die Umgebung so wundervoll und so grundverschieden von allem sei, was sie bisher gesehen hatte.

Briggs ging an ihrer Seite die Wege entlang, die jetzt glücklicherweise auch ihre Wege waren; er empfand in ihrer Gegenwart die ganze unschuldige Wärme des Familienlebens. Er war eine Waise, ein einziges Kind, und hatte ein Bedürfnis nach echter Häuslichkeit. Eine Schwester hätte er angebetet, eine Mutter verwöhnt; er dachte auch ans Heiraten. Wohl war er in verschiedenen Liebesbeziehungen sehr glücklich gewesen – sie hatten sich alle, wie es sonst nicht der Fall zu sein pflegte, in ebenso viele Freundschaftsverhältnisse verwandelt –, aber er war ein großer Kinderfreund und hatte sich überlegt, daß es hohe Zeit war zum Heiraten, sofern er nicht zu alt sein sollte, wenn sein Sohn zwanzig war. San Salvatore war ihm in der letzten Zeit etwas einsam und trübselig vorgekommen. Er bildete sich ein, daß seine Schritte widerhallten, wenn er umherging. Er war so einsam gewesen, daß er es vorgezogen hatte, dieses Jahr nicht dort zu verbringen, sondern es zu vermieten. San Salvatore brauchte eine Schloßherrin. Es bedurfte der Wärme und Schönheit, die seine Vollendung bedeuten würden. Wenn er an seine zukünftige Frau dachte, verband er immer die Begriffe der Wärme und Schönheit mit ihr – natürlich würde sie schön und gütig sein. Es freute ihn unbändig, wie verliebt er bereits in dieses Traumbild seiner zukünftigen Frau war.

So rasch wuchs seine Freundschaft mit der Dame, die einen so holden Namen trug, daß er überzeugt war, bald würde er ihr alles von sich, seiner Vergangenheit, seinen zukünftigen Hoffnungen erzählen. Und er konnte sich nicht enthalten, bei dem Gedanken an das zunehmende Vertrauen zu lachen.

»Warum lachen Sie?« fragte sie ihn, indem sie ihn lächelnd ansah.

»Mir ist zumute, als wäre ich zu Hause.«

»Aber es *ist* doch Ihr Zuhause.«

»Ich meine, wirklich ein Zuhause. Bei – bei meiner Familie. Sie haben etwas an sich, was meiner Idee von – von einer Familie entspricht.«

Sie amüsierte sich darüber.

»Etwas, was einen so – so traulich anmutet«, fuhr er fort, indem er sie ansah.

»Das würden Sie nicht finden, wenn Sie mein Haus in Hampstead sähen«, erwiderte sie, während ihre Wohnung, unerfreulich und unbehaglich, vor ihrem geistigen Auge aufstieg. Es war doch nichts Weiches darin, mit Ausnahme des unbenutzten, gemiedenen Dubarrysofas. Kein Wunder, mußte sie denken, daß Frederick sein Heim mied: In *seiner* Familie, seinem Zuhause war nichts gemütlich.

»Ich bin überzeugt, daß jeder Ort, an dem Sie leben, so sein wird wie Sie selbst«, sagte er.

»Wollen Sie vielleicht behaupten, daß San Salvatore so ist wie ich?«

»Gewiß tue ich das. Sie werden doch zugeben, daß San Salvatore schön ist?«

Diese und ähnliche Bemerkungen machte er auf dem Weg zum Leuchtturm. Der Spaziergang freute sie. Seit den Tagen ihrer jungen Liebe konnte sie sich an keinen so angenehmen Spaziergang erinnern.

Zum Tee kehrten sie zurück, und Dr. Wilkins bemerkte sofort, daß sie ganz verändert aussah. Überall Sorgen, dachte er und rieb sich im Geiste die Hände – als Advokat. Er sah sich auch schon als Ratgeber berufen. Dort Arbuthnot – hier Briggs. Früher oder später mußte das Unheil eintreten. Aber warum hatte dann das Telegramm von Briggs sie so schwer getroffen? War sie aber aus purer Freude so blaß geworden, dann war das Unheil sicher bereits im Anmarsch, rascher, als er vermutet hatte. Jetzt war sie durchaus nicht blaß, sondern machte ihrem Namen mehr Ehre als je zuvor. Es tat ihm natürlich leid, wenn die Leute in Unglück gerieten, wenn es aber schon sein mußte, dann war er ihr Mann.

Von diesen Erwägungen gestärkt – denn seine Karriere lag ihm sehr am Herzen –, bemühte er sich angelegentlich, Mr. Briggs Gastfreundschaft zu erweisen, nicht nur als zeitweiliger Mitbesitzer des Zauberschlosses, sondern auch als zukünftiger Helfer in der Not. Er machte ihn auf die charakteristischen Merkmale von San Salvatore aufmerksam, führte ihn an die Brustwehr und zeigte ihm dort den Ausblick auf Mezzago jenseits der Bucht.

Auch Mrs. Fisher war sehr huldvoll. Das war der Besitzer des Schlosses. Er war ein reicher Mann. Sie liebte den Reichtum und hatte reiche Leute gern, und wenn ein Reicher jung war, so empfand sie noch mehr Sympathie für ihn. Natürlich hatte er das Vermögen geerbt. Ererbtes Vermögen war ehrenwerter als erworbenes. Es bewies, daß man einen Vater gehabt hatte, und in einer Zeit, in der die meisten Leute entweder keinen Vater oder kein Bedürfnis nach einem Vater haben, erschien ihr das sehr sympathisch.

Es war also eine angenehme Stunde beim Tee; alles war liebenswürdig, alles war vergnügt. Briggs hielt Mrs. Fisher für eine reizende alte Dame, und der Zauber wirkte wieder einmal, und sie wurde wirklich reizend. Rose war ganz erstaunt. Wie nett die Menschen doch alle waren! Wann würde sie wohl die irrige Meinung, die sie sich über sie gebildet hatte, loswerden? Sie hätte solche Liebenswürdigkeit bei Mrs. Fisher nie für möglich gehalten, und sie fragte sich im stillen, ob sie nicht vielleicht selbst durch ihr feindseliges und streitsüchtiges Wesen Mrs. Fisher provoziert hatte. Wahrscheinlich. Wie scheußlich mußte sie sich benommen haben! Sie hätte vor Scham in die Erde sinken mögen, als Mrs. Fisher plötzlich in helles Lachen ausbrach und sie sich sagen mußte, es sei das erstemal, daß sie sie lachen hörte. Welch eine Anklage war das für sie alle! Sie hatte sich unverzeihlich benommen. Sie bewies ihre Reue, indem sie Mrs. Fisher mit einer ehrerbietig-scheuen Aufmerksamkeit entgegenkam. Diese ließ sie in den Augen des Mr. Briggs noch engelhafter erscheinen.

Sie spürte, wie seine strahlenden blauen Augen – in dem sonnenverbrannten Gesicht hoben sie sich besonders strahlend ab – auf ihr ruhten, und sie fragte ihn lächelnd, woran er denke.

Er erwiderte, das könne er ihr unmöglich sagen, fügte aber dann hinzu: »Einmal vielleicht.«

Das Unglück reitet schnell, dachte Dr. Wilkins, als er die Antwort vernahm, und rieb sich im Geiste wieder die Hände. Na, ich bin der richtige Mann für sie alle.

»Ich bin überzeugt«, sagte Mrs. Fisher wohlwollend, »daß Sie keinen Gedanken haben, Mr. Briggs, den wir nicht hören dürfen.«

»In einer Woche würde ich Ihnen, gnädige Frau, bestimmt alle meine Geheimnisse anvertrauen.«

»Dann werden Sie sie jemand mitgeteilt haben, der sehr zuverlässig ist«, versetzte Mrs. Fisher gütig. Wie gern hätte sie einen solchen Sohn besessen! »Und zum Dank dafür«, fuhr sie fort, »würde ich Sie sicher in die meinigen einweihen.«

»O nein«, rief da Dr. Wilkins aus, indem er sich ebenfalls des leichten Plaudertons befleißigte, »da muß ich protestieren! Ich habe ältere Rechte, ich bin der ältere Freund. Ich kenne Mrs. Fisher seit zehn Tagen, Sie, Briggs, kennen sie erst seit heute. Ich bestehe auf meinem Recht, ihre Geheimnisse zuerst zu erfahren. Das heißt«, fügte er hinzu, indem er sich ritterlich verbeugte, »wenn die gnädige Frau überhaupt Geheimnisse hat – was ich mir zu bezweifeln erlaube.«

»Ob ich welche habe!« rief Mrs. Fisher aus.

Sie dachte dabei an das Knopsen, Keimen. Es war schon überraschend, daß sie überhaupt einen Ausruf tat, daß es mit solcher Heiterkeit geschah, war ganz wunderbar. Rose sah sie voller Staunen an.

»Dann werde ich sie schon herauslocken«, sagte Briggs mit gleicher Heiterkeit.

»Das wird gar nicht notwendig sein«, versetzte Mrs. Fisher, »es fällt mir schwer, sie nicht in die Welt hinauszuschreien.«

Das hätte ebensogut Lotty sagen können. Dr. Wilkins steckte sein Einglas ein, das er für solche Gelegenheiten bei sich trug, und betrachtete Mrs. Fisher prüfend. Rose konnte sich eines Lächelns nicht erwehren, weil Mrs. Fisher sich so gut unterhielt. Daran mußte sie sich erst gewöhnen.

Als Lotty eine halbe Stunde später von ihrem Picknick in den oberen Garten kam, von der Hoffnung geleitet, es würde noch Tee für sie geben, merkte sie sofort, was geschehen war, denn Mrs. Fisher lachte in diesem Augenblick herzlich.

Sie hat die Hülle endlich gesprengt, dachte Lotty.

Und rasch, wie sie war, und impulsiv und ohne Rücksicht auf Anstand, beugte sie sich über den Sessel, in dem Mrs. Fisher saß, und küßte sie herzlich.

»Du lieber Himmel!« rief Mrs. Fisher aus und fuhr heftig in die Höhe, denn das war ihr, seitdem sie jung verheiratet war, nicht passiert, und damals nur sehr behutsam. Dieser Kuß aber war ein Kuß, und Mrs. Fisher empfand ihn als etwas seltsam Süßes.

Als sie sah, von wem er kam, wurde ihr Gesicht flammend rot. Mrs. Wilkins! Selbst wenn sie das Verlangen gehabt hätte, die Strenge, die von ihr abgefallen war, wieder anzunehmen, so wäre es ihr in Gegenwart des ergebenen Briggs ein Ding der Unmöglichkeit gewesen. Aber sie hatte das Verlangen gar nicht. War es möglich, daß Mrs. Wilkins ihr herzlich zugetan war, während sie ihr so unsympathisch erschienen war? Es rieselte ihr warm durchs Herz. Ein junges Geschöpf küßte sie! Ein junges Geschöpf hatte den Wunsch, sie zu küssen! . . . Von Stolz erfüllt, beobachtete sie das seltsame Wesen, das sich Briggs von ihrem Mann vorstellen ließ, ihm die Hand schüttelte und sofort ein Gespräch mit ihm begann, gerade so, als hätte sie ihn ihr Leben lang gekannt. Welch ein seltsames Geschöpf!

»Sie wollen sicher eine Tasse Tee trinken«, sagte Briggs lebhaft zu Lotty, die er ganz reizend fand, trotz Sommersprossen und etwas nachlässiger Picknickkleidung. Gerade eine solche Schwester hätte er sich – »Der hier ist kalt«, fuhr er fort, indem er die Teekanne anrührte, »aber ich werde Francesca sofort sagen, daß sie frischen – –« Er hielt inne und errötete.

»Wie ich mich vergesse«, rief er aus und blickte sich lachend um.

»Das ist nur natürlich, sehr natürlich«, versicherte Dr. Wilkins.

»Ich will es Francesca sagen«, bemerkte Rose und stand auf.

»Nein, nein, bitte, gehen Sie nicht weg, gnädige Frau«, bat Briggs.

Und er legte die Hände an den Mund und schrie: »Francesca!«

Eiligst kam sie herbei. Niemand von den Anwesenden erinnerte sich, daß sie je einem ihrer Rufe so rasch Folge geleistet hätte.

»Die Stimme des Herrn«, bemerkte Dr. Wilkins – wie er im stillen fand, sehr zutreffend.

Briggs erzählte dann, daß er nach Rom unterwegs sei und nur einen Augenblick lang hatte verweilen wollen, um sich zu überzeugen, ob es behaglich sei. Er wollte in Mezzago übernachten und am folgenden Tag die Reise fortsetzen.

»Lächerlich«, sagte Lotty, »Sie müssen natürlich hier übernachten. Es ist doch Ihr Haus. Und das Zimmer von Kate Lumley«, wandte sie sich an Mrs. Fisher, »Sie werden doch nichts dagegen haben, daß Mr. Briggs es eine Nacht benutzt? Kate Lumley ist aber *nicht* darin«, sagte sie lachend zu Briggs.

Und Mrs. Fisher, so überrascht sie auch selbst darüber war, lachte ebenfalls. Sie wußte, daß diese Bemerkung ihr früher höchst unpassend erschienen wäre, während sie sie jetzt nur für komisch hielt.

Nein, versicherte sie Briggs, Kate Lumley sei glücklicherweise nicht darin. Sie sei nämlich eine ungewöhnlich umfangreiche Dame, und das Zimmer sei ungewöhnlich eng. Kate Lumley passe vielleicht hinein, aber ob sie auch wieder heraus könnte, das sei nicht sehr wahrscheinlich. Das Zimmer stehe also Mr. Briggs zur Verfügung, und sie hoffe bestimmt, er würde nicht in ein Hotel gehen – er, der Besitzer des Zauberschlosses . . .

»Sie sehen also, mein lieber Junge, daß Sie hierbleiben müssen«, sagte Mrs. Fisher, »und daß Sie uns eine große Freude damit bereiten.«

»Eine große Freude«, bestärkte sie Dr. Wilkins.

»Eine sehr große Freude«, wiederholte Mrs. Fisher und sah aus wie eine sehr glückliche Mutter.

»Bleiben Sie doch!« sagte auch Rose, die Briggs fragend angesehen hatte.

»Wie gütig Sie alle sind!« rief Briggs aus, indem er über das ganze Gesicht lachte. »Ich bleibe mit dem größten Vergnügen. Welch ein Erlebnis! Und mit drei solchen – –«

Er hielt inne und blickte sich um.

»Aber ist denn nicht noch eine vierte Dame da?« fragte er. »Francesca sagte mir doch, sie hätte vier Gnädige.«

»Jawohl, Lady Caroline«, antwortete Lotty.

»Müßte ich da nicht warten, bis auch sie mich einlädt?«

»Das ist ganz selbstverständlich – –«, begann Lotty.

»Die Tochter der Droitwiches, mein lieber Briggs«, sagte Dr. Wilkins, »wird es sicher nicht an Gastfreundschaft fehlen lassen.«

»Die Tochter der Droitwiches – –«, wiederholte Briggs.

Plötzlich verstummte er, denn da stand die Tochter der Droitwiches im Türeingang, der in den Garten führte, oder vielmehr, aus dem Dunkel der Türöffnung trat eine Erscheinung in den Abendsonnenschein, wie er Ähnliches in seinem ganzen Leben noch nicht gesehen, sondern nur geträumt hatte: sein Ideal von vollendeter Frauenschönheit.

19

Und als sie zu sprechen anfing ...

Dr. Wilkins stellte Briggs vor, und sie sagte nur: »Guten Tag«, aber es genügte vollständig, es war um ihn geschehen.

Eben noch ein fröhlicher, glücklicher, redseliger junger Mann, der überfloß von Leben und Güte, wurde er plötzlich stumm, feierlich; kleine Schweißtropfen traten an den Schläfen hervor. Auch unbeholfen wurde er, denn er ließ den Teelöffel fallen, als er ihr die Tasse reichte, und die Hand zitterte ihm, als er die Makronen holte, so daß eine auf den Boden fiel. Er konnte die Augen nicht einen Augenblick von dem berückenden Gesicht abwenden.

Dr. Wilkins erklärte Lady Caroline, was eigentlich Briggs selbst hätte tun müssen, daß sie in ihm den Besitzer von San Salvatore kennenlerne, der, nach Rom unterwegs, aber in Mezzago ausgestiegen sei, daß die anderen Damen ihn bereits eingeladen hätten, die Nacht hier zu verbringen anstatt im Hotel, und daß er nur auf die Zustimmung der vierten Hausgenossin warte, um die Einladung anzunehmen. Während Dr. Wilkins, der die wunderbar klaren Sätze sorgfältig abwog und sich an dem Klang der eigenen Stimme berauschte, Lady Caroline die Situation klar machte, saß Briggs stumm da.

Eine tiefe Melancholie bemächtigte sich des jungen Mädchens. Sie war mit den Symptomen des Anbeters im Anfangsstadium nur zu wohl vertraut, und sie wußte, wenn Briggs hier blieb, dann war es mit ihrer Liegekur aus und vorbei.

Da fiel ihr Kate Lumley ein, an die sie sich wie an einen Strohhalm klammerte.

»Es wäre reizend gewesen«, erwiderte sie mit einem Lächeln, das an Briggs gerichtet war – es wäre gegen die gute Sitte gewesen, wenn sie nicht wenigstens ein ganz klein wenig gelächelt hätte, aber das Grübchen wurde selbst beim leisesten Lächeln schon sichtbar, und Briggs' Augen wurden immer starrer –, »wenn wir Platz hätten.«

»Gewiß haben wir Platz«, sagte Lotty. »Kate Lumleys Zimmer.«

»Ich glaubte«, wendete sich Caroline an Mrs. Fisher, »daß Ihre Freundin sofort erwartet wird?«

»Nein, nein«, versetzte Mrs. Fisher, wie Caroline fand, mit ganz ungewöhnlicher Gelassenheit.

»Dann erlaube ich mir natürlich, Mr. Briggs einzuladen«, sagte Caroline mit einer Herzlichkeit, die Briggs himmlisch erschien.

Er stammelte etwas Unverständliches, wurde feuerrot, und Caroline dachte: Ach, du lieber Gott! und wendete den Kopf ab. Durch diese Bewegung gab sie ihm aber die Möglichkeit, ihr Profil zum erstenmal zu sehen, und wenn es etwas gab, was noch schöner war als Caroline en face, dann war es Caroline im Profil.

Nun, hoffentlich reiste er am folgenden Tag ab. Es dauerte ja viele Stunden, bis man Rom erreichte. Es wäre schrecklich, wenn er erst mit dem Abendzug abfuhr. Sie glaubte sich zu erinnern, daß der Schnellzug in der Nacht Mezzago berührte. Warum war diese Person, Kate Lumley, eigentlich noch nicht hier? Die sollte doch schon vor vierzehn Tagen eingeladen werden? Was war aus ihr geworden? Briggs sah ganz danach aus, als wäre er von leidenschaftlicher Hartnäckigkeit. Zunächst würde er sie hier mit Beschlag belegen, dann in London besuchen und alle Familien unsicher machen, in denen sie verkehrte. Sie hatte leider Erfahrung in diesen Dingen.

Wenn, dachte Dr. Wilkins, zwischen diesem jungen Mann und Mrs. Arbuthnot ein Einvernehmen bestanden hat, dann steht großes Unheil bevor. Freilich Unheil ganz anderer Art; denn ich befürchtete, daß Arbuthnot die Hauptrolle spielen und um Scheidung einkommen würde. Aber selbst wenn kein öffentlicher Skandal daraus entsteht, so wird doch Rat und Hilfe vonnöten sein. Briggs wird, von seiner Leidenschaft und ihrer Schönheit getrieben, sich um die Tochter der Droitwiches bewerben. Sie wird ihn natürlich abweisen. Mrs. Arbuthnot, die leer ausgeht, wird sehr erregt sein und es auch zeigen. Arbuthnot wird bei seiner Ankunft seine Frau in Tränen aufgelöst finden, die er sich nicht wird erklären können. Auf seine Fragen nach der Ursache derselben wird sie ihm mit eisiger Verschlossenheit antworten. Da wird es neues Unheil geben, und sie werden in mir ihren Ratgeber suchen und finden. Lotty irrt sich, wenn sie glaubt, Mrs. Arbuthnot sehne sich nach ihrem Gatten. Mrs. Arbuthnot sehnt sich nach Briggs, und es sieht mir ganz danach aus, daß sie ihn nicht kriegen wird. Na, jedenfalls bin ich der Mann für sie alle.

»Wo ist Ihr Gepäck, Mr. Briggs?« fragte Mrs. Fisher mit mütterlicher Stimme. »Müßte das nicht geholt werden?«

Die Sonne war fast im Meer untergegangen, und die süß duftende Feuchtigkeit, die sich in diesem Monat stets unmittelbar nach Sonnenaufgang einstellt, begann sich bereits in den Garten zu schleichen. Briggs fuhr zusammen.

»Mein Gepäck?« wiederholte er. »Ja, das muß ich wohl holen. Es ist in Mezzago. Ich werde Domenico hinschicken. Mein Wagen wartet unten im Dorf. Domenico kann ihn benutzen. Ich will es ihm gleich sagen.«

Er stand auf. Zu wem sprach er eigentlich? Augenscheinlich zu Mrs. Fisher, aber die Augen waren auf Caroline gerichtet, die weder sprach noch jemanden ansah.

Plötzlich erinnerte er sich und stammelte: »Ach, verzeihen Sie – ich vergesse immer von neuem – –, ich will selbst ins Dorf und mein Gepäck holen.«

»Wir können ganz gut Domenico schicken«, sagte Rose, und Briggs wendete sich zu ihr um, als er ihre sanfte Stimme hörte.

Das war ja seine Freundin mit dem holden Namen – aber wie hatte sie sich in der kurzen Spanne Zeit verändert! War das Zwielicht schuld daran, daß sie plötzlich so farblos, so verschwommen, so welk, so gespenstisch aussah? Wie ein liebeswürdiges, gutes Gespenst natürlich, und mit einem hübschen Namen, aber immerhin – wie ein Gespenst.

Von ihr wendete er seine Blicke zu Caroline und – er vergaß, daß Rose Arbuthnot auf der Welt war. Wie konnte er sich auch überhaupt um irgend jemand oder irgend etwas kümmern, wenn er soeben zum erstenmal der Verwirklichung seines Traumes gegenüberstand?

Briggs hatte nie geglaubt oder gehofft, daß es wirklich ein Wesen auf der Welt gäbe, das so schön war wie sein Traum. Er pflegte sich oft zu sagen: »Wenn ich je mein schönes Traumbild wirklich zu sehen bekäme, würde ich sterben«, nun hatte er es erblickt und starb zwar nicht, wurde aber fast ebenso unfähig, seine Angelegenheiten zu besorgen, wie etwa ein Toter.

Die anderen mußten sich um alles kümmern. Endlich brachten sie aus ihm heraus, daß sein Gepäck in der Garderobe auf dem Bahnhof von Mezzago sei; sie holten also Domenico herbei und nötigten Briggs – Caroline war die einzige, die schweigend dasaß – ihm den Auftrag zu geben, im Wagen hinzufahren und mit dem Gepäck zurückzukehren.

Der Zusammenbruch des jungen Mannes entging keinem, nicht einmal Rose Arbuthnot.

»Es ist wirklich, um die Geduld zu verlieren«, sagte sich Mrs. Fisher im stillen, »wenn man sieht, wie ein hübsches Gesicht einen so reizenden Mann in einen Idioten verwandelt.«

Es wurde kühl im Garten, und so begab man sich ins Schloß, um das Zimmer für Briggs herrichten zu lassen; es tat ihr nun schon leid, den armen Jungen zum Bleiben gedrängt zu haben. Sie hatte um so weniger daran gedacht, welch ein Störenfried Caroline mit ihrem schönen Gesicht sein konnte, weil es doch auf Dr. Wilkins absolut keine solche Wirkung geübt hatte. Armer Junge. So ein reizender Mensch. Caroline konnte sie nicht anklagen, denn sie hatte nicht die allergeringste Notiz von ihm genommen, aber das nützte ja doch nichts. Wie die törichten Motten flattern die sonst so intelligenten Männer um das Licht eines hübschen Gesichts. Als sie an Briggs vorüberging, hätte sie ihm fast mütterlich die Hand auf das blonde Haupt gelegt. Armer Junge.

Dann erhob sich auch Caroline, die ihre Zigarette zu Ende geraucht hatte, und begab sich ebenfalls ins Haus. Sie sah nicht ein, warum sie da sitzen bleiben und Mr. Briggs den Gefallen erweisen sollte, sie anstarren zu können. Sie wäre länger draußen geblieben, um von ihrem stillen Winkel hinter dem Seidelbast den Sonnenuntergang und die Lichter, die eines nach dem anderen im Dorf unten aufblitzten, ansehen und die feucht-süß duftende Abendluft spüren zu können; aber wenn sie das tat, war sicher anzunehmen, daß Mr. Briggs ihr folgte.

Caroline, die um diese Zeit besonders gern an ihrem Plätzchen war, ärgerte sich über Briggs, der sie darum gebracht hatte, und sie wendete ihm und dem Garten den Rücken und ging ohne ein Wort, ohne einen Blick ins Haus. Aber als Briggs ihre Absicht erkannte, sprang er auf, packte einige Sessel, die ihr gar nicht im Weg standen, und schob sie fort, stieß einen Fußschemel, der ihr ebenfalls gar nicht im Weg stand, weit weg, eilte zur Tür, die weit offen stand, um sie ihr zu öffnen, und folgte ihr in die Halle.

Was sollte sie machen? Schließlich war es *seine* Halle, sie konnte ihn nicht daraus verjagen.

»Ich hoffe«, sagte er, indem er zuerst an einen Bücherkasten, dann an einen alten geschnitzten Kasten und schließlich an den Tisch anstieß, so daß das Wasser aus der Blumenvase überfloß, »ich hoffe, Sie fühlen sich hier wohl und behaglich? Sonst ziehe ich der Dienerschaft die Haut bei lebendigem Leibe ab.«

»Jawohl, ich fühle mich sehr behaglich hier«, versetzte Caroline.

»Wenn ich eine Ahnung gehabt hätte, daß Sie herkommen – –«

»Das Schloß ist wunderschön«, sagte sie, bemüht, möglichst

unpersönlich und abweisend zu sein, aber mit wenig Hoffnung, daß es ihr gelingen würde. Sie kamen an der Küchentür vorüber, die ein ganz klein wenig offenstand. Durch die Spalte wurden sie von den Dienstboten gesehen, die einander vielsagende Blicke zuwarfen – übersetzt mochten sie etwa lauten: »Aha!« oder »Oho!« Sie wollten damit einander zu verstehen geben, daß sie das Unvermeidliche vorausgeahnt hatten und vollständig zu würdigen wußten.

»Gehen Sie hinauf?« fragte Briggs, als Caroline am Fuß der Treppe hielt.

»Jawohl.«

»In welchen Salon gehen Sie? In den großen oder in den kleinen gelben?«

»In *mein* Zimmer.«

Dahin durfte er natürlich nicht mitgehen; er mußte also warten, bis sie wieder herunterkam.

Er hätte sie so gern gefragt, welches ihr Schlafzimmer sei – es durchzuckte ihn, daß sie überhaupt ein Zimmer in seinem Haus das ihre nannte –, damit er sich sie darin vorstellen könnte. Vielleicht – o glücklicher Zufall – war gar seines ihr Zimmer! Aber er wagte es nicht, diese Frage an sie zu richten. Er wollte jemand anderen danach fragen – Francesca.

»Dann werde ich Sie erst beim Dinner wiedersehen?«

»Wir speisen um acht Uhr«, antwortete sie und stieg die Treppe hinauf.

Er folgte ihr mit seinen Blicken.

Sie kam an der Madonna vorüber, an dem Porträt von Rose Arbuthnot, deren dunkeläugige Gestalt ihm so hold erschienen, die aber jetzt verblaßt war.

Als sie an dem Westfenster vorüberkam, beleuchtete sie der goldene Abendsonnenschein einen Augenblick, so daß sie eine Strahlenkrone trug.

Sie verschwand, und da ging auch die Sonne unter, und die Treppe lag dunkel und öde da.

Er lauschte, bis ihre Schritte verhallten, dann wanderte er ziellos durch die Halle zurück und fand sich plötzlich im höchstgelegenen Garten.

Dort erspähte ihn Caroline aus ihrem Fenster. Sie sah auch Lotty und Rose auf der Brüstung sitzen, wo sie jetzt so gern gewesen wäre. Dr. Wilkins packte gerade Briggs beim Kopf und zwang ihn zum Zuhören: Er schien ihm die Geschichte des Oleanderbaumes in der Mitte des Gartens zu erzählen.

Briggs hörte ihm mit einer Geduld zu, die Caroline reizend fand, denn der Oleander war schließlich *sein* Oleander, und die Geschichte kannte er von seinem Vater her. An seinen Gebärden erkannte Caroline, daß es diese Geschichte war. Sie hatte sie gleich nach ihrer Ankunft von Domenico gehört, und Mrs. Fisher desgleichen, und aus ihrem Mund kannte sie Dr. Wilkins. Sie handelte von einem Spazierstock aus Kirschenholz, den Briggs Vater an dieser Stelle in die Erde gesteckt hatte, während er zu seinem Gärtner, dem Vater Domenicos, sagte: »Hier wollen wir einen Oleander haben.« Und Briggs Vater ließ den Stock drin als Mahnung für den Gärtner, und plötzlich – niemand erinnerte sich, wann das geschah – begann der Stock zu grünen, und – es war ein Oleander. Und der arme Briggs stand da und hörte die Geschichte an, die er seit seiner frühesten Kindheit kannte.

Caroline vermutete, daß er – leider – wahrscheinlich an etwas anderes dachte. Ach, warum war er nicht so beschaffen wie Lotty, die niemals etwas von einem anderen verlangte, sondern in sich geschlossen war und diese Eigenschaft auch an anderen respektierte. Es war ein Vergnügen, mit Lotty beisammen zu sein: Man fühlte sich frei und doch in Gegenwart einer Freundin. Und dieser Mr. Briggs ist ein so netter Mensch, dachte Caroline; er könnte ihr gut gefallen, wenn – sie ihm nicht gar zu sehr gefiele.

Caroline hatte eine Anwandlung von Melancholie. Da saß sie nun, in ihrem Schlafzimmer eingesperrt, das von der Nachmittagssonne noch schwül war, anstatt in dem kühlen Garten draußen, und daran war nur Briggs schuld.

Das ist doch eine unerhörte Tyrannei, dachte sie, plötzlich aufbrausend. Das ließ sie sich nicht gefallen. Sie wollte trotzdem in den Garten gehen, und zwar rasch, während Dr. Wilkins – der Mann war wirklich ein Juwel – Briggs die Oleandergeschichte erzählte, wie wollte die Treppe hinunterlaufen, durch den Haupteingang auf den Zickzackpfad eilen und sich dort im Schatten verbergen. Niemand konnte sie dort sehen, niemand auf den Gedanken kommen, sie dort zu suchen.

Sie griff hastig nach einem Schal, denn sie wollte lange fortbleiben, vielleicht sogar bis nach dem Dinner – Mr. Briggs war schuld daran, wenn sie heute nicht zu Abend aß und Hunger leiden mußte –, warf noch einen Blick durchs Fenster, um zu sehen, ob die Bahn frei war, und schlich sich zu den Bäumen. Dort setzte sie sich auf eine der Bänke, die bei jeder Biegung des Weges angebracht waren, um Atemlosen den Aufstieg zu erleichtern.

Ach, wie schön! dachte Caroline mit einem Seufzer der Erleichterung, wie kühl! Wie alles duftet!

Sie konnte das stille Wasser des Hafens durch die Fichten schimmern sehen; die Lichter in den Häusern auf der gegenüberliegenden Seite blitzten auf, und die grüne Dämmerung ringsum war buntfarbig von dem Rosenrot der Schwertlilien und dem Weiß der unzähligen Gänseblümchen im Grase.

Ach, wie wundervoll! So still! Nichts regte sich – kein Blatt, kein Stiel. Der einzige hörbare Laut war das Bellen eines Hundes in weiter Ferne, irgendwo auf einem Berg; zuweilen wurde auch die Tür des kleinen Restaurants auf der Piazza unten geöffnet, Stimmen ertönten, verstummten aber unmittelbar wieder, wenn die Schwingtür sich schloß.

Sie atmete tief auf vor Freude. Ah, das war – –

Was war das?

Lauschend lehnte sie sich vornüber, den Körper gespannt.

Schritte. Auf dem Zickzackpfad. Briggs. Er hatte sie ausfindig gemacht. Sollte sie davonlaufen?

Nein – die Schritte kamen von unten herauf, nicht von oben herab. Jemand aus dem Dorf. Vielleicht Angelo, der Lebensmittel brachte.

Die Spannung ließ nach. Aber die Schritte waren nicht die Schritte Angelos, dieses flinken, elastischen jungen Menschen; sie waren langsam und bedächtig und hielten öfter inne.

Einer, der das Bergsteigen nicht gewohnt ist, dachte Caroline.

Der Gedanke, ins Schloß zurückzukehren, fiel ihr nicht ein. Sie hatte vor nichts im Leben Angst, außer vor der Liebe. Straßenräuber oder Mörder jagten der Tochter der Droitwiches keinen Schrecken ein.

Im nächsten Augenblick hörte sie die Schritte in ihrer Nähe, wieder hielten sie still. Er schöpft Atem, dachte Caroline, ohne sich umzusehen.

Als er – nach den Schritten zu urteilen, war es ein Mann – sich nicht weiter regte, wandte sie den Kopf und erblickte erstaunt einen Mann, dem sie in der letzten Zeit in London öfter begegnet war, den wohlbekannten Verfasser ergötzlicher Biographien, Mr. Ferdinand Arundel.

Sie starrte ihn an. Nach allem, was sie erlebt hatte, konnte nichts mehr sie überraschen; sie wunderte sich nur, wie er ihren Aufenthaltsort erfahren hatte: Ihre Mutter hatte ihr heilig versprochen, ihn niemandem zu verraten.

»Sie hier?« fragte sie.

Er kam zu ihr herauf und nahm den Hut ab. Seine Stirn war von dem ungewohnten Steigen mit Schweiß bedeckt. Er blickte sie beschämt und bittend an wie ein schuldbewußter, aber ergebener Hund.

»Sie müssen mir verzeihen«, sagte er. »Lady Droitwich hat mir gesagt, daß Sie hier sind, und da ich Mezzago auf meinem Wege nach Rom berührte, dachte ich mir, ich könnte einen Zug überschlagen und sehen, wie Sie sich befinden.«

»Aber – hat Ihnen meine Mutter nicht gesagt, daß ich eine Liegekur mache?«

»Jawohl. Deswegen habe ich Sie ja auch früher nicht belästigen wollen. Ich dachte mir, daß Sie so ziemlich den ganzen Tag schlafen, aber um diese Zeit wieder eine Mahlzeit nehmen würden.«

Das kommt davon, dachte Caroline, daß Mama immer durchaus Schriftsteller bei Tisch haben will und daß ich viel liebenswürdiger aussehe, als ich bin.

Sie war liebenswürdig gegen Ferdinand Arundel gewesen, denn sie mochte ihn ganz gut leiden, das heißt – er mißfiel ihr nicht. Er schien ein gemütlicher, einfacher Mensch zu sein, und er hatte die Augen eines verständigen Hundes. Und dann hatte er sie, so offenbar es auch war, daß er sie bewunderte, in London nicht belästigt. Da war er nur ein gutmütiger, harmloser, unterhaltender Mann gewesen, in dessen Gesellschaft eine Mahlzeit aufs angenehmste verging. Nun aber war es klar, daß er auch andere Wünsche hatte. Wie konnte er sich nur unterstehen, ihr hierher zu folgen! Das hatte noch niemand gewagt. Aber vielleicht hatte ihre Mutter ihm nur deshalb ihre Adresse gegeben, weil sie ihn für absolut harmlos hielt; vielleicht dachte sie auch, er würde sich ihr nützlich erweisen und sie auf der Rückfahrt nach London begleiten.

Aber jedenfalls konnte er ihr nicht so viele Ungelegenheiten bereiten wie der junge Briggs.

Caroline, die beim Anblick von Briggs schwermütig geworden war, wurde beim Anblick Arundels philosophisch. Nun war er einmal da. Sie konnte ihn unmöglich vor dem Dinner wieder fortschicken. Er mußte doch etwas zu essen bekommen.

Da dies unvermeidlich war, so war es immerhin besser, es mit Anmut über sich ergehen zu lassen. Außerdem bot er ihr vielleicht vorübergehend Schutz gegen Mr. Briggs. Mit Ferdinand Arundel war sie doch wenigstens bekannt, er konnte ihr mancherlei von ihrer Mutter, ihren Bekannten erzählen, und diese Unterhaltung bildete eine Schutzmauer zwischen ihr und den Annäherungsversuchen des anderen. Und es war nur während einer Mahlzeit, und *sie* konnte er schließlich nicht essen.

Sie nahm also einen Anlauf zur Freundlichkeit.

»Ich speise um acht Uhr«, sagte sie, ohne seine letzte Bemerkung zu beachten, »da müssen Sie mitkommen und mitessen. Setzen Sie sich und kühlen Sie sich ab, und dann erzählen Sie mir, wie es allen geht.«

»Darf ich wirklich mit Ihnen speisen? Und im Reiseanzug?« fragte er, indem er sich die Stirn trocknete, bevor er neben ihr Platz nahm. Sie ist unerhört schön, dachte er. Sie eine Stunde ansehen, ihre Stimme eine Stunde lang hören zu dürfen, ist reichliche Belohnung für die Reisestrapazen und für die ausgestandene Angst.

»Sie haben wohl Ihren Wagen im Dorf gelassen und fahren mit dem Nachtzug von Mezzago weiter?«

»Vielleicht übernachte ich auch in Mezzago und setze morgen erst die Reise fort. Aber sagen Sie mir, wie es Ihnen geht«, erwiderte er, indem er ihr herrliches Profil betrachtete. »London ist ungeheuer langweilig und öde. Lady Droitwich sagte mir, Sie wären hier mit Leuten zusammen, die sie nicht kennt. Ich hoffe, sie sind zuvorkommend gegen Sie? Sie sehen aus, als würde Ihnen die Kur außerordentlich guttun.«

»Die Leute sind sehr nett gegen mich; ich habe sie durch eine Annonce kennengelernt.«

»Durch eine Annonce?«

»Meiner Ansicht nach ist das ein sehr erfolgreiches Mittel, sich Freunde zu erwerben. Ich habe eine von ihnen viel lieber als die meisten Freundinnen in England.«

»Wirklich? Wer ist es denn?«

»Sie sollen es erraten, wenn Sie sie alle sehen. Aber jetzt erzählen Sie mir etwas von meiner Mutter. Wann haben Sie sie zuletzt gesehen? Wir haben ausgemacht, uns nur in einem ganz besonderen Fall zu schreiben. Ich wollte vier Wochen lang vollständig von allem ausruhen.«

»Und nun komme ich und störe Ihre Ruhe. Ich kann Ihnen gar nicht sagen, wie sehr ich mich schäme – erstens, daß ich überhaupt gekommen bin und dann, daß ich mich nicht habe beherrschen können.«

»Aber«, versetzte Caroline rasch, denn er hätte ihr nicht gelegener kommen können als heute, da der vernarrte Briggs auf sie wartete, »aber ich freue mich wirklich, Sie zu sehen. Erzählen Sie mir von Mutter.«

20

Caroline wollte so viel von ihrer Mutter hören, daß Arundel schließlich manches erfinden mußte. Er war bereit, von allem zu sprechen, was Lady Caroline interessierte, wenn er nur ein Weilchen bei ihr sein, sie sehen und hören durfte, aber eigentlich wußte er von den Droitwiches und ihren Bekannten nur wenig – er traf sie nur in den großen Gesellschaften, bei denen auch die Literatur vertreten ist, und war hie und da zu einem Dinner und Lunch bei ihnen eingeladen, um sie zu unterhalten. Aber als er keine Nachrichten aus erster Hand mehr mitzuteilen wußte, ging er daran, welche zu erfinden, was er recht gut verstand. Carolinens Liebe zu ihren Eltern steigerte sich in der Fremde, und so dürstete sie förmlich nach Neuigkeiten, die sie betrafen. Zuerst waren es die gewohnten Nachrichten: Er hatte Lady Droitwich da getroffen, dort gesehen; sie sah sehr gut aus, hatte das und jenes gesagt. Dann aber wurden die Aussprüche, die Lady Droitwich getan haben sollte, plötzlich ganz ungewöhnlich, nämlich witzig.

»Wirklich?« unterbrach ihn Caroline. »*Das* hat Mutter gesagt?«

Daraufhin begann Lady Droitwich auch allerlei Drolliges zu tun, nicht nur zu sagen.

»Das hat Mutter getan?« fragte Caroline mit großen Augen.

Arundel geriet immer mehr in Stimmung. Er schrieb die eine und die andere geistreiche Idee aus seinem Kopf Lady Droitwich zu, ebenso einige reizende Schwabenstreiche, die er erfand.

Carolines Augen wurden vor Staunen und liebevollem Stolz immer größer und runder. Wie komisch – wer hätte das von ihrer Mutter gedacht!

Sie lachte wiederholt, und eine große Sehnsucht überkam sie, ihre Mutter fest zu umarmen, und die Zeit verging so rasch, die Dämmerung brach ganz herein, und es wurde fast dunkel, und Mr. Arundel erzählte noch immer, und plötzlich war es dreiviertel vor acht geworden, bevor sie sich erinnerte, daß sie doch um acht Uhr speisten.

»Herrgott!« rief sie aus und sprang auf.

»Jawohl, es ist spät geworden«, sagte Arundel.

»Ich will rasch vorausgehen«, sagte sie, »ich muß laufen, sonst kann ich nicht rechtzeitig fertig sein.«

Arundel folgte ihr. Er mußte langsam gehen, wollte er nicht sehr erhitzt oben ankommen. Glücklicherweise war er nicht weit vom Schloß entfernt, und da kam schon Francesca im Auftrag der Lady Caroline und zeigte ihm, wo er sich waschen konnte. Dann führte sie ihn in den Salon, wo ein Holzfeuer knisterte.

Es herrschte, wie immer um diese Zeit, tiefe Stille im Schloß, denn die Bewohner waren alle in ihren Zimmern, um sich umzukleiden. Briggs warf eben eine Krawatte nach der anderen als unbrauchbar weg. Caroline schlüpfte rasch in ein schwarzes Kleid; sie hatte die Hoffnung, daß Briggs sie in Schwarz nicht so deutlich sehen würde. Mrs. Fisher steckte sich den Spitzenschal, der jeden Abend ihr Kleid in ein Abendkleid verwandelte, mit der Brosche, die Ruskin ihr zur Hochzeit geschenkt hatte; sie bestand aus zwei Lilien, die aus Perlen gebildet waren; ein blaues Emailband verband die beiden, und das Band trug in goldenen Lettern die Inschrift: *»Esto perpetua**.*«* Dr. Wilkins saß auf dem Rand seines Bettes und bürstete seiner Frau das Haar – so weit waren seine Liebesäußerungen in der dritten Woche bereits gediehen –, während sie in einem Sessel saß und Goldknöpfe in die Knopflöcher eines reinen Hemdes steckte. Rose saß fertig angekleidet am Fenster und ließ den heutigen Tag an sich vorüberziehen.

Sie wußte, was sich mit Mr. Briggs zugetragen hatte; sie hätte es schon aus den offenherzigen Bemerkungen schließen müssen, die Lotty machte, als sie mit ihr auf der Mauer saß. Lotty war ganz entzückt, daß eine neue Liebe – selbst wenn sie nur einseitig war – sich im Zauberschloß zu regen begann; wenn erst Roses Gatte käme, fügte sie hinzu, würde es wohl keinen Ort auf der Welt geben, der so von Glück überquoll wie San Salvatore.

»Dein Mann«, sagte Lotty, indem sie die Füße schwenkte, »kann bald hier sein, vielleicht schon morgen abend, und wir werden zum Abschluß noch eine Reihe goldener Tage haben. Ich bin überzeugt, wir haben uns alle verwandelt, und ich würde mich nicht im geringsten wundern, wenn Caroline sich auch noch in den jungen Briggs verliebt. Es liegt in der Luft. Hier *muß* man sich liebgewinnen.«

Rose dachte über die optimistischen Bemerkungen Lottys

* Esto perpetua: Für immer (Anm. d. Ü.)

nach ... Und doch hatte sie recht behalten bei ihrem Mann, bei Mrs. Fisher. Wenn sie doch auch bei Frederick recht behielte!

Das kleine Zwischenspiel, als Mr. Briggs ihr seine Bewunderung ausdrückte, war sehr komisch und köstlich gewesen, aber es hörte natürlich auf in dem Augenblick, als Caroline auf den Plan trat. Rose war nicht unbescheiden, sie sah ebensogut wie die anderen, wie ungewöhnlich, wie berückend schön Caroline war. Und doch – welch ein Gefühl der Befriedigung lösen Anerkennung und Bewunderung in einem Menschen aus, welch heißes Bemühen, ihrer würdig zu sein, welch Enthusiasmus!

Obgleich nun alles vorüber war, glühte sie noch von dem Erlebnis und war zuversichtlich und in gehobener Stimmung wie seit ihren Mädchenjahren nicht. Sie machte sorgfältig Toilette, obwohl sie wußte, daß Mr. Briggs kein Auge mehr für sie haben würde, aber es bereitete ihr Vergnügen zu sehen, wie hübsch sie aussehen konnte, und fast hätte sie sich eine purpurrote Kamelie hinters Ohr gesteckt. Eine Minute lang hielt sie sie dort fest, und sie sah sündhaft schön aus an dieser Stelle, genau wie ihre Lippen, aber sie entfernte sie wieder mit einem Lächeln und einem Seufzer und tat sie dorthin, wo Blumen hingehören, ins Wasser. Sie durfte nicht töricht werden. Wenn sie an ihre Armen in Hampstead dachte – bei denen sie bald wieder sein würde –, wie mußte sich dort eine Kamelie hinterm Ohr ausnehmen? Einfach grotesk.

Sie blickte auf ihre kleine Uhr. Es fehlen noch zehn Minuten zum Dinner. Sie hatte keine Lust mehr, in ihrem Schlafzimmer sitzen zu bleiben, und dachte sich, sie würde auf die Zinnen der Mrs. Fisher gehen – dort befand sich um diese Zeit keine Menschenseele, und sie konnte sehen, wie der Mond aus dem Meer aufstieg.

In dieser Absicht begab sie sich in die verlassene obere Halle, aber als sie an dem halb offenstehenden Salon vorbeikam, fühlte sie sich von dem Kaminfeuer angeheimelt.

Wie freundlich es aussah! Das Feuer verwandelte das ganze Zimmer. Bei Tag dunkel, häßlich, war es jetzt völlig verändert.

Sie guckte hinein. Das Kaminfeuer, Blumen und außerhalb

der Fenster der blaue Schleier der Nacht. Wie hübsch! Welch ein zauberhaft schöner Ort doch San Salvatore war! Und der prachtvolle Flieder auf dem Tisch – sie mußte ihr Gesicht tief hineinstecken in den duftigen Strauß . . .

Aber sie kam nicht bis zum Flieder. Sie machte einen Schritt in der Richtung, dann stand sie sprachlos da, denn sie hatte die Gestalt erblickt, die in der entferntesten Ecke vor dem Fenster stand – und es war Frederick.

Alles Blut strömte ihr zum Herzen, das zu schlagen aufhörte.

Frederick. Er war gekommen.

Sie stand ganz still da. Er hatte sie nicht gehört. Er wendete sich nicht um. Sie stand da und sah ihn an. Das Wunder hatte sich ereignet, und er war gekommen.

Sie stand da und hielt den Atem an. Er hatte also auch Sehnsucht nach ihr, denn er war sofort gekommen. Er hatte also auch an sie gedacht, sich nach ihr gesehnt . . .

Das Herz, das zu schlagen aufgehört hatte, schien sie jetzt zu ersticken, so rasend hämmerte es. Frederick liebte sie also – er mußte sie lieben, warum wäre er sonst gekommen? Etwas – vielleicht ihre Abwesenheit, hatte ihn ihr wieder zugewendet, er sehnte sich nach ihr . . . jetzt würde ihr die Auseinandersetzung, zu der sie entschlossen war, ganz leichtfallen – ganz – leicht – –

Ihre Gedanken verließen sie. Ihre Seele stammelte. Sie konnte nicht denken. Sie konnte nur sehen und fühlen. Sie wußte nicht, wie das geschehen war. Es war ein Wunder. Gott kann Wunder tun. Gott kann – Gott kann – kann –

Ihre Seele stammelte und schwieg.

»Frederick!« versuchte sie zu rufen, aber kein Laut wurde hörbar – das Feuer übertönte ihn.

Sie mußte näher gehen. Und sie begann, sich ans Fenster zu schleichen – leise, ganz leise.

Er bewegte sich nicht. Er hatte sie nicht gehört.

Sie stahl sich immer näher zu ihm heran, und das Feuer prasselte. Und er hörte nichts.

Sie hielt einen Augenblick inne, unfähig zu atmen. Sie hatte

Angst. Vielleicht – vielleicht – ah, aber er war ja gekommen, er war gekommen!

Wieder ging sie näher, nun ganz nahe zu ihm, und ihr Herz klopfte so laut, daß sie glaubte, er müsse es hören. Spürte er nicht – wußte er nicht – –

»Frederick!« flüsterte sie, das Herzklopfen erstickte sie fast.

Er drehte sich auf den Absätzen um.

»Rose!« rief er aus, indem er sie verblüfft anstarrte.

Aber das bemerkte sie nicht, denn sie hatte die Arme um seinen Hals geschlungen, und ihre Wange lehnte an der seinen, und sie flüsterte ihm ins Ohr: »Ich hab's gewußt, daß du kommen wirst – im tiefsten hab' ich es immer, immer gewußt, daß du kommen wirst – –«

21

Frederick tat niemandem weh, wenn er es verhindern konnte, und er war ja auch total verblüfft. Nicht nur war seine Frau hier – ausgerechnet hier –, sondern sie klammerte sich an ihn wie seit vielen Jahren nicht und flüsterte Liebesworte und hieß ihn willkommen. Wenn sie ihn willkommen hieß, mußte sie ihn erwartet haben. So seltsam es auch war, so sonnenklar war es. Er spürte ihre weiche Wange an der seinen und ihren lang vergessenen süßen Duft.

Frederick war verblüfft. Aber da er niemandem weh tat, wenn es nicht sein mußte, so schlang auch er die Arme um sie und küßte sie; und bald wurden seine Küsse so zärtlich wie die ihren, und gleich darauf noch zärtlicher, als hätte er niemals aufgehört, sie zu küssen.

Er war verblüfft, aber er konnte immer noch küssen. Es erschien ihm sogar merkwürdig natürlich, daß er Rose küßte. Er kam sich um zehn Jahre jünger vor, und Rose war dieselbe Rose, die er angebetet hatte, bevor sie mit ihren Ideen von Gut und Böse seine Handlungsweise zu kritisieren begann, bevor er gewogen und zu leicht befunden wurde. Dann war sie so seltsam geworden, so eisig, so steinern und immer entsetzter, und – ach! – so trostlos. Er durfte sich ihr gar nicht nähern. Sie wollte, sie konnte ihn nicht verstehen. Immer wieder berief sie sich auf Gott – in den Augen Gottes könne nicht recht sein, was er tat. Zuletzt konnte er den Anblick ihres unglücklichen Gesichts – glücklich machten sie ihre Grundsätze wahrhaftig nicht –, dieses tieftraurigen, kleinen Gesichts nicht mehr ertragen und hielt sich so viel wie möglich fern.

Was sich ereignet hatte, warum sie hier und plötzlich wieder sein eigen war, ging über seine Fassungskraft. Aber inzwischen, bevor Rose ihn aufklärte, konnte er sie küssen. Er vermochte gar nicht aufzuhören, und nun begann er ihr Liebesworte zuzuflüstern, und ihr Haar duftete so süß und kitzelte ihn, ganz wie in alten Zeiten.

Und wie er sie fest an sein Herz drückte und ihre weichen Arme um seinen Hals spürte, da empfand er plötzlich ein köstliches Gefühl – er konnte es zuerst nicht definieren, dieses zarte Gefühl, das ihn mit solcher Wärme durchdrang, und dann wußte er es mit einem Male: Es war das Gefühl der Sicherheit. Es kann dir nichts geschehen! mußte er denken. Nun brauchte er sich nicht mehr seiner Figur zu schämen und darüber zu scherzen, um dem Spott anderer Leute zuvorzukommen; brauchte sich nicht mehr zu schämen, daß er sich erhitzte und schwitzte, wenn er einen Berg hinaufging; brauchte sich nicht mehr auszumalen, wie er schönen jungen Mädchen und Frauen erschien – wie ältlich, wie lächerlich, daß er nicht imstande war, ihnen fernzubleiben. Rose machte sich nichts aus solchen Äußerlichkeiten. Bei ihr war er geborgen. Ihr war er der Geliebte von einst, und sie würde niemals die Veränderungen an ihm bemerken.

»Wann bist du abgereist, Liebster?« flüsterte Rose ihm ins Ohr. Sie vermochte nicht, sich von ihm loszureißen.

»Gestern früh«, antwortete Frederick, sie fest an sich drückend. Auch er vermochte nicht, sich loszureißen.

»Also sofort«, sagte Rose.

Das verstand Frederick nicht, aber er erwiderte: »Jawohl, sofort.« Und küßte sie auf den Hals.

»Wie rasch mein Brief dich erreicht hat!« flüsterte Rose, während sie die Augen schloß im Übermaß ihres Glückes.

»Jawohl«, versetzte Frederick.

Sie hatte ihm also einen Brief geschrieben. Die Aufklärung konnte ja nicht ausbleiben, und inzwischen war es ein so seltsames, so rührendes, so süßes Gefühl, seine Rose nach so vielen Jahren wieder in den Armen zu halten, daß ihm die Lösung des Rätsels nicht am Herzen lag. Er war ja all die Jahre nicht unglücklich gewesen, weil er überhaupt nicht unglücklich sein konnte; das Leben hatte so viele Interessen; er besaß zahlreiche Freunde, hatte viel Erfolg, und es gab Frauen genug, die bereit waren, ihm die so veränderte, so versteinerte, so tieftraurige kleine Frau zu ersetzen, die sein Geld nicht ausgeben wollte, die von seinen Büchern entsetzt war, die sich ihm immer mehr entfremdete und bei jedem Versuch, sich mit ihr auseinanderzusetzen, mit hartnäckiger Geduld nur immer wieder auf Gott berief: In den Augen Gottes konnte nicht recht sein, was er schrieb. Und da war er denn in ein konvulsivisches Gelächter ausgebrochen und aus dem Haus gestürmt – nur dieses feierliche, todtraurige Gesicht nicht mehr sehen. Aber in Rose verkörperten sich seine Jugend, seine Träume, seine Hoffnungen. Wie hatten sie zusammen geträumt – bevor ihm der Gedanke an die Memoiren kam –, Pläne gemacht, gelacht, wie hatten sie einander geliebt! Es war wunderbar, wie ihn all diese Erinnerungen überwältigten, als er ihr Gesicht an dem seinigen spürte, wundervoll, daß sie ihm seine Jugend wiedergab.

»Mein Lieb – mein Schatz!« flüsterte er in überwallendem Gefühl.

»Mein geliebter Mann«, hauchte sie. Ach, diese Seligkeit, diese unsagbare Seligkeit . . .

Briggs, der wenige Minuten vor dem Ertönen der Tischglocke im Salon erschien, weil er hoffte, Lady Caroline vielleicht da zu treffen, war sehr erstaunt. Er hielt Rose Arbuthnot für eine Witwe.

»Verflucht noch einmal!« rief er, als er die Szene im Erker gewahr wurde.

Laut sagte er, indem er errötete: »Ah – ich bitte um Entschuldigung – –« und blieb zögernd stehen, denn er wußte nicht recht, sollte er bleiben oder in sein Schlafzimmer zurückkehren. Wenn er nichts gesagt hätte, würden sie seine Gegenwart gar nicht bemerkt haben, so aber wendete sich Rose um, als er um Entschuldigung bat, und sah ihn an, als suchte sie sich seiner zu erinnern.

Sie scheinen nicht im geringsten verlegen zu sein, dachte Briggs. War er ihr Bruder? Nein, denn kein Bruder hat je einen solchen Ausdruck in dem Gesicht einer Frau hervorgerufen. Es war wirklich sehr peinlich. Wenn sie sich auch nichts daraus machten, er machte sich sehr viel daraus, es regte ihn auf, daß seine Madonna sich so vergessen konnte.

»Ist das ein Freund von dir?« fragte Frederick, als Rose keine Anstalten traf, den jungen Mann vorzustellen, sondern ihn noch immer wohlwollend, zerstreut, wie verklärt betrachtete.

»Das ist Mr. Briggs«, erwiderte Rose, die ihn endlich erkannte. Dann fügte sie hinzu: »Mein Mann.«

Briggs schüttelte Frederick die Hand und dachte dabei, wie sonderbar es doch sei, einen Mann zu haben, wenn man eine Witwe ist. Da ertönte der Gong, und Lady Caroline mußte jeden Augenblick kommen, und er hörte zu denken auf und wurde ganz Auge und heftete seine Blicke auf die Tür.

Im nächsten Augenblick kam eine – wie ihm schien endlose – Prozession zur Tür herein: zuerst Mrs. Fisher, die sehr stattlich aussah in ihrem Spitzenschal und ihrer Perlenbrosche, die ihn auch sofort anlächelte, als sie ihn sah, aber etwas steif wurde, als sie den Fremden bemerkte; dann Dr. Wilkins, *à quatre épingles**, er hätte in punkto Kleidung jedem Mann den Rang abgelaufen; dann Mrs. Wilkins, die hastig noch eine Schleife festband, als sie eintrat; und dann – niemand mehr.

Lady Caroline hatte sich verspätet. Wo war sie? Hatte sie den Gong überhört? Sollte man nicht noch einmal läuten? Oder kam sie am Ende gar nicht zu Tisch . . .

Briggs lief es eiskalt über den Rücken.

* à quatre épingles: wie aus dem Ei gepellt (Anm. d. Ü.)

»Stell mich vor«, sagte Frederick zu Rose, als Mrs. Fisher eintrat.

»Mein Mann«, sagte Rose, indem sie Frederick an der Hand faßte, mit einem verklärten Gesicht.

Das ist hoffentlich der letzte Gatte, dachte Mrs. Fisher, es wäre denn, Lady Caroline führt auch etwas Ähnliches im Schilde.

Aber sie begegnete ihm sehr huldvoll, denn er sah wirklich wie ein Ehemann aus, nicht etwa wie gewisse Männer, die im Ausland oft behaupten, Ehemänner zu sein, in Wahrheit aber keine sind. Sie bemerkte, daß er wohl hergekommen sei, um seine Frau abzuholen, und daß nun das Schloß ganz besetzt sei.

»Wir werden also«, fügte sie, zu Briggs gewendet, lächelnd hinzu, »wirklich auf unsere Kosten kommen.«

Briggs grinste mechanisch, weil ihm klar war, daß jemand sich einen Scherz mit ihm erlaubte, aber er hatte Mrs. Fisher weder verstanden noch sah er sie an. Nicht nur waren seine Augen auf die Tür geheftet, sein ganzer Körper konzentrierte sich auf diese Tür.

Nun wurde auch Dr. Wilkins Frederick vorgestellt und hieß ihn gastlich willkommen.

»Da wären wir nun«, sagte Dr. Wilkins herzlich, »da wären wir nun.«

Und er drückte Arbuthnot die Hand voll Verständnis, das nur deshalb nicht auf Gegenseitigkeit beruhte, weil der noch gar nicht wußte, daß Wilkins bereits seinen künftigen Klienten in ihm sah. Wilkins hatte bemerkt, daß Mrs. Arbuthnot sehr erhitzt war; so hatte er sie noch nie gesehen.

Ich bin der Mann für sie alle, dachte er.

Lotty begrüßte ihn überschwenglich, drückte ihm beide Hände.

»Hab' ich dir's nicht gesagt?« rief sie lachend zu Rose hinüber.

»Was haben Sie ihr gesagt, gnädige Frau?« fragte Frederick, um nur irgend etwas zu sagen.

Es brachte ihn ein wenig in Verlegenheit, wie sie ihn alle begrüßten; nicht nur Rose, sie alle hatten ihn offenbar erwartet.

Die semmelblonde, aber sehr liebenswürdige junge Frau beantwortete Fredericks Frage nicht, sondern schien nur außerordentlich erfreut zu sein, ihn zu sehen. Warum? fragte sich Frederick.

»Welch ein wundervoller Ort San Salvatore ist!« sagte Frederick verlegen, nur um etwas zu sagen.

»Es ist ein Liebesnest«, versetzte die semmelblonde junge Frau ernst.

Das setzte Frederick noch mehr in Verlegenheit.

Seine Verlegenheit erreichte aber den höchsten Grad, als die alte Dame sagte: »Wir wollen nicht länger warten, denn Lady Caroline kommt immer zu spät.«

Erst jetzt, als er den Namen der Lady Caroline Dester hörte, erinnerte er sich ihrer klar und deutlich, und der Gedanke an sie versetzte ihn in große Aufregung.

Wie von einem Traum befangen, ging er ins Speisezimmer. Er war hierhergekommen, um Lady Caroline zu sehen, und er hatte es ihr gesagt. Er hatte ihr in seiner Dünkelhaftigkeit sogar gesagt, daß er nicht anders konnte, daß er kommen mußte. Sie wußte nicht, daß er verheiratet war. Sie glaubte, sein Name sei Ferdinand Arundel. In London glaubte man allgemein, er hieße Arundel, denn es war sein Pseudonym. Inzwischen hatte er seine Rose wiedergefunden, hatte sie leidenschaftlich umarmt, war von ihr umarmt worden und hatte Lady Caroline vollständig vergessen. Welch ein Glück wäre es doch, wenn die Abwesenheit Carolines bedeutete, daß sie müde sei und überhaupt nicht bei Tisch erscheinen würde. Dann konnte er vielleicht – nein, das konnte er nicht. Ohnehin beleibt und rot, rötete sich sein Gesicht noch mehr bei dem Gedanken an eine solche Feigheit. Nein, er konnte nicht nach dem Dinner verschwinden und in den Zug einsteigen und nach Rom weiterfahren, höchstens, wenn Rose sich entschließen könnte, ihn zu begleiten. Aber selbst dann noch – so davonlaufen! Nein, das konnte er nicht.

Als sie ins Speisezimmer kamen, setzte sich Mrs. Fisher an das obere Tischende. Ist sie die Besitzerin dieses Schlosses? fragte sich Frederick. Er wußte es nicht, er wußte ja gar nichts. Rose, die sich in den ersten Tagen aus purem Trotz an das untere Tischende gesetzt hatte, führte Frederick auf den Platz zu ihrer Rechten. Wenn er nur mit Rose fünf Minuten lang hätte allein sein und sie fragen können – –. Er blickte sich um. Die semmelblonde Frau ersuchte den jungen Mann, den sie Mr. Briggs nannten, neben Mrs. Fisher Platz zu nehmen, und sie selbst setzte sich Rose zur Linken, so daß sie Frederick gegenübersaß. Neben ihr befand sich der liebenswürdige Dr. Wilkins, der ihm gesagt hatte: »Da wären wir!«, wo es doch so offenbar war, daß sie da waren.

Neben Frederick, zwischen ihm und Mr. Briggs, befand sich ein leerer Sessel: der von Lady Caroline. Ebensowenig wie Lady Caroline eine Ahnung davon hatte, welche Rolle Rose in Fredericks Leben spielte, ebensowenig hatte Rose eine Ahnung davon, welche Rolle Lady Caroline in Fredericks Leben spielte. Was würden die beiden sich denken?

Schweigend aß er seine Suppe; er fühlte, daß der Blick der jungen Frau gegenüber – sie hatte große, ausdrucksvolle Augen – fragend auf ihm ruhte. Sie dachte sich vielleicht, daß er reden sollte, wenn sie aber alles wüßte, würde sie nicht so denken. Briggs sprach auch nicht. Auch Rose redete kein Wort, aber sie sah ganz reizend aus.

Übrigens redete der liebenswürdige Mann links von Mrs. Fisher für alle genug. Der Mann hätte Pfarrer werden sollen. Eine solche Stimme gehörte auf die Kanzel – in einem halben Jahr müßte sie ihm einen Bischofsstab eintragen. Er erklärte Briggs, der auf seinem Sessel hin und her rückte – warum war er so unruhig? – daß er mit demselben Zug wie Arbuthnot angekommen sein müsse. Briggs sagte nichts, schien aber anderer Meinung zu sein, doch Dr. Wilkins bewies es ihm in langen, klaren, deutlichen Sätzen.

»Wer ist der Mann mit der Stimme?« fragte Frederick seine Frau im Flüsterton.

Da antwortete die junge Frau, die ihm gegenüber saß: »Mein Mann.«

»Dann dürften Sie aber nicht neben ihm sitzen, gnädige Frau«, scherzte Arbuthnot.

»Ich will aber bei ihm sitzen. Es ist mir sehr angenehm. Bevor ich nach San Salvatore kam, habe ich nie neben ihm gesessen.«

Frederick wußte nicht, was er darauf erwidern sollte; er lächelte also nichtssagend.

»Es ist ein Zauberschloß«, nickte sie ihm zu; »hier lernt man Verständigung. Sie haben keine Ahnung davon, was Sie alles verstehen werden, bevor Sie San Salvatore verlassen.«

»Ich hoffe es«, versetzte Arbuthnot mit Inbrunst.

Die Suppe wurde abgetragen und der Fisch serviert. Briggs wurde immer unruhiger. Was hatte er nur? Mochte er keinen Fisch?

Frederick spürte, daß die Augen der jungen semmelblonden Frau ihn wie ein Scheinwerfer durchdrangen; auch der Blick seiner Frau ruhte auf ihm, aber wie ein Segen. Wie lange würde das anhalten? Wenn Lady Caroline erschien – was dann? Er wußte es nicht, er wußte gar nichts.

Zum zwanzigstenmal fuhr er sich mit der Serviette über seinen Schnurrbart, seine Hand zitterte dabei; die junge Frau bemerkte es und sah ihn noch prüfender an. Warum verfolgte sie ihn so mit ihren Blicken? Er wußte es nicht, er wußte gar nichts.

Da sprang Briggs plötzlich auf. Was fehlte ihm? Ah – jetzt verstand Frederick: *Sie* war gekommen.

Noch einmal fuhr sich Frederick mit der Serviette über den Schnurrbart, dann stand auch er auf: Jetzt hieß es auslöffeln, was er sich eingebrockt hatte. Eine lächerliche, tragikomische Situation! Lady Caroline würde er natürlich wie ein Schafskopf erscheinen, noch dazu wie ein eingebildeter Schafskopf und wie ein Reptil dazu – denn mußte sie nicht glauben, daß er sich über sie lustig gemacht hatte, als er ihr draußen im Garten mit bebender Stimme sagte, er hätte nicht anders können, er hätte kommen müssen?

Was aber seine Rose von ihm denken würde, wenn Lady Caroline ihn ihr als einen Freund vorstellte, den sie zum Dinner eingeladen habe, das wußte Gott allein.

Aber er machte die Rechnung ohne den Wirt, ohne Lady Caroline Dester.

Diese fein erzogene junge Weltdame schlüpfte in den Sessel, den Briggs für sie bereit hielt. Als Lotty sich vornüber neigte und, bevor jemand ein Wort sprechen konnte, Caroline zurief: »Denk nur, Caroline, wie rasch der Gatte von Rose hergekommen ist!« da wendete sich das wundervolle Geschöpf zu ihm um, ohne auch nur durch ein Zucken der Wimper Überraschung zu verraten, reichte ihm die Hand, lächelte wie ein Engel und sagte: »Und ich komme an Ihrem ersten Abend hier zu spät zu Tisch!«

Ja, die Tochter der Droitwiches . . .

22

Es war Vollmond. Der Garten sah wie verzaubert aus, denn alle Blumen schimmerten silberweiß. Die Lilien, den Seidelbast, die Orangenblüten, die weißen Levkojen, die weißen Nelken, die weißen Rosen sah man so deutlich wie bei Tag, aber die bunten Blumen machten sich nur durch ihren Duft bemerkbar.

Nach Tisch setzten sich die drei jüngeren Damen auf die niedrige Mauer im höchstgelegenen Garten, Rose ein ganz klein wenig abseits von den beiden anderen, und betrachtete den ungeheuren Mond, der silbern den Ort beschien, an dem Shelley vor mehr als hundert Jahren seine letzten Monate verlebte. Die See zitterte im Mondschein. Die Sterne blinkten und bebten. Die Berge zeigten nebelumflort blaue Umrisse; kleine Büschel von Lichtern erglänzten in kleinen Häusergruppen. Die Pflanzen im Garten standen ganz still, ganz aufrecht, nicht das leiseste Lüftchen bewegte sich. Durch die Glastüren sah man das Speisezimmer, auf dem beleuchteten Tisch die strahlende Blumenpracht – heute waren es Ringelblumen und Kapuzinerkresse –, das Ganze glühte wie eine farbige Zauberhöhle, und rund um den Tisch saßen die drei Herren und rauchten; sie sahen, im Gegensatz zu der Stille, der kühlen Ruhe, die draußen herrschte, merkwürdig lebendig aus.

Mrs. Fisher hatte sich in den Salon ans Kaminfeuer begeben.

Caroline und Lotty, die Gesichter himmelwärts gerichtet, sprachen nur wenig und nur flüsternd. Rose schwieg. Auch ihr Blick war nach oben gerichtet. Sie betrachtete die Regenschirmtanne, die unsagbar herrlich aussah, wie verzaubert, wie ein Schattenbild hob sie sich vom Sternenhimmel ab. Von Zeit zu Zeit verweilten Carolines und Lottys Blicke auf Rose. Denn Rose war reizend. In diesem Augenblick wäre sie überall, auch mitten unter berühmten Schönheiten, bildhübsch gewesen; niemand hätte sie in den Schatten stellen können, so strahlend schön war sie heute.

Lotty beugte sich nahe zu Carolines Ohr und flüsterte: »Das macht die Liebe.«

Caroline nickte.

»Jawohl«, erwiderte sie leise.

Sie mußte es zugeben, denn man brauchte Rose nur anzusehen, um zu wissen, daß die Liebe sie so verschönt hatte.

»Die Liebe ist das höchste auf Erden«, flüsterte Lotty.

Caroline schwieg.

»Es ist etwas Erhabenes«, fuhr Lotty leise fort, »um das Glück in der Liebe. Nichts auf der Welt bringt solche Wunder hervor.«

Caroline richtete sich auf. Schon wieder die Liebe. Überall trat sie einem entgegen. Man konnte ihr nicht entrinnen. Sie war nach San Salvatore gekommen, um ihr zu entfliehen, und hier begegnete sie ihr in jedem Stadium auf Schritt und Tritt. Sogar Mrs. Fisher schien von einer Feder aus den Schwingen der Liebe gestreift worden zu sein, denn sie war sehr besorgt um Mr. Briggs, der bei Tisch nichts essen wollte, und jedesmal, wenn sie ihn ansah, trat ein weicher, mütterlicher Zug in ihr Gesicht.

Caroline sah zu der Regenschirmtanne empor, die regungslos unter den Sternen stand. Man liebt das Schöne, und die Liebe macht einen schön . . .

Sie zog sich den Schal fester um die Schultern, wie um sich zu verteidigen; sie wollte nicht sentimental werden. Freilich war es schwer, sich in solcher Nacht dagegen zu sträuben; durch alle Poren drang einem die Herrlichkeit und erfüllte einen mit Gefühlen und Gedanken, die man nicht zwingen konnte: von Tod und

Zeit und Verfall, von Seligkeit, Entsetzen und herzzerreißender Sehnsucht zugleich. Sie kam sich so klein und so furchtbar verlassen, so unbeschützt und wehrlos vor. Instinktiv hüllte sie sich fester in ihren Schal. Mit diesem Seidenlappen suchte sie sich gegen die ewigen Mächte zu schützen.

»Du hältst wohl«, flüsterte Lotty zu Caroline, »Roses Gatten für einen ganz gewöhnlichen, gutmütigen Mann in mittleren Jahren.«

Caroline sah Lotty einen Augenblick an und suchte ihre Aufmerksamkeit von den Sternen wieder auf die Freundin zu konzentrieren.

»Rot im Gesicht«, fuhr Lotty fort, »und etwas rundlich.«

Caroline neigte bejahend den Kopf.

»Aber Rose sieht ihn nicht so; ihr sind das nur Äußerlichkeiten; sie sieht, was wir nicht sehen können, weil sie ihn liebt.«

Immer wieder die Liebe.

Caroline stand auf, wickelte sich fest in ihren Schal, schlenderte zu ihrem stillen Winkel, setzte sich dort allein auf die Mauer und blickte auf das Meer hinaus, in dem die Sonne untergegangen war, auf den Schatten in weiter Ferne, der in die See hinausragte – das war Frankreich.

Ja, die Liebe bewirkte Wunder, und Mr. Arundel – sie konnte sich noch nicht an seinen anderen Namen gewöhnen – war für Rose die personifizierte Liebe. Aber oft bewirkte die Liebe auch umgekehrte Wunder, verwandelte nicht immer, wie sie sehr wohl aus Erfahrung wußte, die Menschen in Heilige und Engel, sondern tat leider sehr oft das gerade Gegenteil. Wenn sie nur von der Liebe verschont geblieben wäre oder wenn sie sie wenigstens nicht gar so oft und nicht gar so maßlos heimgesucht hätte, so wäre sie vielleicht ein ganz anständiger, warmherziger, gütiger Mensch geworden. Und was war sie in Wahrheit, dank der Liebe, von der Lotty so unaufhörlich redete? Ein verwöhntes, verbittertes, argwöhnisches, selbstsüchtiges Geschöpf.

Die Glastüren des Speisezimmers öffneten sich, und die drei Herren kamen in den Garten; die Stimme des Dr. Wilkins strömte, allen voran, hervor; er schien das Reden ganz allein zu besorgen; die beiden anderen schwiegen.

Caroline dachte, es wäre vielleicht doch besser, wenn sie zu Lotty und Rose zurückkehrte; es wäre ihr unangenehm, von Mr. Briggs entdeckt und in diesen *cul-de-sac** eingesperrt zu werden.

Widerstrebend erhob sie sich; sie fand es geradezu unverzeihlich, daß Mr. Briggs sie zwang, aus ihrem stillen Winkel fortzugehen. Bei Tisch hatte seine Hand gezittert, sooft er das Glas ergriff, und wenn er zu ihr sprach, so wurde er zuerst glühendrot und dann ganz blaß, und Mrs. Fisher hatte ihr beständig Blicke zugeworfen, als wollte sie sie anflehen, ihrem einzigen Sohn doch nicht weh zu tun.

Wie konnte sich der Mann, dachte Caroline, während sie stirnrunzelnd aus ihrem Zufluchtsort hervorkam, ein Mann im Ebenbilde Gottes, so benehmen; noch dazu ein Mann, der Besseres zu tun haben sollte, etwas ganz anderes leisten könnte, denn er war wirklich sehr gewinnend, sehr klug und so jung. Er hatte Verstand, davon hatte sie sich bei Tisch überzeugt. Er hatte auch Charakter. Sein Kopf war edel geformt, seine Stirn offen und klar. Um so beklagenswerter war es, daß er sich so von ihrem bloßen Äußeren hatte bestechen lassen, daß er seine Kraft, seine Gemütsruhe darauf verschwendete, einem Frauenzimmer beständig auf den Fersen zu sein. Wenn er sie nur durchschauen könnte, wäre er sicher geheilt, und sie könnte ruhig an diesem wundervollen Abend allein und ungestört in ihrem stillen Winkel sitzen.

Als sie den Seidelbast hinter sich gelassen hatte, begegnete sie Frederick, der auf sie zustürzte.

»Ich muß Sie zuerst sprechen«, sagte er, »bevor ich zu Rose gehe.« Und er fügte hinzu: »Ich möchte Ihnen die Füße küssen.«

»Wirklich?« versetzte Caroline lächelnd. »Dann muß ich mir aber rasch meine neuen Schuhe anziehen.«

Sie war Frederick sehr wohl geneigt; er würde sie in Zukunft doch in Ruhe lassen. Der Wahn war kurz, nun war es damit aus und vorbei. Ein netter Mensch, ein angenehmer Mensch. Sie

* cul-de-sac: Sackgasse (Anm. d. Ü.)

mochte ihn entschieden sehr gut leiden. Er hatte sich irgendwie verstrickt – wie dankbar war sie Lotty, daß sie sie bei Tisch rechtzeitig gehindert hatte, die Bemerkung zu machen, die ihr auf der Zunge schwebte und die eine hoffnungslose Verwirrung angerichtet hätte. Aber worin er auch immer verstrickt gewesen war, es war klar, daß er wieder frei atmete; in seinem und in Roses Gesicht stand die gleiche Geschichte geschrieben.

»Ich werde Sie ewig anbeten«, sagte er.

Caroline lächelte.

»Wirklich?« fragte sie.

»Zuerst habe ich Sie wegen Ihrer Schönheit angebetet. Jetzt bete ich Sie an, weil Sie nicht nur schön sind wie ein Traum, sondern anständig wie ein Mann.«

Caroline lachte.

»Ist das Ihr Ernst?« fragte sie ihn belustigt.

»Als die ungestüme junge Dame – ihr Ungestüm sei gesegnet – gerade noch zur rechten Zeit mit der Neuigkeit herausplatzte, daß ich Roses Mann sei; da haben Sie sich benommen wie ein Mann gegen seinen Freund.«

»Wirklich?« fragte Caroline von neuem, und ihr entzückendes Grübchen wurde sichtbar.

»Es ist ebenso selten wie unschätzbar, daß eine vollendet schöne Frau so viel Korpsgeist besitzt wie ein Mann.«

Wieder lächelte Caroline, etwas bewegt. Das war wirklich ein großartiges Kompliment. Wenn sie wirklich so beschaffen wäre . . .

»Und ich möchte Ihnen die Füße küssen«

»Wird Ihnen das nicht weniger Mühe machen?« fragte sie ihn und reichte ihm ihre Hand.

Er ergriff sie und küßte sie rasch und eilte fort.

»Gott segne Sie«, sagte er, während er ging.

»Wo ist Ihr Gepäck?« rief ihm Caroline nach.

»Herrgott, ja«, versetzte Frederick, indem er stehen blieb; »es ist auf dem Bahnhof.«

»Ich werde es holen lassen.«

Frederick verschwand. Caroline ging ins Schloß, um den Auftrag zu geben. So mußte Domenico heute schon zum zweitenmal nach Mezzago fahren. Er war nicht wenig verwundert darüber.

Nachdem Caroline die nötigen Anordnungen getroffen hatte, damit die Arbuthnots vollkommen glücklich würden, kam sie langsam, in Gedanken vertieft, wieder in den Garten. Die Liebe schien wirklich jedem Glück zu bringen, nur nicht ihr. Jedenfalls hatte sie sich aller Anwesenden hier bemächtigt, in verschiedenen Spielarten, nur sie war eine Ausnahme. Den armen Mr. Briggs hatte sie aufs unwürdigste ergriffen. Armer Mensch!

Armer Mensch! Wie sie ihn jetzt erblickte, sah er wirklich viel zu jung und fein und hübsch aus, um nicht glücklich zu sein. Es störte sie, daß der Besitzer des Zauberschlosses, der Mann, dem sie so viel verdankten, der einzige sein sollte, der unglücklich von dannen zog.

Caroline empfand plötzlich tiefes Mitleid mit ihm. Wie viele angenehme Tage hatte sie in diesem Zauberschloß verbracht! Hatte sich an seinen Blumen erfreut, in seinem Garten geruht, seine schönen Aussichten liebgewonnen, seine Einrichtung benutzt, sich hier wohl und behaglich gefühlt – kurz, sie war wieder gesund geworden. Die Zeit, die sie hier verbracht hatte, war die friedlichste, gedankenreichste, gemächlichste, die sie je im Leben genossen, und das hatte sie alles ihm zu verdanken. Ach ja, natürlich hatte sie ihm dafür eine lächerlich kleine Summe pro Woche bezahlt, aber in welchem Verhältnis stand das zu den Wohltaten, die sie hier genossen? Und war es nicht ihm zu verdanken, daß sie Lotty kennengelernt hatte? Nie hätte sie sonst ihre Bekanntschaft gemacht, nie ihre Freundschaft gewonnen.

Ein warmes, lebendiges Mitleid mit Briggs ergriff sie, ein Gefühl inniger Dankbarkeit stieg in ihrem Herzen auf. Sie folgte dem Ruf des Herzens und ging gerade auf Briggs zu.

»Ich bin Ihnen so viel Dank schuldig«, sagte sie, ganz überwältigt von der plötzlichen Erkenntnis, was sie ihm alles zu verdanken hatte, und tief beschämt, daß sie sich am Nachmittag und beim Dinner so unfreundlich gegen ihn benommen hatte. Natürlich war ihr unausstehliches Inneres wie gewöhnlich durch ihr

Äußeres maskiert, aber sie wußte, daß sie unausstehlich war. Seit Jahren war sie immer gegen jeden so gewesen, der sich ihr näherte. Ein scharfsichtiges Auge, dachte Caroline, mußte sie durchschauen, mußte erkennen, daß sie ein verwöhntes, verbittertes, argwöhnisches, selbstsüchtiges Geschöpf war.

Von dieser Erkenntnis gedemütigt, trat sie auf den Besitzer des Zauberschlosses zu und sagte: »Ich bin Ihnen so viel Dank schuldig.«

Aufs höchste erstaunt blickte er sie an.

»*Sie* sind *mir* Dank schuldig?« wiederholte er. »Aber im Gegenteil, ich – ich – –«, stammelte er.

Welches Glück, sie hier in seinem Garten sehen zu dürfen . . . keine weiße Blüte, nichts war reiner, keuscher, auserlesener als sie.

»Bitte, bleiben wir doch bei der Wahrheit. Sie verdanken mir absolut nichts. Wieso denn?«

»Ich hätte Ihnen nichts zu verdanken?« sagte Briggs von neuem, »ich verdanke Ihnen, daß ich zum ersten Male – –«

»Ich bitte Sie«, unterbrach ihn Caroline, »übertreiben Sie nicht, und, vor allem, erniedrigen Sie sich nicht! Denn es ist lächerlich: Sie sind fünfzigmal mehr wert als ich.«

Wie unklug! dachte Dr. Wilkins, der in der Nähe von Briggs stand, während Lotty noch immer auf der Mauer saß.

Er war überrascht, besorgt, entsetzt, daß Caroline Briggs so entgegenkam.

Sehr unklug! dachte er und schüttelte den Kopf.

Briggs befindet sich in einem so schlimmen Zustand, überlegte Wilkins, daß es nur eine Maßregel für ihn gibt: ihn ein für allemal abzuwehren. Halbe Maßregeln wären bei ihm verfehlt, Güte und Vertraulichkeit würden von dem Unglücklichen sicher mißverstanden werden. Die Tochter der Droitwiches konnte doch unmöglich daran denken, ihn ernstlich zu ermutigen. Gegen Briggs war ja nichts einzuwenden, aber Briggs war Briggs, das bewies schon sein bloßer Name. Lady Caroline unterschätzte wahrscheinlich die Wirkung ihrer Stimme, ihres Gesichts, und wußte nicht, daß sie ihn ermutigte. Sie hatte sich offenbar auch nicht gut überlegt, was sie ihm sagte. Sie bedurfte eben eines Ratgebers, eines vernünftigen, unparteiischen Anwalts, wie er es war. Da stand sie vor Briggs, fast streckte sie die Hände nach ihm aus. Natürlich mußten sie alle Briggs danken, daß sie einen so köstlichen Urlaub in seinem Hause verlebten, aber nicht in so überschwenglicher Weise, und vor allem durfte es Lady Caroline nicht auf eigene Faust tun. Gerade heute abend hatte er, Wilkins, sich gedacht, sie sollten ihm am folgenden Tag gemeinsam eine Dankadresse, von allen unterschrieben, überreichen. Aber im Garten, im Mondlicht, von einer Dame, in die er offenbar vernarrt war –

Dr. Wilkins sagte also, von dem Wunsch beseelt, Lady Caroline taktvoll aus der Situation zu helfen, in herzlichem Ton: »Es ist nur recht und billig, Briggs, daß wir Ihnen danken. Gestatten Sie, daß ich mich in meinem Namen und in dem meiner Frau Lady Caroline anschließe. Wir hätten Ihnen beim Diner ein Dankesvotum aussprechen, wir hätten einen Toast auf Sie ausbringen sollen. Ebenso hätten – –«

Aber Briggs beachtete ihn absolut nicht, sondern fuhr fort, Lady Caroline anzusehen, als wenn sie das erste weibliche Wesen wäre, das er erblickte. Ebensowenig nahm Lady Caroline Notiz von Dr. Wilkins. Sie sah immer noch Briggs so merkwürdig an, fast, als flehte sie ihn um etwas an. Höchst unklug.

Lotty dagegen nahm viel zuviel Notiz von ihrem Mann, denn gerade in dem Augenblick, da Lady Caroline seiner Ansicht nach Schutz und Beistand brauchte, erhob sie sich von der Mauer, zog ihren Arm durch den ihres Mannes und entführte ihn.

»Gleich«, sagte Mellersh, indem er ihr abwinkte.

»Nein, bitte – komm!« erwiderte Lotty und zog ihn fort.

Er ging nur sehr widerstrebend mit ihr. Man durfte Briggs nicht so freies Spiel lassen.

»Was ist denn los?« fragte er ungeduldig, als sie den Weg zum Haus einschlug. Er durfte doch Lady Caroline nicht so belästigen lassen.

»Laß sie ruhig dort«, sagte Lotty, geradeso, als hätte Mellersh seine Befürchtungen laut ausgesprochen; »um Caroline brauchst du dir keine Sorgen zu machen.«

»Doch! Der junge Briggs ist in sie – –«

»Natürlich ist er's. Was hast denn du geglaubt? Komm zu Mrs. Fisher, die ist ganz allein im Salon.«

»Ich kann unmöglich Lady Caroline allein im Garten lassen.«

»Sei nicht töricht, Mellersh, sie ist nicht allein. Übrigens muß ich dir etwas sagen.«

»Nun, so sag's.«

»Drin.«

Im Salon fanden sie Mrs. Fisher am Feuer, und Dr. Wilkins, der nach Eintritt der Dämmerung ein Zimmer mit einem Feuer dem Garten mit Mondschein vorzog, hielt sich lieber im Salon auf als draußen. Mrs. Fisher blickte, die Hände gefaltet, müßig ins Feuer. Sie las nicht. Sie schien ihre berühmten toten Freunde nicht des Lesens wert zu halten. Sie sagten immer wieder und wieder dasselbe, sie vermochte nichts Neues aus ihnen herauszulesen. Sie waren zweifellos größere Geister als irgend jemand in der Gegenwart, aber sie hatten den ungeheuren Nachteil, daß sie tot waren. Von ihnen war also nichts mehr zu erwarten; was aber konnte man nicht alles von den Lebenden erhoffen? Die Lebenden, die Entwicklungsfähigen interessierten sie – die Fertigen, Verknöcherten stießen sie ab. Sie dachte gerade, wenn sie doch einen Sohn hätte – ein Sohn wie Mr. Briggs, einen lieben Jungen, der sich entfaltete, der vorwärtskam, der sie betreute, sie liebte . . .

Lotty empfand einen Stich im Herzen, als sie den Ausdruck im Gesicht der Mrs. Fisher sah.

Armes Geschöpf, dachte sie, und es fiel ihr mit einem Mal ein, wie einsam doch das Alter ist. Wie mochte der armen alten Frau zumute sein, die zu lange gelebt hat, die nur noch geduldet wird, die versäumt hat, sich Freunde zu erwerben, und die kinderlos ist! Es scheint wirklich, daß die Menschen nur paarweise glücklich sein können, dachte Lotty, nicht etwa nur Liebende, sondern: zwei Freundinnen, Mutter und Kind, Bruder und Schwester – wo aber war die andere Hälfte von Mrs. Fisher?

Lotty dachte, es wäre vielleicht gut, wenn sie der armen Mrs. Fisher wieder einen Kuß gäbe. Der Kuß am Nachmittag war ein großer Erfolg gewesen, sie hatte sofort gespürt, wie er auf Mrs. Fisher Eindruck gemacht hatte.

Sie ging also zu Mrs. Fisher hinüber, beugte sich zu ihr nieder, küßte sie und sagte fröhlich: »Wir sind wieder da!«

Diesmal hob Mrs. Fisher die Hand und drückte Lottys Wange an ihre – was diese junge Frau doch für ein gutes Gemüt hatte, wie liebevoll, wie lebendig.

Mrs. Wilkins war ganz entzückt.

Ich glaube, *ich* bin ihre andere Hälfte, kam es ihr in den Sinn; ich glaube wirklich, wir werden treue Freundinnen werden.

Sie lachte über das ganze Gesicht. Die Ereignisse, die dieses Zauberschloß bewirkte, waren doch ganz ungewöhnlich. Sie und Mrs. Fisher ... aber sie *sah* sie beide als intime Freundinnen.

»Wo sind die anderen?« fragte Mrs. Fisher. »Ich danke Ihnen, mein liebes Kind«, fügte sie hinzu, als Lotty ihr einen Schemel unter die Füße schob, dessen die alte Dame wirklich bedurfte, weil sie kurze Beine hatte.

Ich *sehe* mich, dachte Lotty, während ihre Augen lachten, Jahre hindurch Mrs. Fisher ihren Schemel bringen ...

»Die Roses«, antwortete sie, »sind in den unteren Garten gegangen – wie ich glaube als ein glücklich liebend Paar.«

»Die Roses?« fragte Mrs. Fisher.

»Oder die Fredericks, wenn Sie es so lieber mögen. Sie sind ganz ineinander aufgegangen und nicht voneinander zu unterscheiden.«

»Warum sagst du nicht die ›Arbuthnots‹, liebe Lotty?« fragte Dr. Wilkins.

»Meinetwegen denn, Mellersh – die Arbuthnots. Und Caroline – –«

Sowohl Mrs. Fisher als Dr. Wilkins fuhren in die Höhe. Der letztere war zum erstenmal seit seiner Ankunft in San Salvatore aufgebracht über seine Frau.

»Ich muß sagen – –«, begann er entrüstet.

»Gut Mellersh – also die Briggses.«

»Die Briggses!« wiederholte Dr. Wilkins, der nun wirklich sehr böse war, denn diese Verdächtigung erschien ihm als eine unerhörte Beleidigung des ganzen Geschlechts der Desters – der toten Desters, der lebenden Desters und der noch ungeborenen Desters. »Ich muß sagen – –«, wiederholte er.

»Es tut mir leid, Mellersh«, sagte seine Frau, indem sie Demut heuchelte, »daß es dir nicht gefällt, aber – –«

Ihre grauen Augen leuchteten, das ganze Gesicht drückte eine tiefe, innere Überzeugung aus.

»Es hilft nichts, sich dagegen zu sträuben«, sagte sie, »ich an deiner Stelle täte es nicht, Mellersh. Denn – –«

Sie hielt inne und ließ den Blick von einem ernsten, betroffenen Gesicht zum anderen schweifen, während ihr Gesicht Heiterkeit und Übermut ausstrahlte.

»Ich *sehe* die beiden als Briggses«, schloß Lotty.

Wer in dieser letzten Woche unter einem Akazienbaum ruhte, durch die Zweige auf die zarten Blätter und weißen Blüten schaute, die sich zitternd vom blauen Himmel abhoben, der empfand ein großes Glücksgefühl. Überhaupt kleidete sich der Garten jetzt immer mehr in Weiß und duftete immer stärker. Da waren die Lilien und die weißen Levkojen, die weißen Nelken und weißen Banksiarosen und der Flieder und der Jasmin und – der wundervollste Duft von allen – die Akazien.

Als am ersten Mai alle abreisten, da spürten sie, selbst, als sie schon am Fuß des Hügels und durch das eiserne Tor in das Dorf gingen, immer noch den Duft der Akazien.

Natürlich kann man am Sonntagnachmittag einen herrlichen Spaziergang unternehmen oder bei warmem Wetter irgendwo im Liegestuhl sitzen. Ebenso kann man ein Buch von Elizabeth von Arnim lesen, was immer wieder ein ganz außerordentliches Vergnügen bedeutet.

›Urlaub von der Ehe‹ ist Elizabeth von Arnims beliebtester Roman geworden. Er hat bis heute nichts von seiner Leichtigkeit und glückstaumeligen Frische verloren. Sie begann mit der Arbeit daran im April 1921 während eines Urlaubs in der Nähe des italienischen Ortes Rapallo. Dort hatte sie, ähnlich wie die Damen im Buch, ein malerisches Castello gemietet, und die blühenden Obstbäume und Mimosen waren einfach zu schön, um nicht beschrieben zu werden. Sie beendete das Romanmanuskript in einer Rekordzeit von drei Monaten, plagte sich allerdings noch bis zum September 1922 mit den Korrekturen. Die englischen Kritiker lasen es dann im dunklen Monat November in ihren Büros und reagierten ganz unterschiedlich. Manche waren – wie immer bei einem neuen Roman von Elizabeth – entzückt, andere reagierten verhalten. Rebecca West schrieb eine übellaunige, geradezu bösartige Kritik. Sie fand, der Stil gehöre doch eher ins 18. Jahrhundert, und die Autorin verfüge zwar über einen scharfen Verstand, leide jedoch unter der fatalen Neigung, Humbug zu schreiben. Es war damals die Zeit großer Umbrüche und Experimente in der modernen Kunst. In Großbritannien war der für die Literatur bahnbrechende Roman ›Ulysses‹ von James Joyce erschienen. Elizabeth hatte versucht, ihn zu lesen, notierte aber entnervt, sie sei nur bis zu der Stelle vorgedrungen, wo ein Mann detailliert seinen morgendlichen Gang zur Toilette beschreibt, und dann eingeschlafen.

›Urlaub von der Ehe‹ ist kein literarisches Experiment. Es handelt sich nicht um eine Expedition in die Dschungel moderner Sprache, sondern ist eher, wie sie meinte, »eine leise Flöte, die an einem leeren Nachmittag erklingt«. Ihre Cousine Katherine Mansfield schrieb jubelnd, außer Elizabeth hätte nur noch Mozart so etwas schreiben können. Katherine Mansfield charakterisiert damit die beschwingte Heiterkeit, die von dem kleinen harmlosen Roman ausgeht. Er ist geeignet, Menschen einfach unbeschwerter zu machen oder ihnen die Augen für ganz simple Möglichkeiten des Glücks zu öffnen. Und welches Buch, außer einem Kochbuch, macht Menschen schon glücklicher?

Die Konstellation der handelnden Personen ist einfach und überzeugend. Vier Frauen möchten aus unterschiedlichen Motiven dem grauen Alltag entfliehen, raus aus allen Verpflichtungen und öden Konventionen. Das ist ja bei allen Errungenschaften des Feminismus durchaus bis heute so geblieben: Viele Frauen fahren jahrzehntelang nur mit ihren Kindern oder ihrem Mann oder der ganzen Familie in den Urlaub, und zwar dorthin, wo es den anderen gefällt und gutgeht. Ganz selten und meist erst viel später im Leben, versuchen Frauen, einmal wirklich ganz allein zu verreisen, dorthin, wo sie selbst es schön finden. Und dann stellt sich heraus, daß man es gar nicht mehr genießen kann. Es ist so, als wenn man plötzlich für sich allein kochen soll. Die meisten Hausfrauen können mühelos jeden Tag leckere Gerichte für die Familie kochen oder zehnköpfige Gesellschaften verpflegen. Aber sie sind nicht in der Lage, für sich ganz allein etwas zu brutzeln, das aufwendiger ist als ein Spiegelei, weil sie meinen, für sie allein lohne es doch nicht.

Die vier Damen sind unschwer als Variationen von Elizabeths eigenem komplizierten Wesen auszumachen. Man ist ja nie nur die eine Person, als die man einem Gegenüber erscheint, sondern spaltet sich auf in viele verschiedene Facetten, je nachdem, mit wem man gerade zusammen ist. Alle vier Damen entwickeln sich während des Romans, erleben eine entscheidende Wandlung ihrer Persönlichkeit. Die intensivste, kreativste und tatkräftigste der drei Frauen ist Lotty Wilkins, die mit ihrem Enthusiasmus alle anderen ansteckt und mitreißt. Rose Arbuthnot überwindet gerade eine schwere Lebenskrise, Mrs. Fisher sprengt eine Hülle, in der sie eingesponnen war wie in einem Kokon, dabei handelte es sich doch nur um ihren Eigennutz, ihren Geiz und ihren Hochmut. Und schließlich ist da Lady Caroline Dexter, die gelangweilte, verwöhnte und verbitterte höhere Tochter, deren verschwenderische Schönheit sie in einen Käfig sperrt, weil alle nur diese Schönheit sehen und sie nie gefordert war, etwas zu entscheiden oder über etwas nachzudenken. Ein kapriziöses Damenquartett, dem es eigentlich auf dem Schloß gutgehen könnte, dessen Mispielerinnen sich gleichwohl gegenseitig mit spitzen kleinen Pfeilen traktieren.

Dazu kommen später als Gegenspieler drei Männer und sozusagen als Freistelle – oder eine Art Joker – die Erinnerungen der Mrs. Fisher. Die Karten sind gut gemischt, und zum Schluß leben alle verändert, mit soliden neuen Lebenslügen ausgestattet weiter. Die Situation aller hat sich ein bißchen verbessert.

Es ist spannend, sich noch einmal genauer anzusehen, wie die Autorin Elizabeth von Arnim dieses Kunststück fertigbrachte.

Lotty Wilkins lernen wir als schüchterne, graue Maus kennen, die allerdings fast überspannte Vorstellungen davon entwickelt, was das Leben für sie noch bereithalten könnte. Sie war bis zu diesem Punkt in ihrem Leben selbstlos, brav und gütig, weil ihr dafür in ihrer Erziehung großer Lohn versprochen wurde. Aber sie stellte eines Tages mißmutig fest, daß sie für ihr vorbildliches Verhalten nur Schmerzen, Kränkungen und Enttäuschungen geerntet hat. Daraufhin hat sie die Liebe zu ihren Mitmenschen geringer dosiert und ordentlich abgemessen zugeteilt, gerade soviel wie nötig war. Aber Gedanken und Gefühle kann man nicht für irgendwann sparen, später braucht man sie nämlich nicht mehr. Also stiefelt Lotty resolut los und verlangt jetzt sofort ihren eigenen Anteil vom Glück. Sie braucht dazu nicht viel, nur schöne Landschaft und Sonne. In Lotty ist leicht die Frauenfigur zu identifizieren, die wir in fast allen Elizabeth-Büchern finden. In allen ihren Büchern, ›Elizabeth und ihr deutscher Garten‹, ›Elizabeth auf Rügen‹, ›Eine preußische Ehe‹, ›Vater‹ oder anderen: Immer steht eine Frau im Mittelpunkt, die nicht viel erwartet, nur daß sie von ihrem Ehemann, Verwandten, Freunden und Kindern einfach in Ruhe gelassen wird und friedlich die Natur genießen kann. Lieb und nett kann sie durchaus sein, aber sie braucht auch zwischendurch Freiheit von Verpflichtungen und Konventionen. Lotty Wilkins glüht geradezu vor Eifer, auch andere Menschen mit ihrem Glück anzustecken und ihnen mitzuteilen, wie es funktioniert.

Rose Arbuthnot ist ein anderer Typ. Sie ist in einen tiefen Kummer eingegraben und fast versteinert in ihrer Trauer um ein Kind, das sie verloren hat. Elizabeth von Arnims Tochter Felicitas war wenige Jahre zuvor gestorben, und sie beschreibt in der Figur Rose Arbuthnot, wie man sich in seinem Schmerz ein Scheinglück zurechtzimmert. Rose wird fromm und versucht, lauter gottesfürchtige Dinge zu tun. Sie ist enorm tüchtig und läßt ihren armen Mann dabei seelisch am ausgestreckten Arm verhungern. Keinen Zentimeter Wärme und Nähe duldet sie und verachtet ihn wegen seines losen Treibens als Verfasser von Bestsellern. Ihre Entwicklung kann nicht so unschuldig und geradlinig verlaufen wie die von Lotty Wilkins. Sie muß sich zuerst durch ihre Sehnsucht und Trauer hindurchkämpfen, ehe sie wieder ins Leben zurück und zu ihrem Mann finden kann.

Mrs. Fisher ist gewissermaßen eine ältere Version der Autorin selbst, sie befindet sich in einem Lebensabschnitt, vor dem auch Elizabeth sich fürchtet. In ihrem Roman ›Die sieben Spiegel der Lady Frances‹ wird sie einige Jahre später die Tortur beschreiben, als schöne Frau älter werden zu müssen und dann allein zu sein. Mrs. Fisher ist egoistisch, faul, geizig und mißgünstig geworden. Sie läßt sich kaum Zeit zum Denken, sondern teilt unentwegt alles ein. Sie empfindet sich selbst als alt und haßt andere ältere Leute, die meinen, sie könnten sich noch wie jüngere betragen. Aber auch Mrs. Fisher lockert sich unter der beharrlichen Aufmunterung von Lotty Wilkins und in der Sonne Italiens, wo schlechte Laune schwer zu halten ist.

Schließlich haben wir die extravagante, verwöhnte Lady Caroline. Sie hat kaum nenneswerte Eigenschaften außer ihrer makellosen Schönheit, ihrer wundervollen Stimme und ihren ebenso gepflegten Manieren. Sie hat dauerhaft schlechte Laune ähnlich wie heutzutage die Teenager, und sie versucht tagelang, ihr untrainiertes Gehirn zum Denken zu bewegen. Hirnforscher haben herausgefunden, daß ein nicht gefordertes Gehirn schon innerhalb weniger Wochen verkümmern kann. Lady Caroline mußte es wegen ihrer Schönheit, der sich Männer bisher so beherzt zu Füßen geworfen haben, offenbar überhaupt noch nie richtig in Gebrauch nehmen. Aber irgendwann hat sie sternschnuppenartig kleine Erleuchtungen, nach angestrengtem Nachdenken kommt es ihr in den Sinn, daß es so etwas wie Tod und Vergänglichkeit gibt und die Seligkeit im Jetzt dagegen zu halten wäre, und ein wenig Güte schleicht sich in das hübsche Köpfchen.

Die Herren der Schöpfung, die später dazu kommen, sind Dr. Wilkins, der uns als »Mann des Zorns« an Elizabeths ersten Ehemann Henning Graf Arnim-Schlagenthin erinnert. Aber er ist wohl serviler als sein reales Vorbild und so frisch geschniegelt, daß man »von ihm essen könnte«, wie seine Frau vergnügt bemerkt. Dagegen gestand Elizabeth ihrem Geliebten H. G. Wells einmal, ihr erster Mann habe nicht gut gerochen. Mr. Wilkins muß sich ähnlich wie die Damen auch einmal auslüften vom Alltag in London. Er tut das mit Genuß, läßt aber geschäftliche Vorzüge dabei nicht außer acht. Wilkins meint, der Aufenthalt auf diesem italienischen Schloß nütze seiner Karriere, und er ist stolz auf seine kleine Frau, die ihn völlig überraschend in die ersten Kreise der Gesellschaft einführt. Sie selbst denkt, er habe sich einfach neu in sie verliebt und genieße die Pracht des Gartens und der Landschaft wie sie. Das Mißverständnis tut ihrem gemeinsamen Glück keinerlei Abbruch. Man nehme einem Menschen seine Lebenslüge und nimmt ihm gleichzeitig das Glück!

Ähnliches gilt für Rose und ihren Frederick. Er ist ein ältlicher, einsamer Mann, auf der Suche nach einem Zipfel Wärme und Zuneigung. Aber eigentlich fürchtet er sich vor den Frauen, die ihn garantiert lächerlich finden würden. Er ist auf das Schloß gekommen, um erfolglos Lady Caroline den Hof zu machen. Daß seine Mission von keinerlei Erfolg gekrönt sein würde, war sonnenklar. Aber, welch Wunder, er begegnet seiner eigenen Frau, die ihn überschwenglich begrüßt und plötzlich begehrt und vor der er sich nicht zu schämen braucht. Es ist ja kein Geheimnis, daß Menschen, die sich ineinander verlieben und heiraten, für einander immer so bleiben wie in der Zeit, als sie sich verliebt haben, weil sie sich mit dem Herzen gesehen haben, in glücklichen Fällen jedenfalls. So geht es Rose auch mit ihrem Frederick. Für sie ist er nicht alt, sie sieht etwas ganz anderes in ihm, etwas, das die anderen nicht sehen können.

Die farbloseste Figur in dem Roman ›Urlaub von der Ehe‹ ist Thomas Briggs, der Eigentümer des Schlosses, der sich zuerst in Rose, dann leidenschaftlich in Lady Caroline verliebt. Köstlich sind die Szenen, in denen Mr. Wilkins Briggs begeistert das Schloß und seine Umgebung erläutert und lässig die Vorzüge schildert als liebenswert ignoranter Besserwisser. Briggs ist ein reicher Erbe, er hat, wie Mrs. Fisher zufrieden registriert, nicht etwa für sein Geld arbeiten müssen, sondern es handelt sich um altes Familiengeld. Einen edlen Kopf hat er, eine offene und klare Stirn und ein sympathisches Gesicht. Ansonsten verwandelt er sich als Verliebter unverzüglich in einen Idioten und ist damit fürs erste für die Umwelt verloren. Aber auch das ist ja ein zeitloses Modell: ein Mann, der wegen eines hübschen Gesichtes seinen Verstand vorläufig an der Garderobe abgibt.

Dieses Romanpersonal hat sich eingefunden auf dem alten Schloß in einer bezaubernden Landschaft. Ich erinnere mich an meinen ersten Besuch im Süden am Meer, wo man fast ohnmächtig wird und meint, fliegen zu können in dieser Luft. In Elizabeths San Salvatore am Mittelmeer gibt es wunderschöne Felsenbuchten, die Steine sind von der Sonne aufgeheizt, das Wasser leuchtet satt türkisgrün und dann blau bis in die Tiefe. Und das Schloß ist keines der Grandhotels, in denen Hotelangestellte um den Gast herumwieseln, so daß man sich der Marmorpracht, mit Spiegeln und Lüstern, kaum gewachsen fühlt und sich vor dem gestrengen Blick des Portiers und der leicht gerunzelten Stirn des Zimmerkellners fürchtet. Nein, ein solches Hotel, in das man mit großen Schrankkoffern reist, ist es nicht, sondern eben ein Privathaus, mit edlen Antiquitäten, hervorragender Küche und einem atemberaubenden Blick über das Meer. Der Garten reicht in Naturterrassen bis zum Meer hinunter. Die Blumen, die hier wachsen, stehen in England auf den Fensterbänken, nur etwas kleiner.

Liegestühle sind verstreut. Baden in kristallklarem Wasser ist möglich, was aber in dieser kleinen Gesellschaft nur von Mr. Wilkins ausgenutzt wird. Elizabeth selbst konnte nicht schwimmen, sie hüpfte nur gern im flachen Wasser ein bißchen herum. Bei jeder Lektüre des Romans entdeckt man übrigens ganz neue reizende Aspekte, die man vorher übersehen hatte.

Elizabeth hat in diesem Roman eigene Erfahrungen elegant verpackt. Sie hat eine ungewöhnliche Biographie und ist eine der geistreichsten Frauen ihrer Zeit. Auf uns wirkt sie heute so faszinierend, weil sie sich als eine Persönlichkeit entpuppt, die uns ungeheuer nah und modern erscheint. Sie ist ruhelos, unentwegt unterwegs, ebenso wie wir heute. Sie hat als Frau ihr eigenes Geld nicht nur verdient, sondern verdienen müssen, weil die Einkünfte ihres Mannes zu gering und die Familie verschuldet war. Sie hat von der Rückkehr zum einfachen Dasein auf dem Lande geschwärmt, aber sie verstand darunter selbstverständlich nicht harte Arbeit, sondern sie wollte als Städterin dort leben, mit Personal und allem erdenklichen Komfort, so daß die Illusion, man lebe ein einfaches hartes Leben in der Natur, sich ganz ungetrübt entfalten kann. Ein Landleben mit Badezimmern, Zofen und wundervollem Blumengarten . . . Elizabeth hatte Liebhaber, wurde begehrt und wieder verlassen, erlebte eine Ehescheidung mit all ihren trübseligen, belastenden Umständen. Sie führte ein Leben, das für eine Frau damals höchst bizarr war.

Geboren wurde Elizabeth 1866 als Tochter eines englischen Schiffskaufmanns, der in Australien sein Geschäft betrieb. Sie kam als Mary Annette Beauchamp im Ferienhaus der Familie in Neuseeland zur Welt. 32 Jahre lang hieß sie für ihre Familie May, später, nach dem Erscheinen ihres ersten Buches, nannte sie sich Elizabeth. Als May drei Jahre alt war, siedelte die Familie zurück nach England, May wurde zum Teil gemeinsam mit ihren älteren Brüdern unterrichtet. Die Familie wechselte häufig den Wohnsitz. Man lebte mit unterschiedlichen Adressen in London und zog dann, wieder mit Kind und Kegel, nach Lausanne in die Schweiz. Der Vater, Henry Beauchamp, unternahm einige Weltreisen. Seine Kinder wuchsen unterdessen frei, unbeschwert und glücklich auf. Mit fünfundzwanzig Jahren war May eine ausbildete Konzertpianistin, Violinistin und Organistin. Sie vertrat skurrile feministische Theorien, die ihre Familie schockierten und Verehrer vertrieben. Während einer Italienreise, die sie mit ihrem Vater unternahm, lernte sie den deutschen Grafen Henning von Arnim-Schlagenthin kennen. Ein Mann von weltläufigen Manieren, der seit einigen Jahren im Ausland lebte, weil sein Vater eine Intrige gegen Bismarck angezettelt hatte. Bismarck hatte den Vater vor Gericht stellen lassen. Das bedeutete, daß er, sobald er mit seiner Familie nach Deutschland zurückgekehrt wäre, ins Gefängnis gesteckt worden wäre. Inzwischen war Harry Graf Arnim tot, und sein Sohn kämpfte um die Rehabilitation der Familie. Henning Graf Arnim war schon einmal verheiratet gewesen, seine Frau, Anna Gräfin zu Törring-Jettenbach, war schwindsüchtig, sie starb bei der Geburt ihres ersten Kindes. Nun verliebte er sich in die lebhafte originelle Engländerin und hielt um ihre Hand an. Es dauerte dann noch eine Weile, bis diese Ehe wirklich geschlossen wurde, denn der Graf wollte zuvor die desolaten Finanzen seiner Familie in Deutschland regeln. Sein Vater hatte ihm große Schulden hinterlassen. Das Paar wurde schließlich am 21. Februar 1891 in England getraut und zog in eine Stadtwohnung nach Berlin. Für fast jede andere Ehefrau wäre die Falle jetzt endgültig zugeschnappt. Denn ab jetzt war Elizabeth mit einem preußischen Adligen verheiratet, also Eigentum ihres Mannes, und hatte seinen Befehlen zu gehorchen.

Elizabeth bekam kurz hintereinander – ohne daß dies ihrer eigenen Lebensvorstellung entsprach – drei Töchter: Eva, genannt Evi, Elizabeth, genannt Liebet, und Beatrix, genannte Trixie, die berühmten »April-, May- und June-Kinder«. Die junge Mutter führte ein konventionelles Stadtleben, mit Visiten am Vormittag, Kaffee-Einladungen am Nachmittag und bedrückend starren Umgangsformen. Hinzu kam die Aussicht, in den folgenden Jahren unentwegt schwanger zu sein und eine lebensbedrohliche Geburt nach der anderen zu erleiden. 1896 begann dann Elizabeths Rebellion gegen dieses Leben, sie fing an zu schreiben, ein Mittel gegen die eigene Einsamkeit und Verzweiflung. Sie spielte mit ihren drei Töchtern, führte den Haushalt, arbeitete an einem Roman und versuchte, nicht so bald wieder schwanger zu werden. Das führte immer wieder zu heftigen Streitigkeiten mit ihrem Mann, der einen männlichen Erben wünschte. Sie begleitete ihn auf einer Inspektionstour zu den Familiengütern in Pommern. Eines davon hieß Nassenheide, in der Nähe von Stettin, in einer prächtigen Landschaft mit riesigen Wäldern, Heide, Seen und der Ostsee in der Nähe. Dort fühlte sich Elizabeth in die glücklichen Tage ihrer Kindheit zurückversetzt. Sie bat ihren Mann, das leere Schloß in einen Landsitz für die Familie umbauen zu dürfen. Sie pendelte nun zwischen Berlin und Nassenheide, ungestüm und ausgelassen angesichts dieser neuen Perspektiven, und beaufsichtigte die Handwerker. »Ich liebe meinen Garten«, jubelte sie. Das Schloß ließ sie in ein helles freundliches Gebäude verwandeln, das mit großen Türen in den Garten überging. Die Familie zog ein, und Elizabeth verbrachte vielleicht ihre glücklichsten Jahre hier. Sie bekam noch eine Tochter, Felicitas, und später den von ihrem Gemahl langersehnten Stammhalter, Henning Bernd. Die Kinder wurden von englischen Hauslehrern, französischen Gouvernanten und Kindermädchen erzogen. Elizabeth schaffte sich in einem alten Gewächshaus ein Arbeitszimmer, wo sie konsequent und regelmäßig schrieb. Ihr erstes Buch, das sie unter dem Pseudonym »Elizabeth« veröffentlichte, handelte von ihrem Garten und wurde sofort ein Bestseller. Weitere Elizabeth-Romane folgten, sie war viel unterwegs, fuhr zur Präsentation ihrer Bücher nach London und ließ sich dort feiern.

1909 wurde Graf Henning schwer krank, er hatte Pech bei seinen Geschäften gehabt, aber wohl auch durch ungeschickte finanzielle Aktionen Schulden gemacht. Seine Versuche mit modernem Kartoffelanbau in Pommern waren gescheitert und die Ehe der beiden zerrüttet. Elizabeth übersiedelte mit ihren Kindern nach England. Aber als Henning nach Kissingen zu einem Kuraufenthalt fuhr, begleitete sie ihn und blieb bis zu seinem Tod bei ihm. Sie trauerte um ihren Mann und vermißte den Vater ihrer Kinder sehr. Aber bald lernte sie durchaus die Vorzüge ihres Witwenlebens schätzen. Sie wurde begehrt und bewundert, war einige Zeit die Geliebte von H. G. Wells und korrespondierte mit Gott und der Welt. Sie reiste viel herum und ließ sich schließlich in der Schweiz, in der Nähe von Sierre im Rhonetal, ein Chalet bauen, um dort in der Sommer- und Wintersaison zu leben, Gäste zu haben und ihre Kinder mit deren Freunden in den Ferien dort zu empfangen. Das Haus hatte 15 Gästezimmer, und es gab ein kleineres Chalet, wo Elizabeth arbeitete. Hier besuchte sie auch Francis Earl Russell, der ältere Bruder des Philosophen Bertrand Russell. Elizabeth verliebte sich in den Earl, der sich kurz darauf scheiden ließ, um Elizabeth heiraten zu können. Die Ehe entwickelte sich allerdings ziemlich rasch zu einer Katastrophe. Francis machte Spielschulden, war ein unglaublicher Tyrann und betrog seine Frau in schamlosester Weise. Der Erste Weltkrieg brach aus. Felicitas, Elizabeths jüngste Tochter, die von ihrem Internat in Lausanne verwiesen wurde, hielt sich noch in Deutschland auf, während der größte Teil der Familie nach England geflüchtet war. Felicitas bekam eine schwere Lungenentzündung und starb in einem Bremer Krankenhaus im Alter von sechzehn Jahren, ganz allein. Ihre Mutter konnte während des Krieges nicht einmal zu der Beerdigung des Kindes fahren. Als der Krieg zu Ende war, schaffte Elizabeth es endlich, sich von ihrem herrschsüchtigen, launischen Ehemann Francis zu trennen und seinen Wutausbrüchen zu entfliehen. Sie lebte dann abwechselnd in ihrem Chalet in der Schweiz und in London, ging viel auf Reisen, verliebte sich in einen wesentlich jüngeren Mann und genoß einen neuen großen Freundeskreis.

Die letzten Jahre ihres Lebens verbrachte sie zusammen mit ihren Hunden in einem Haus in der Nähe von Cannes. »Wäre ich doch nur unmittelbar aus Pommern hierhergekommen«, schrieb sie in ihren Lebenserinnerungen ›Alle meine Hunde‹, »wie gut hätte mir das getan! Ich wäre viel länger jung geblieben, viel lebensfroher und heiterer. Es ist unmöglich, sich dem Einfluß des Klimas zu entziehen; wenn man ringsum von soviel Schönheit umgeben ist wie ich hier, muß man sich einfach glücklich fühlen. Hier in diesem harmonischen Zusammenklang von Licht und Wärme, Farbe und Duft ist es ein Kinderspiel *resolut* zu leben.« – »Resolut« leben, das bedeutete für Elizabeth, daß man tüchtig arbeiten muß, aber noch fleißiger in der Natur zwischen Blumen und Schmetterlingen sitzen und dankbar sein für all diese Pracht. Nicht abgelenkt durch Launen, keinen Stimmungsschwankungen unterworfen, müßte man sein wie Lotty Wilkins in dem Buch ›Urlaub von der Ehe‹. In Wirklichkeit war natürlich alles viel komplizierter, alle Vorbilder für die Figuren in dem Buch waren unglücklicher, als sie im Roman beschrieben werden. Baroneß Clifton, das Vorbild der Lady Caroline Dester, eine ungewöhnlich intelligente und schöne Frau, saß einmal während eines Besuches bei Elizabeth auf der Terrasse und redete über belanglose Dinge. Plötzlich stand sie auf, sagte: »Ich kann das alles nicht ertragen«, und ging ins Haus. Sie hat sich später das Leben genommen.

Es ist bekanntlich wesentlich leichter, Menschen zum Weinen als zum Lachen zu bringen. Elizabeth gelingt es, Tage, die sich wie Perlen aneinanderreihen, so zu beschreiben, als seien es zerklüftete, manchmal überwältigende Berge, zwischen denen Nebelbänke aufreißen und unbeschreibliche Ausblicke enthüllen. Damit schrieb sie sich in die Herzen ihrer Leser und wurde zum verwöhnten Liebling der Londoner Gesellschaft.

In ihren letzten Jahren reiste sie umher, einsam und in großer Angst vor dem Älterwerden. Sie saß in Hotels, das Gesicht unter einem überdimensionalen Hut versteckt, und ließ sich von unpersönlichen Kellnern bedienen. Als der Zweite Weltkrieg ausbrach, überredeten ihre beiden in Amerika lebenden Töchter sie, dorthin zu kommen. Sie starb am 9. Februar 1941.

Elizabeths bemerkenswerte Fähigkeit war, einen Gegenentwurf zum Alltag zu präsentieren. Sie beschrieb nicht das anstrengende Leben mit Kummer und Sorgen, sondern das Pendant dazu, das immer etwas langweilige Glück, die harmlose Heiterkeit, das einfache, starke Leben. Wo immer sie auftauchte, war ein Wirbelsturm, erinnerte sich ihr Freund Hugh Walpole; sie war gewohnt zu befehlen, und die kleine Person kommandierte ganze Gesellschaften zum Nachmittagsspaziergang. Erinnern Sie sich? Zuerst hat man keine rechte Lust und danach ist es so herrlich, daß man gegangen ist ... So sind auch ihre Bücher: kleine entzückende Klassiker, Nachmittagsspaziergänge.

Annemarie Stoltenberg